Bereits in dieser Reihe erschienen:

Back to Life – Gefunden

KIMMY REEVE

BACK TO LIFE
Gefunden

Back to Life - Gefunden
Deutsche Erstausgabe Juni 2015
© Kimmy Reeve
https://www.facebook.com/pages/Kimmy-Reeve/656389511139445?ref=bookmarks
Alle Rechte vorbehalten!
Nachdruck, auch auszugsweise, nur mit schriftlicher Genehmigung des Verlages. Personen und Handlungen sind frei erfunden. Etwaige Ähnlichkeiten mit real existierenden Menschen sind rein zufällig und nicht beabsichtigt.
Umschlaggestaltung: Sabrina Dahlenburg
Lektorat: Wort plus
Korrektorat: Kristina Mangold
Satz Ebook: Sophie Candice
Satz Print: Sophie Candice
Erschienen im A.P.P.-Verlag
Peter Neuhäußer
Gemeindegässle 05
89150 Laichingen
ISBN mobi: 978-3-945786-76-5
ISBN Print: 978-3-945786-77-2
Dieser Roman wurde unter Berücksichtigung der neuen deutschen Rechtschreibung verfasst, lektoriert und korrigiert

Dieses Buch widme ich Di, Pat und Nic.

Ihr seid für mich die fantastischsten und besten großen Schwestern, die ein Nesthäkchen sich nur wünschen kann. Immer habt ihr an mich geglaubt und niemals an mir gezweifelt.
Ich liebe euch von ganzem Herzen!

Kurzfassung

Leora hat den Überfall überlebt, leidet allerdings an Amnesie. Jay hingegen will sie nicht kampflos aufgeben und schwört nach wie vor bittere Rache.
Als Leo dahintergelangt, dass sie von jenem Mann, den sie zu lieben glaubte, belogen und hintergangen wurde, bricht eine Welt für sie zusammen. Kann sie ihm trotz allem verzeihen? Unaufhörlich spitzen sich die Dinge zu, und auf Höhepunkt der Katastrophen, fordert Dominik sein *Eigentum* zurück und stellt Leora erneut vor die Wahl.
Ihr Leben oder das all jener Menschen, die sie liebt, ganz besonders jedoch Jays.
Wird sie sich erneut opfern oder beschließt sie, um ihr Glück und nicht zuletzt ihr Leben zu kämpfen und lässt es darauf ankommen?

2. Teil der Back to Life Reihe

Kapitel 1

JAY

Drei Wochen waren seit dem Überfall vergangen und sie wollte einfach nicht wach werden.

Täglich saß ich an ihrem Bett, redete mit ihr oder las ihr gelegentlich etwas von ihrem Reader oder aus der Zeitung vor. Auch Sean und die anderen kamen regelmäßig zu Besuch.

Sophie ging es besonders schlecht. Sie hatte sich ein Bett in das Zimmer ihrer Freundin stellen lassen, um regelmäßig bei ihr übernachten zu können. Tat sie es mal nicht, blieb ich bei Leora.

Die Blessuren in ihrem Gesicht verblassten von Tag zu Tag ein bisschen mehr. Ihre Gehirnschwellung war zurückgegangen und ihre inneren Verletzungen hatten die Ärzte in den Griff bekommen. Allerdings hatte man sie dafür noch zweimal operieren müssen.

Ihr Arm und Bein waren eingegipst und es schien, als befände sie sich körperlich auf dem Wege der Besserung.

Nur wusste keiner, wie es um ihre Psyche stand.

Als die Tür aufging, sah ich auf und entdeckte Nic.

»Hallo Junge! Wie geht es ihr heute?«

»Ich weiß es nicht«, seufzte ich.

Er schenkte mir ein trauriges Lächeln. »Sie wird aufwachen! Gib ihr etwas Zeit.«

Wenn er bloß Recht hätte!

Ich wünschte mir nichts sehnlicher, als mein Mädchen in die Arme zu schließen. Ihr sagen zu können, wie sehr ich sie liebte und dass ich mein Leben mit ihr verbringen wollte.

Unmerklich schüttelte ich den Kopf. »Das ist ganz alleine ihre Entscheidung!«

Meine Finger streichelten über ihre Hand, bevor ich Letztere an meiner Stirn platzierte.

Vor circa zwei Tagen hatte mein Onkel mich dazu überreden können, das BKA hinzuzuziehen. Zuerst war ich damit nicht einverstanden gewesen. Mit unterschiedlichen Gefühlen stimmte ich letztendlich zu, da ich nähere Informationen aus Leoras Vergangenheit brauchte, die nur der zuständige Beamte, Herr Trinsten, mir geben konnte. Am selben Tag wurde ein Treffen vereinbart, welches im Büro meines Onkels stattfand. »Wie geht es Frau Restma derzeit?«, wollte Trinsten wissen. Mit finsterem Blick sah ich ihn an und hätte ihm verflucht gerne meine Faust in seine verdammte Fresse gedonnert.

»Was meinen Sie denn, wie es ihr geht?«, knurrte ich. »Ich kann nicht verstehen, wie das überhaupt passieren konnte. Sie überwachen Frau Restma doch?« Meine Stimme überschlug sich. Wie gerne wäre ich aufgestanden und hätte das Büro auseinandergenommen, nur damit dieser Druck in mir endlich verschwinden würde.

»Hören Sie, Herr Kingston!«, erwiderte er warnend. »Ich verstehe, dass Sie aufgebracht sind, das sind wir auch. Wir kennen Frau Restma und wissen, was sie durchgemacht hat. Doch es bringt jetzt nichts, uns gegenseitig zu beschuldigen, denn auch Sie haben es nicht mitbekommen, obwohl Sie ebenfalls für ihren Schutz verantwortlich waren.

Also lassen wir das! Wir sollten lieber versuchen zusammenzuarbeiten. Oberste Priorität ist Michael Sterov. Und wenn wir ihn haben, brauchen wir auch eine Aussage des Opfers. Deswegen fragte ich nach dem Gesundheitszustand. Ohne Beweise, keine Verhandlung.«

Gott verdammte Scheiße! Und wie ich mir die Schuld dafür gab! Immerhin war ich gegangen und hatte sie zurückgelassen. Dieses Gefühl, welches mich seither plagte, würde mir nie jemand nehmen können, und ich stellte mir immerzu die Frage: ›Was wäre gewesen, wenn?‹

»Vielleicht haben Sie recht!«, erwiderte ich. »Wir sollten den Bastard schnellstmöglich finden. Allerdings steht es mit dem Gesundheitszustand von Frau Restma nicht zum Besten. Sie liegt nach wie vor im Koma. Aber ich kann Ihnen etwas anderes geben.«

Mit einem Griff in meine Tasche holte ich das Diktiergerät hervor und überreichte es ihm. Trinsten hob eine Augenbraue und betrachtete es argwöhnisch.

»Was ist das?«

›Wonach sieht es denn aus?‹, wollte ich im ersten Augenblick brüllen, verwarf jedoch den Gedanken.

»Frau Restma fand während des Angriffs eine Möglichkeit, das Gerät einzuschalten«, erklärte ich stattdessen. »Auf dem Band hören Sie eindeutig Sterovs Namen, seine Stimme, wie er sie schlägt und ... ihre Schreie.«

Das Band hatte ich mir nur ein einziges Mal am Tage des Geschehens angehört. Auf der einen Seite wollte ich diese Erfahrung nicht noch einmal machen, denn nach wie vor hallten ihre Rufe in meinem Kopf. Andererseits war mir klar, dass Trinsten sich ebenfalls ein Bild davon verschaffen musste, also drückte ich auf ›Play‹.

Meine Wut stieg ins Unermessliche, sodass ich aufstand. Mit verschränkten Armen trat ich zum Fenster und sah hinaus. Ich versuchte, die Stimmen, die ich nochmals zu hören bekam, zu ignorieren.

»Wehe du schlägst hier gegen irgendeine Wand, mein Lieber!«, rief mein Onkel und ich verdrehte die Augen.

Als es vorbei war, sprach niemand ein Wort.

Ja, es war schrecklich, doch es trieb auch meinen Zorn an, den ich zu diesem Zeitpunkt mehr als alles andere benötigte! Wenn es mir innerlich genau so ging, konnte ich es besser ertragen, dass die Frau, die ich liebte, im Koma lag.

Neben Leora war mir nichts wichtiger als meine Rache.

»Das können wir verwenden«, entgegnete der Beamte schließlich. »Mir wäre es tatsächlich lieber, wenn wir Frau Restma aus der Angelegenheit heraushalten können. Ich werde alles der Staatsanwaltschaft vorlegen. Haftbefehl ist bereits erlassen, und es kann sich nur noch um eine Frage der Zeit handeln, bis wir Sterov haben. Wie ich Ihrem Onkel bereits mitgeteilt habe, führte unsere erste Spur nach Rumänien. Allerdings wurde uns sein Aufenthalt noch nicht bestätigt.« Der Beamte erhob sich. »Bis dahin, meine Herren, wäre ich Ihnen für Ihre Unterstützung dankbar. Sorgen Sie für den Schutz von Frau Restma, so lange es dauert. Natürlich werde ich Sie über alles auf dem Laufenden halten.«

Obwohl ich erkannte, dass auch Trinsten sichtlich geschockt war, zeugte sein Gesicht von absoluter Entschlossenheit. Und genau diese brauchten wir. Seit geraumer Zeit dachte ich bereits darüber nach, Leora wie auch Sophie mit nach Amerika zu nehmen. Nur dort konnte ich wirklich auf sie aufpassen. Denn ich hatte all meine Freunde/Brüder in NYC, die an meiner Seite kämpfen würden.

In Deutschland waren sie nicht verfügbar. Bewerkstelligen könnte ich mein Vorhaben nur, wenn sie denn endlich aufwachen würde.

»So werden wir es machen«, antwortete ich und wandte mich ihm zu. »Ich würde mich freuen, wenn Sie bald gute Neuigkeiten für uns haben.«

Nachdem der Beamte verschwunden war, stand plötzlich Sean vor mir. »Du hast ihm einfach die Kassette überreicht?«

»Sehe ich wirklich so blöd aus?«, knurrte ich. »Natürlich habe ich eine Kopie angefertigt. Ich traue keinem, bis Sterov gefasst ist.«

Er verstand umgehend und nickte. Wir würden nicht tatenlos herumsitzen, sondern unsere eigenen Recherchen anstellen. Je schneller er entdeckt wurde, desto näher kam ich dem Vergnügen, diesem Dreckskerl die Eingeweide herauszureißen, und Leora wäre sicher.

Sicher?

Na, davon konnte in ihrem Fall wohl keine Rede sein!

Schließlich hatte ich in der Silvesternacht von Dominiks Existenz erfahren. Was Jenna erzählt hatte, hörte sich für mich nach einem schlechten Hollywoodstreifen an.

Leora war zwei Wochen in einem Keller eingesperrt gewesen und hatte Sophie zur Flucht verholfen.

Von Anfang an hatte ich gewusst, dass diese Frauen ein Geheimnis verbargen. So viele Dinge hatte ich mir ausgemalt, doch auf so etwas wäre ich niemals gekommen. Das waren kleine Puzzleteile, die mir das Verhalten von ihr eindeutig erklärten. Sie traute niemandem, sah sich immerzu um, egal wo sie war. Wenn es um Menschen in ihrer Umgebung ging, die sie nicht kannte, beobachtete sie diese und wägte ab. Sehr oft hatte ich dieses Muster bei ihr beobachten können.

Für mich stand fest, dass ich mehr über dieses Thema herausfinden musste, konnte jedoch derzeit keinen darauf ansprechen. Mir wurde bewusst, dass Jenna nur an der Oberfläche gekratzt hatte. Sophie war voller Hass und würde sich mir gegenüber im Augenblick nicht öffnen. Falls sie es überhaupt irgendwann noch einmal tun würde. Auch in Sophies Fall hatte ich heraushören können, dass sie nicht über alles informiert gewesen war.

Leora verbarg ein Geheimnis, welches so tragisch sein musste, dass sie sich niemandem anvertrauen konnte.

Mir waren immer wieder die Narben der zwei Frauen aufgefallen. Die in Sophies Gesicht und die auf Leos Rücken – vor allem zwischen ihren Schenkeln.

Wenn ich zwischendurch darüber nachdachte, was dieser Scheißkerl ihnen angetan haben musste, kamen so viele Gefühle in mir zusammen, dass mir schwindelig wurde. Mein Hass und meine Wut stiegen bei jedem Gedanken.

Es ging kein Weg daran vorbei, alles herauszufinden. Mittlerweile war mir scheißegal, wie ich das anstellen würde. Aber die Zeit dafür würde kommen, da war ich mir sicher!

Er wollte Leora jeden Mann nehmen, der ihr etwas bedeutete? Dann sollte er kommen.

Ich war bereit!

Kapitel 2

Jay

Nachdem wir das Gespräch in dem Büro von meinem Onkel beendet hatten, gingen Sean und ich zu seinem Wagen. Doch bevor ich einsteigen konnte, musste ich meinen aufgestauten Druck abbauen. Wie so oft in letzter Zeit schlug ich mit der Faust gegen die Wand in der Tiefgarage. Den Schmerz nahm ich dankend entgegen, da es ein anderes Gefühl war als das in meinem Inneren. Dieses drohte langsam mich zu zerreißen.

Mein Bruder trat von hinten an mich heran und legte mir seine Hand auf die Schulter. Eine ganze Weile sagte keiner ein Wort, denn diese waren im Moment vollkommen überflüssig. Was auch immer ausgesprochen worden wäre, es wäre das Falsche gewesen.

»Ganz ehrlich, Mann!«, flüsterte er plötzlich. »Du musst dich wieder unter Kontrolle bringen. Ich werde dich jetzt zu mir fahren und dort wirst du dir etwas Ruhe gönnen. Seit drei Wochen bist du täglich im Krankenhaus. Nimm dir ein bisschen Zeit für dich, okay?«

Ein knappes Nicken war alles, was ich zustande brachte, denn mein Bruder hatte recht. Also stiegen wir in sein Auto und fuhren los.

Nachdem ich mich frisch gemacht hatte, ging es mir äußerlich um einiges besser, und wir machten uns auf den Weg in die Klinik.

Als ich die Zimmertür öffnete, waren Sophie und Jenna anwesend. Die Stimmung war eisig, denn die beiden Frauen sprachen nach wie vor kein Wort miteinander.

Auch ich wurde von Sophie ignoriert.

Wie Leora darauf reagieren würde, sollte sie jemals erfahren, was Jen mir erzählt hatte, konnte ich mir insgeheim vorstellen. Allerdings verwarf ich diesen Gedanken für den Augenblick.

Zwischendurch redete Jen mit Leo und Sophie las in einer Zeitung. Sie sprach nur mit ihrer komatösen Freundin, wenn sie mit ihr alleine war.

Vor einigen Tagen hatte ich das Gespräch mit ihr gesucht, doch sie hatte mich sofort unterbrochen mit den Worten:

»Es geht hier nicht um Jen, dich oder mich, Jay. Jetzt geht es ausschließlich um Leora und darauf werde ich mich konzentrieren.«

Damit war das Thema für sie beendet gewesen. Mir war klar, dass sie sich von mir bedrängt fühlte, denn ich hatte Einblicke in ihre Vergangenheit erhalten, die sie so sehr zu schützen versucht hatten. Diese Entscheidung traf in diesem Fall Jen für sie beide.

Doch sie tat es aus Liebe und Freundschaft und dafür bewunderte ich sie.

Wir betraten das Zimmer, ich gab beiden Frauen einen Kuss auf die Wange, bevor ich zu Leo ging, die ich auf die Stirn küsste.

Ohne meinen Blick von ihr abzuwenden, sprach ich leise die beiden Freundinnen an.

»War der Arzt schon hier?«

Da keiner antwortete, hob ich schließlich doch den Blick und sah, wie Jenna erschöpft ihren Kopf schüttelte.

»Süße«, flüsterte ich. »Warum fährst du nicht nach Hause und ruhst dich ein wenig aus? Du siehst erledigt aus. Ihr beide im Übrigen.« Hierbei schaute ich Sophie an. »Ich bleibe bei ihr und mein Handy ist an.«

Letztere sah mich an und schloss kurz die Augen, als würde sie überlegen, was nun zu tun sei.

Nach einer Weile resignierte sie und stand auf, ging zu Leora, flüsterte ihr irgendetwas ins Ohr, was ich nicht verstehen konnte, nickte mir zu und verließ grußlos das Krankenzimmer.

Jen räusperte sich. »Vielleicht wird sie mir irgendwann verzeihen können. Sie ist verletzt und es bricht mir das Herz, aber ich stehe zu meiner Entscheidung. Ich wollte einfach nur das Beste für euch.«

Noch immer sah sie zur Tür, durch die ihre Freundin soeben verschwunden war.

»Eines Tages wird sie uns vergeben«, erwiderte ich. »Vielleicht braucht sie einfach Zeit. Geh nach Hause zu deiner Familie. Lass dich von deinem Mann und deinem Sohn in den Arm nehmen. Wenn du Leo vermisst, ruf mich einfach an. Ansonsten melde ich mich, sollte sich etwas verändern.«

Sie umarmte mich, gab Leora einen Kuss, verabschiedete sich von Sean und verschwand ebenfalls. Sobald wir allein waren, nahm ich in dem Stuhl an ihrem Bett Platz und fing an, ihr aus der Zeitung vorzulesen.

Mein Bruder saß noch eine Weile neben mir, bis er mir ein Nicken schenkte und ebenfalls ging. Ihm war in letzter Zeit nicht wirklich nach Reden, was ich verstehen konnte.

Auch er hatte viel aufgestaute Wut in sich, die er mit seinem Schweigen zu kompensieren versuchte. So hatte er seine Probleme schon immer mit sich vereinbart. Dies konnte ich ihm nicht verübeln, denn auch mir war nicht nach ausufernden Gesprächen.

Zwischendurch telefonierte ich mit meinem Freund Ben in NYC, um einige Entscheidungen mit ihm durchzusprechen.

Natürlich hatte ich ihn bereits über die Gegebenheiten aufgeklärt. Er hatte sofort zwei meiner besten Männer, Sam und John, von ihren Aufträgen abgezogen und sie in einen Flieger nach Rumänien gesetzt, um dort Sterovs Spur aufzunehmen. Seitdem rief er täglich an, um sich nach ihrem Zustand zu erkundigen und mir einen Lagebericht zu geben.

Wir waren eine Familie und füreinander da, was mein Freund mir mit dieser Aktion wieder einmal bewiesen hatte.

Am nächsten Morgen musste ich mir kurz die Beine vertreten. Als ich zurück in Leoras Zimmer schlenderte, blieb ich abrupt stehen, da ich Sophie sah, die leise mit ihrer Freundin sprach.

In solchen Situationen wollte ich unbedingt erfahren, was ihnen zugestoßen war, aber auf der anderen Seite graute es mir davor. Niemand konnte mir sagen, wie ich darauf reagieren würde.

Wenn ich bei Sterov bereits Probleme hatte, meine Kontrolle zu wahren, wie würde es mir dann erst bei Dominik ergehen?

Langsam schloss ich die Tür hinter mir, begab mich auf die gegenüberliegende Seite des Bettes und sah sie an. »Hey. Wie geht es dir?«

»Gut, danke!«, war alles, was sie sagte, wobei sie mich nicht anschaute.

Verdammt, ich konnte ihr Verhalten verstehen, doch wurde ich auch zunehmend wütender. Obwohl ich tatsächlich gedacht hatte, dass das nicht möglich wäre.

Meiner Meinung nach sollten wir alle zusammenhalten und uns nicht zusätzlich noch gegenseitig bekriegen. Deswegen nahm ich meinen ganzen Zorn zusammen und betrachtete sie warnend.

»Es wird Zeit, dass wir reden. Und zwar jetzt!«

Die Angesprochene war merklich zusammengezuckt. Allerdings konnte ich in ihrem Gesicht keinerlei Abneigung oder Wut, sondern ... Gleichgültigkeit erkennen? Verletzlichkeit? Es gab durchaus viel zu sehen, denn Sophie konnte ihre Gefühle nicht so gut verbergen wie Leora. Sie schüttelte ihren Kopf, antwortete aber nicht.

Es reichte mir ein für alle Mal, also stampfte ich um das Bett, packte sie am Oberarm und zog sie aus dem Zimmer. Schließlich entdeckte ich einen Nebenraum, der leer war, verfrachtete sie hinein und stieß hinter mir die Tür zu.

»Was soll das? Hast du sie noch alle?«, zischte sie.

Mit verschränkten Armen versperrte ich ihr den Weg. »Wir unterhalten uns jetzt. Ich weiß, dass du sauer und verletzt bist. Doch was Jen getan hat, tat sie für Leora und für mich. Kannst du das nicht verstehen? Warum bist du so dagegen?«

Sie wandte sich von mir ab und verschränkte ebenfalls ihre Arme. »Du raffst es einfach nicht, oder?«, erwiderte sie verächtlich. »Wir wurden von unserer Freundin verraten! Jen hat etwas getan, wozu sie kein Recht hatte. Wenn Leo einen anderen Ausweg gefunden hätte, damit du bei ihr bleiben kannst, hätte sie es dich wissen lassen. Sie hat so verdammt viel durchgemacht. Ihr habt alle keine Ahnung, was wir erlebt haben.« Mittlerweile war ihre Stimme lauter geworden.

»Wie kannst du sagen, dass ich etwas dagegen habe, euch zusammen zu sehen? Meinst du nicht, dass ich ebenfalls versucht habe, Lösungen für euch zu finden? Ich will nur, dass Leora endlich glücklich wird. Und das kann sie wohl nur mit dir. Als sie sich dazu entschlossen hat, brach das letzte bisschen, was von ihr noch übrig war. Sie entschied doch nur so, damit du nicht in Gefahr gerätst. Und das hätte Jen respektieren müssen. Denn eines sage ich dir, Jay.« Mit erhobenem Finger tippte Sophie auf meine Brust und sah mich drohend an. »Sollte dir etwas zustoßen, kann ich Leora ebenfalls begraben. Das würde sie niemals überleben.«

Mit solch einer Ansprache hatte ich nicht gerechnet. Allerdings musste die Situation entschärft werden, denn ich wusste, dass die drei Frauen sich genauso dringend brauchten wie die Menschheit die Luft zum Atmen.

Deswegen legte ich meine Hände auf ihre Schulter. »Ich habe dich wirklich gern und du fehlst mir. Es tut mir aber nicht leid, dass ich von eurer Vergangenheit erfahren habe. Denn ich hatte angenommen, dass Leora mich nicht will. Zu erfahren, dass sie mich ebenfalls liebt, bedeutet mir viel. Ich will, dass ihr beide in Sicherheit seid. Lass mich euch helfen. Und rede mit Jen, denn sie ist am Boden zerstört.«

Ihre Augen füllten sich mit Tränen und sie wendete sich ab. Schließlich vernahm ich ein leises »Okay«.

Sofort zog ich sie in eine Umarmung. Dankbarkeit durchströmte mich, und ich küsste sie auf den Scheitel, bevor ich mich von ihr löste.

»Komm, Süße, lass uns zurückgehen!«

Mit ihren Fingern wischte sie die Tränen aus ihrem Gesicht und folgte mir.

Am folgenden Tag versuchte Sophie auf die Annäherung von Jen einzugehen, dennoch war die Distanz deutlich spürbar. Es war nicht schön mit anzusehen, allerdings konnte ich nicht mehr verlangen. Sie bemühte sich.

Jenna schien die ideelle Entfernung zu verletzen, sie sagte aber nichts weiter dazu. Wahrscheinlich war sie über die neuesten Entwicklungen dankbar. Sie nahm, was Sophie bereit war, ihr zu geben.

Als ich Leora betrachtete, schwand meine Hoffnung, dass sie zu uns zurückkommen würde! Dieses Gefühl drohte mich immer mehr zu ersticken.

Nachdem die anderen gegangen waren, legte ich meine Stirn auf die Bettkante und ihre Hand auf meinen Kopf. In dieser Position musste ich eingeschlafen sein, denn plötzlich konnte ich ein Streicheln spüren.

Zunächst glaubte ich zu träumen. Doch die Berührungen waren konstant. Schließlich öffnete ich meine Lider, rührte mich allerdings noch immer nicht.

Hatte ich nun fantasiert oder nicht?

Langsam hob ich meinen Kopf, griff nach ihrer Hand und sah ihr ins Gesicht. Allerdings waren ihre Augen nach wie vor geschlossen.

Enttäuschung flammte auf, aber im gleichen Augenblick drückte sie meine Finger. Blitzschnell stand ich auf und strich ihr über das Haar.

»Baby, bist du wach? Sieh mich an!«

Im ersten Moment geschah nichts. Sekunden später allerdings, bewegten sich ihre Lider. Sie flatterten immer wieder auf und zu, und ich gab ihr die Zeit, die sie benötigte. Dann endlich sah ich ihre grünen Augen und mein Herz setzte kurzweilig aus.

»Hi, meine Süße!«, flüsterte ich lächelnd. »Du hast mir einen ganz schönen Schrecken eingejagt, Frau Restma!«

Sie versuchte etwas zu sagen, nur schienen ihr Hals und ihr Mund trocken zu sein. Umgehend klingelte ich nach der Schwester, die wenig später das Zimmer betrat.

»Frau Restma ist wach«, sagte ich.

Die Pflegerin trat ans Bett und sah Leora freundlich an. »Hallo Frau Restma! Schön, dass Sie wach sind. Können Sie mich verstehen?«

Sie nickte, ließ aber währenddessen meine Hand nicht los. Was mir einen weiteren Herzstillstand versetzte. Es kam mir so vor, als wären Jahre vergangen, als sie mich das letzte Mal berührt hatte.

»Haben Sie Durst?«, fragte sie Leora, die erneut nickte.

Wenig später kam die Frau in Weiß mit einer Schnabeltasse zurück und half ihrer Patientin dabei, den Kopf zu heben. Leo ließ nicht für einen Moment die Augen von mir. Dieses Mal ging es meinem Herzen nicht so gut, denn der Blick, mit dem sie mich betrachtete, gefiel mir ganz und gar nicht. Dennoch schob ich diesen Gedanken sofort beiseite. Wahrscheinlich war ich paranoid geworden.

»Wo bin ich?«, krächzte sie.

»Im Krankenhaus«, antwortete ich knapp.

»Wo ist Sophie? Ist sie hier?«

»Warte kurz«, antwortete ich und griff nach dem Handy. »Ich rufe sie an. Sie ist unten in der Cafeteria.«

Umgehend wählte ich ihre Nummer. Nach dem ersten Freizeichen nahm sie ab. Mehr als ein »Sie ist wach« konnte ich nicht sagen, denn sie beendete sofort das Gespräch.

»Sie ist unterwegs«, versuchte ich Leo zu beruhigen. Sie schien sich sichtlich unwohl zu fühlen.

Hatte sie Angst? Nicht etwa vor mir, oder?

Bevor ich weitergrübeln konnte, betrat auch schon Sophie den Raum. Sie stürmte direkt auf ihre Freundin zu und nahm sie in den Arm.

»Da bist du ja endlich«, wisperte sie. »Verdammt, du hast dir ganz schön viel Zeit gelassen.«

Plötzlich entzog Leora mir ihre Hand, um die Umarmung zu erwidern.

Nur langsam lösten sie sich voneinander und Leo sah ihrer Freundin direkt in die Augen.

»Es tut mir leid«, flüsterte sie.

Mit gesenkten Lidern schüttelte Sophie den Kopf. »Dir muss gar nichts leidtun. Jeder braucht mal eine Auszeit. Aber du musst ja immer gleich übertreiben.«

In Leoras Gesicht konnte ich ein leichtes Schmunzeln ausmachen und ich atmete aus. Eine große Last schien in diesem Augenblick von meinen Schultern zu fallen. Denn ich hatte gedacht, ich würde sie nie wieder lächeln sehen.

»Wie lange bin ich schon hier?«, fragte sie nach einer Weile.

Unglaublich! Sie tat es tatsächlich schon wieder – sie ignorierte mich! Verdammt, das kam mir ziemlich bekannt vor. Innerlich musste ich lachen.

»Drei Wochen«, antwortete Sophie.

Leora erstarrte. *»Drei Wochen?* Oh mein Gott!«

Umgehend schloss sie die Augen. Sophie runzelte ihre Stirn und sah zwischen mir und Leora immer wieder hin und her, als würde sie die Reaktion ihrer Freundin nicht ganz verstehen. Wo ich ihr beipflichten musste.

»Was sagen die Ärzte? Was habe ich alles abbekommen?«

Ohne Umschweife klärte Sophie sie auf. Je mehr sie erfuhr, desto blasser wurde sie. Was durchaus verständlich war, denn es grenzte schließlich an ein kleines Wunder, dass sie diesen Angriff überhaupt überlebt hatte.

»Der Arzt ist schon informiert und kommt gleich. Also musst du mit deinem Joggingprogramm warten. Sei lieb und bleib liegen«, befahl Sophie.

Plötzlich hob Leora ihren Kopf und sah uns abwechselnd an. »Was ist mit Michael? Hat man ihn schnappen können?«

»Nein, Süße, er konnte das Land verlassen«, erwiderte Sophie. »Doch die Beamten haben eine heiße Spur. Wenn sie ihn erwischen, wird er nie wieder das Tageslicht sehen.«

Für mich war die Situation schwierig, denn sie nahm mich offensichtlich nicht wahr. Daher entschied ich, mich vorerst zurückzuhalten.

»In meiner Handtasche befindet sich ein Diktiergerät«, sagte sie aufgeregt. »Das musst du finden und der Polizei übergeben!«

Sophie wusste zwar von dem Band, doch hatten wir es weder ihr noch Jen vorgespielt.

»Wir haben das Band gefunden und dem BKA übergeben«, erklärte ich daher.

Nun sah sie mich an, als wäre ich von einem anderen Stern.

»Wer sind Sie eigentlich?«, fragte sie mich und schlagartig war mir übel. Sie erkannte mich nicht? Hilfe suchend sah ich zu Sophie, die mit gerunzelter Stirn ihre verwirrte Freundin betrachtete.

»Süße, das ist Jay«, erklärte sie. »Dein Mitbewohner. Jay Kingston? Der Neffe von deinem Chef. Erinnerst du dich nicht an ihn?«

»Mein Mitbewohner?«, quiekte sie. »*Ich* habe einen Mitbewohner?«

Leora suchte meinen Blick und versuchte sich an einem Lächeln. Wie immer scheiterte sie damit auf ganzer Linie.

Ihr Körper fing an zu zittern und ihre Augen füllten sich mit Tränen. »Es tut mir leid! Es tut mir so leid, aber ich kann mich nicht an Sie erinnern.«

Damit sie sich beruhigen konnte, nahm ich etwas Abstand, den ich allerdings selber bitter nötig hatte. Seit drei Wochen hatte ich mir täglich ein anderes Szenario ausgedacht, wie unser Wiedersehen sein würde. Vielleicht dass sie sich weinend in meine Arme schmeißen oder mich umgehend an sich ziehen würde. Dass sie mich nicht erkennen würde, war in keiner meiner Überlegungen vorgekommen.

Auch wenn ich es nicht gerne zugab, so musste ich doch feststellen, dass mir die neueste Entwicklung einen kleinen Stich versetzte.

Allerdings schien ich meine Miene ausgesprochen gut unter Kontrolle zu haben, denn sie sah mich nach wie vor entschuldigend an.

Wäre ich selber nicht so vor den Kopf gestoßen gewesen, hätte ich sie gerne in den Arm genommen und ihr zugeflüstert, dass alles gut werden würde. Nur stand ich wie angewurzelt neben ihrem Bett und betrachtete sie. Derzeit war eine Bewegung ausgeschlossen.

Dieses Mal hatte ich das Bedürfnis zu fliehen, und zwar ganz weit weg.

Aber dafür war ich nicht der Mensch und ich hatte mich immerhin für diese Frau entschieden. Und nun, wo sie wach war und die nächste Hürde vor uns lag, würde ich sie nicht alleine lassen.

Schließlich hatte ich versprochen, an ihrer Seite zu kämpfen, und genau das war nach wie vor meine Absicht.

»Alles gut, hörst du?«, versuchte Sophie sie zu beruhigen. »Das ist bestimmt nur vorübergehend. Der Arzt kommt gleich. Was ist denn das Letzte, woran du dich erinnern kannst?«

Leora schloss die Augen und runzelte die Stirn.

»Ich erinnere mich bis zu meiner Scheidung an alles«, fing sie an. »Auch an die Drohungen von Michael. Du und ich hatten Streit, haben das aber geklärt. Ich wollte an Silvester ein paar Klamotten holen und bei dir bleiben. Mir ging es aber nicht gut, und als jemand an der Tür war, dachte ich, du seist es. Doch es war Michael mit zwei weiteren Männern.« Erschrocken öffnete sie ihre Lider. »Die beiden Hünen, die ihn auch zu Gericht begleitet hatten, erinnerst du dich noch? Allerdings hat der ganz Große versucht, mir zu helfen, und dann war ich plötzlich alleine. Aber da sind so viele Bilder, die ich nicht einordnen kann.«

An viele Dinge erinnerte ich mich nicht. Das war gut oder auch nicht – kam auf die Perspektive an. Allerdings konnte sie sich weder unseres Appartements noch meiner Person entsinnen. Somit höchstwahrscheinlich auch nicht an Sean. Vielleicht hatte sie sogar Jenna vergessen.

Wir waren einfach aus ihrem Gedächtnis gelöscht worden.

Abstand war das Einzige, was ich in dieser Situation benötigte, also deutete ich auf mein Handy und teilte den beiden mit, dass ich die Übrigen informieren würde.

Im Flur nahm ich im Besuchersessel Platz und vergrub mein Gesicht in den Händen, um einige Male durchatmen zu können.

Für Selbstmitleid war keine Zeit. Sie war wach und das – genau das – hatte ich mir die letzten Wochen gewünscht.

Die Amnesie war sicherlich nur vorübergehend, und ich würde ihr helfen, wenn sie mich bräuchte.

Über diesen Satz musste ich innerlich schmunzeln, denn Leora war nun einmal niemand, der andere um Hilfe bitten würde. Diese musste man ihr aufzwingen, und selbst dann war es unmöglich, dass sie diese annahm.

Dennoch war ich wirklich glücklich darüber, wieder in ihre grünen Augen blicken zu dürfen, die so lange verschlossen gewesen waren.

Zuerst rief ich Jenna an, die mir ins Ohr kreischend mitteilte, dass sie sich auf den Weg machen würde. Danach informierte ich Nic und bat ihn, Rose, Tim und Bobby Bescheid zu geben.

Zum Schluss wählte ich die Nummer meines Bruders. Es klingelte nur ein Mal, bevor er abnahm.

»Was ist los? Gibt es etwas Neues?«

»Yeah. Sie ist vor ein paar Minuten aufgewacht.« Sogar ich selbst hörte meine Niedergeschlagenheit.

Sean schien dies nicht zu entgehen. »Was noch?«

Eigentlich wollte ich es ihm nicht am Telefon erklären, allerdings kam es darauf wohl auch nicht mehr an. »Sie kann sich nicht mehr an mich erinnern.« Ich versuchte, es gelassener zu erklären, als ich in Wirklichkeit war.

»Okay! Hast du denn schon mit dem Arzt gesprochen?«

Scheiße, die Ärzte gingen davon aus, dass ich ihr Verlobter war. Sie würde einen Schock fürs Leben bekommen, wenn sie davon erfahren würde. Als sie erkannt hatte, dass sie einen Mitbewohner hatte, konnte man bereits die nackte Panik in ihrem Gesicht ausmachen.

»Nein! Ich wollte zuerst euch alle informieren. Sophie ist gerade bei ihr. Wir warten auf den Doc.«

Mein Bruder ging darauf nicht weiter ein, sondern teilte mir mit, dass er etwa dreißig Minuten bräuchte und ich auf ihn warten sollte.

Eine ganze Weile dachte ich nach. In meinem Kopf schwirrten tausende Fragen.

Hinter mir vernahm ich Geräusche, und als ich aufsah, kamen bereits Jen und James auf mich zugesteuert. Sie zog eine Augenbraue hoch, als sie bei mir ankam.

»Was ist los?«

Ich erhob mich. »Sie ist wach und es scheint ihr so weit gut zu gehen.«

»Aber?«, fragte sie ungeduldig.

»So wie es im Moment aussieht, hat sie Erinnerungslücken. Was bei den Verletzungen wohl normal ist. Nur der Arzt kann das beurteilen.«

Ihre Augenbrauen schossen fast zu ihrem Haaransatz und sie schüttelte den Kopf, erholte sich jedoch blitzschnell von dem Schock.

»Das wird schon«, sagte sie entschlossen. »Wir müssen ihr einfach dabei helfen, sich zu erinnern. Und das werden wir!«

Bei dem letzten Satz sah sie mich eindringlich an. Als sei es eine unterschwellige Drohung, der ich besser nicht widersprechen sollte.

Himmel, diese Frau war aber auch herrisch!

Sie griff nach meiner Hand, hakte sich bei ihrem Mann unter und zog uns mit sich. Vor der Tür straffte sie ihre Schultern, bevor sie diese öffnete, und wir folgten ihr.

Es würde schwer werden, doch aufgeben war keine Option!

Kapitel 3

Leora

Mein Kopf drohte zu platzen. So fühlte es sich zumindest an!

Als ich meine Lider aufmachte und in diese wunderschönen blaugrauen Augen blickte, war ich wie vor den Kopf geschlagen. Denn den Mann dazu kannte ich nicht, und ich fragte mich, warum er meine Hand hielt. Andererseits verspürte ich keinerlei Angst, eher war das Gegenteil der Fall.

Er kam mir vertraut vor – allerdings war das auch schon alles.

Auch wie er mit mir sprach – als würden wir uns näher kennen! Aber solch eine Irisfarbe und so einen Kerl konnte ich unmöglich vergessen haben, oder?

Auf keinen Fall!

Er war zwar ein Muskelprotz – dennoch ein heißer. Ziemlich lecker wohlgemerkt.

Als mir mitgeteilt wurde, dass ich drei Wochen im Koma gelegen hatte, wurde mir ganz übel.

Die Erinnerungen an den Abend des Überfalls schlugen in meinem Gedächtnis ein wie ein Tsunami. Jedes Detail machte sich vor meinen inneren Augen breit. Nur waren in meinem Kopf auch sehr viele Lücken.

Verzweiflung überkam mich, als ich erfuhr, dass Michael sich hatte absetzen können. Regelmäßig tauschte meine Freundin Blicke mit dem großen Mann, was mich immer mehr verwirrte.

Wer war denn der Kerl? Ich fühlte mich wie ein verdammter Idiot, weil ich es nicht wusste.

Aber als ich erfuhr, dass er mein Mitbewohner war, hätte ich am liebsten losgebrüllt. Wie war es denn zu einer WG-Gründung gekommen? Vor allem mit einem – der so aussah?

Er war einer von den Männern, die sich ins Gehirn einbrannten, wenn man sie einmal erblickte. Ob man es nun wollte oder nicht. In seinem Gesicht spiegelten sich Verzweiflung und Traurigkeit wieder.

Auch Jay sah so aus, als sei er am Ende seiner Kräfte. Verwirrung war noch milde ausgedrückt für das Gefühl, welches ich in diesem Moment empfand. Nachdem er das Zimmer verlassen hatte, musterte ich sofort meine Freundin.

»Seit wann, zum Teufel, habe ich einen Mitbewohner? Seit wann habe ich verdammt noch mal – *so* einen Mitbewohner?«

Sie nahm auf meiner Bettkante Platz. »Jay und du, ihr wohnt schon seit einigen Monaten zusammen. Ja, schon fast ein Jahr.«

Sollte das heißen, dass ich diese ganze Zeit vergessen hatte? Himmel, was war denn noch alles weg? Allerdings wunderte mich, dass ich mich an Michael, an die Scheidung sowie an den Überfall erinnerte, welcher erst drei Wochen her war. Doch mit diesem Jay wohnte ich seit einem Jahr zusammen. Hatte ich nur ihn verdrängt? Mir wäre es lieber gewesen, hätte ich andere Dinge vergessen können, wie zum Beispiel meine Vergangenheit.

Aber dies schien mir nicht vergönnt zu sein, deswegen musste ich mich mit den Gegebenheiten wohl abfinden.

»Na gut«, seufzte ich. »Seine Augen kommen mir vertraut vor, doch ich erinnere mich absolut nicht an ihn als Person. Das ist irgendwie ... unheimlich.«

»Jay kommt ursprünglich aus New York«, klärte Sophie mich auf. »Er hat eine eigene Firma und expandiert hier in Deutschland. Er hatte, so wie du auch, Wohnungsschwierigkeiten. Also vermieteten deine Bosse euch ein Wahnsinnsappartement in Grunewald.«

In Grunewald? Verdammte Scheiße!

Ich lebte schon einige Jahre in Berlin und diesen Ort hatte ich immer mit Reichtum verbunden. Wenn auch nicht jede Ecke dieses Stadtteils.

Öfter fuhr ich dort durch, schaute mir die schönen Häuser an und fing an zu träumen. Nach kurzer Zeit hatte ich aufgehört dies zu tun, denn für Träume war ich nicht mehr geschaffen. Je länger man das macht, desto mehr kommt das Bedürfnis hoch, glücklich zu werden, obwohl man ganz genau weiß, dass dies niemals geschehen wird.

Also hielt ich mich die letzten Jahre fern und versuchte mein Leben irgendwie zu leben. Dass ich mittlerweile dort residierte, ging über meinen Verstand, vor allem, dass ich in einer Wohngemeinschaft hauste. Normalerweise war ich kein Mensch für so eine Verbindung, denn ich traute schließlich niemandem. Wieso also Jay? Wenn ich mich recht erinnerte, mochte ich solche Kerle wie ihn überhaupt nicht und diese mich nicht. Also musste er irgendetwas an sich haben, dass ich mich darauf eingelassen hatte.

»Und ... äh ... verstehen wir uns gut?«, fragte ich daher.

Meine Freundin lachte und schüttelte den Kopf. Bevor sie antworten konnte, ging die Tür auf, und ein Mann im weißen Kittel betrat das Zimmer. Er schien mittleren Alters, denn er hatte schon einige graue Haare. Allerdings war sein Gesicht freundlich und offen. Das gefiel mir.

»Frau Restma! Es ist wirklich schön, Sie wach zu sehen. Sie haben uns ganz schön auf Trab gehalten. Mein Name ist Dr. Walter. Wie geht es Ihnen?«

Na ja, wie fühlte ich mich? Das zu ergründen hatte ich noch gar keine Zeit gehabt, denn die Dinge, die ich nebenbei erfahren hatte, mussten erst einmal verarbeitet werden. Schließlich sah ich mein Bein und meinen Arm, die jeweils im Gips lagen. Das ging mir tierisch auf die Nerven, denn ich hasste diese Dinger. Sie nahmen einem die gesamte Bewegungsfreiheit. Die mussten so schnell wie möglich ab und dann würde ich mich auf die Suche nach meinem Ex-Mann machen und ihn dafür zusammenschlagen.

Brüche waren echt scheiße!

Mein Arzt sah mich eindringlich an und mir fiel ein, dass er mich etwas gefragt hatte.

»Körperlich, glaube ich, geht es mir ganz gut. Doch ich habe Erinnerungslücken, kann mich zum Beispiel nicht an ›Jay‹ erinnern«, antwortete ich wahrheitsgemäß und ziemlich mürrisch.

Dr. Walter sah nicht überrascht aus. »Das war zu befürchten. Ihr Kopf hat bei dem Angriff einiges abbekommen. Können Sie mir denn sagen, an was sie sich noch erinnern?«

Ohne Umschweife erzählte ich ihm dieselben Dinge, die ich zuvor Sophie geschildert hatte. Er machte sich einige Notizen, nickte und lächelte.

»Sie litten an einem Schädel-Hirn-Trauma«, erklärte er. »So, wie es sich für mich anhört, haben all Ihre Kopfverletzungen zu einer kongraden Amnesie geführt. Was wiederum heißt, dass Sie einige Ereignisse aus ihrem Gedächtnis verdrängt haben, wie zum Beispiel Ihren Verlobten. Doch Sie sollten sich Zeit nehmen und erst einmal wieder auf die Beine kommen. Meiner Erfahrung nach kommen die Erinnerungen wieder zurück.«

Verlobten? Verdammte Hühnerkacke ... mit wem war ich denn verlobt?

Gott, meine Gedanken waren Nadeln, die immer wieder in mein Gehirn stachen. Zuerst erfuhr ich, dass ich einen Mitbewohner hatte und jetzt sogar einen Verlobten? Oder handelte sich dabei um ein und denselben Mann? Warum mir der Gedanke nicht zuwider war, hinterfragte ich nicht weiter. Eigentlich hatte ich schon viel zu viel über diesen Typen nachgedacht.

Hatte ich vor dem Überfall vergessen, was alles hätte passieren können? War ich wirklich so naiv geworden? Niemals würde ich wieder einen Menschen in Gefahr bringen! Das hatte ich mir geschworen. Anscheinend hatte ich meine Pläne über Bord geworfen und führte ein unbeschwertes Leben.

Alles gar kein Problem!

»Wie lange wird es dauern, bis die Erinnerungen zurückkehren?«, wollte ich wissen. Mein Arzt sah mich traurig an und dieser Blick gefiel mir nicht.

»Das kann ich Ihnen nicht beantworten, Frau Restma. Ich kann Ihnen nur nahelegen, es langsam anzugehen. Sie haben einiges durchgemacht. Geben Sie sich ein wenig Zeit.«

Verflucht, ich brauchte keine Zeit, sondern meine Erinnerungen!

Dr. Walter schenkte mir noch ein Lächeln und verließ mein Zimmer. Die Schwester überprüfte kurz meine Vitalfunktionen und war bald darauf ebenfalls verschwunden.

»Ich bin verlobt?«, quiekte ich fünf Oktaven höher. »Du hast gesagt, er sei mein Mitbewohner! Scheiße ... was mache ich denn jetzt?«

Mein Gesicht vergrub ich in einer Hand – schließlich war die andere eingegipst – und wünschte mir, mich in Luft aufzulösen. Das war ein absoluter Albtraum.

Das konnte es nur sein, oder?

Allerdings wusste ich nicht, welche Antwort mir von meiner Freundin lieber gewesen wäre. Mir zu sagen, dass er mein Verlobter war oder ein anderer. Innerlich wollte ich, dass es Jay wäre. Warum auch immer, mein Körper reagierte auf diesem Mann. Ob ich nun wollte oder nicht.

»Süße, du bist nicht mit Jay verlobt«, sagte sie plötzlich und riss mich damit aus meinen Gedanken. »Herrgott, ich musste das dem Arzt erzählen, damit auch er Auskunft bekommt. Also beruhige dich!«

Warum fand ich die Information, dass ich nicht mit ihm verlobt war, jetzt so verdammt scheiße? Irgendetwas stimmte ganz gewaltig nicht mit mir! Vielleicht sollte ich mir einen Therapieplatz suchen. Das wäre auf jeden Fall eine Möglichkeit, diesen Wahnsinn beizusetzen.

Wieso sollte er dann überhaupt Auskunft über meine Situation erhalten? Dazu bestand doch gar kein Grund! Ganz zu schweigen von dem Recht, welches er nicht hatte!

»Das musst du mir erklären! Verdammt, was habe ich denn mit dem zu schaffen?«, schnaubte ich.

Meine Freundin sah sich hilflos um, und ich hatte einen kurzen Moment das Gefühl, dass sie flüchten wollte. Mit einem finsteren Blick warnte ich sie eingehend davor. Immerhin war ich diejenige, die Lücken im Gedächtnis aufwies und somit die Einzige, die weglaufen durfte. Dieser Gedanke gefiel mir zunehmend gut, doch verwarf ich ihn nach kurzer Zeit und verdrehte innerlich meine Augen.

»Okay, ist ja schon gut. Verdammt, du scheinst dich ja wieder richtig gut zu fühlen, so herrisch, wie du bist«, knurrte sie. »Ich weiß gar nicht, wie ich dir überhaupt etwas sagen soll.«

Bevor sie ansetzen konnte, öffnete sich erneut die Tür, und ich schnaubte genervt. Immerhin wollte ich endlich Antworten, doch anscheinend war das Universum gegen mich. Denn ich musste warten!

Als ich meinen Kopf hob, stand dort ... Jen? Was machte sie denn hier? Mit einem Sprung, der ziemlich beeindruckend wirkte, landete sie in meinen Armen. Na, eigentlich lag sie neben mir im Bett und drückte mich so fest, dass mir die Luft wegblieb.

»Scheiße, Leora!«, wisperte sie. »Musstest du dir so viel Zeit lassen? Ich bin fast draufgegangen.«

Meine Freundin schniefte an meinem Hals und ich konnte nur darüber staunen, denn sie weinte normalerweise nicht.

»Na, jetzt übertreib mal nicht!«, versuchte ich sie aufzuziehen. »Was machst du denn überhaupt hier? Seit ihr extra hierher geflogen?«

Sie blickte zu Sophie und dann wieder zu mir, ließ von mir ab und nahm ebenfalls auf der Bettkante Platz.

»Wir sind schon seit einigen Monaten in Deutschland, denn wir wohnen wieder hier.«

Was? Himmel, was gab es denn sonst noch? Das alles belastete mich wirklich sehr, denn es gab mir das Gefühl, keine Kontrolle über mich zu haben. Also flüsterte ich ein »Oh!« und sah sie entschuldigend an.

»Na, jetzt zieh nicht so ein Gesicht. Die Erinnerungen werden zurückkommen und wir werden dir alle dabei helfen«, sagte sie entschlossen.

Hinter Jen machte ich ein Geräusch aus und erblickte James, der umgehend auf mich zukam und mich in den Arm nahm. »Hey, meine Schöne! Es tut wirklich gut, dich zu sehen. Hast uns eine Heidenangst eingejagt.«

Gott, wie hatte ich ihn vermisst! Also erwiderte ich seine Umarmung und spürte seine Lippen auf meiner Stirn. Diese Geste tat mir außerordentlich gut, denn ich liebte James.

»Ich freue mich auch dich zu sehen«, flüsterte ich ihm ins Ohr.

Er gab mir noch einen weiteren Kuss auf die Stirn, bevor er zurück zu diesem Jay ging. Die beiden schienen vertraut miteinander zu sein, was mich wunderte, denn James war kein Typ, der schnell Freundschaften schloss.

Bevor ich etwas sagen konnte, ging zum tausendsten Male die Tür auf. Meine Augen weiteten sich merklich und standen kurz vor der Explosion.

Verdammt, woher kannte ich denn solche Kerle?

Bei genauerer Betrachtung konnte ich Ähnlichkeiten zwischen Jay und diesem anderen Prachtexemplar ausmachen. Er war nicht so groß und auch nicht so breit, doch viel fehlte dazu nicht.

»Hi Babe, du siehst wirklich scharf aus in deinem Kittel!«, sprach dieser spezielle Leckerbissen.

Babe? Ja, sag mal! Wieso nannte er mich so? Angeblich war ich doch mit Jay verlobt. Ich schaute zwischen Jen und Sophie hin und her und gab ein undamenhaftes Schnauben von mir.

Mehr als ein kurzes »Hi« konnte ich nicht erwidern. Immerhin standen vor meinem Bett zwei Männer, die ich vor Jahren eher angesprungen hätte, als mich mit ihnen zu unterhalten. Andersherum war es für mich einfach unbegreiflich, wieso ich diese Kerle kannte. Das sah mir überhaupt nicht ähnlich. Langsam, aber sicher brauchte ich Antworten. Am besten *sofort!*

»Sorry, aber könntet ihr mich kurz mit Jen und Sophie alleine lassen?«, fragte ich in die Runde.

In diesem kleinen Zimmer befand sich definitiv zu viel Testosteron. Die drei sahen sich kurz an, nickten und verschwanden.

Verwirrt betrachtete ich meine beiden Freundinnen und hätte am liebsten losgelacht, wenn das alles nicht so dramatisch gewesen wäre.

Bullenkacke!

»So, jetzt brauche ich hier ein paar Informationen«, zischte ich. »Wer zum Teufel war das denn? Sophie, du wolltest mir gerade noch etwas erzählen. Fang mal besser jetzt an, sonst lauf ich Amok.«

Jen sah zu Sophie, aber diese erwiderte ihren Blick nicht. Was mir sehr außergewöhnlich vorkam.

»Okay, was ich vorhin sagen wollte«, fing sie an. »Jay und du wart anfänglich nicht ganz kompatibel. Eigentlich konntet ihr euch überhaupt nicht ausstehen. Besser gesagt, konntest du ihn nicht leiden. Wobei ich anmerken möchte, dass ich dir das nie abgenommen habe. Das nur kurz zur Info«, lachte sie auf.

»Nach ein paar Monaten, die du ihm wahrlich aus dem Weg gegangen bist und das mit einer Präzision, die ich noch nie bei einem Menschen gesehen habe, seid ihr euch irgendwann nähergekommen. Doch wolltet ihr beiden Idioten das ja nicht wahrhaben.« Plötzlich verstummte sie und wich meinem Blick aus.

Was war denn da noch? »Und weiter?«, forderte ich sie auf.

Sie zuckte mit den Schultern und seufzte.

»Sophie, verdammt. Rede! Was noch?« rief ich lauter, als ich wollte.

Nun räusperte sich Jen. »Du hast dich in Jay verliebt und er sich in dich. Und zwar Hals über Kopf. Ihr habt auch eine Nacht miteinander verbracht.«

Oh. Mein. Gott!

Oh bitte, das durfte doch nicht wahr sein. Hatte ich denn völlig den Verstand verloren? Wusste ich denn nicht, was auf dem Spiel stand? Meine Augen waren so weit aufgerissen, dass sie hätten rausfallen müssen. »Scheiße, ich kann mich nicht erinnern. Ich erinnere mich überhaupt nicht. Was ist dann passiert?«

Daraufhin schwieg Jen, und Sophie sprach weiter. »Du hast ihn nach der Nacht verlassen und bist zu mir gekommen. Dort hast du Jen und mir erzählt, dass du ihn liebst. Wir sollten dir dabei helfen, ihm begreiflich zu machen, dass du ihn nur für eine Nacht wolltest und nicht darüber hinaus. Das sollte dazu führen, dass er zurück nach New York geht.«

Innerlich schnürte sich alles zusammen. Mein Leben war schon kompliziert genug, wieso musste ich mich dann noch verlieben?

»Anscheinend hat er uns das alles nicht abgenommen, denn sonst wäre er nicht mehr hier, oder?«, stellte ich mehr oder weniger fest.

Das war alles viel zu viel für mich. Daran war ich selber schuld, denn ich hatte es schließlich wissen wollen.

Auf meine Fragen antwortete keiner von beiden. Sie sahen überallhin, nur nicht zu mir. Wenn sie eines nicht konnten, dann war es lügen. Und jetzt verschwiegen sie mir definitiv etwas.

»Was ist los?«, erkundigte ich mich misstrauisch.

Beide rutschten von rechts nach links und wurden immer unruhiger. Vielleicht sollte ich es auf sich beruhen lassen. Vorerst! Denn ich hatte schließlich noch eine andere Frage.

»Okay, dann sagt mir wenigstens, wer der andere Typ war!«

Plötzlich leuchteten Sophies Augen.

AHA! Interessant!

»Das ist Sean«, erklärte sie fröhlich. »Jays Bruder. Er ist in den letzten Monaten einer deiner engsten Freunde geworden. Ihr seid ... ja wie erkläre ich es dir? Ein tolles Team. Ihr versteht euch wirklich gut!«

Oh, das wurde ja immer besser! Anscheinend lebte ich mein Leben, als sei es ein riesengroßer Spaß. Also brachte ich wieder einmal Menschen in Gefahr, offenbar konnte ich es nicht lassen.

So wie es aussah, hatte ich das Versprechen, welches Dominik mir seinerzeit gemacht hatte, in den Hintergrund verbannt, und alles genommen, was sich mir bot.

Vor Jahren waren meinetwegen so viele Menschen ums Leben gekommen – Menschen, die ich geliebt hatte. Sophie war ebenfalls wegen mir entführt worden und hat vieles durchmachen müssen. Wovon ich wahrscheinlich noch nicht einmal die Hälfte wusste.

Jenna und James hatte ich fortgeschickt, damit wenigstens sie glücklich leben konnte. Nur ahnte sie davon nichts. Und genau so sollte es auch bleiben. Dass sie nun mit James in Berlin lebte, passte mir nicht sonderlich, denn damit war die Gefahr größer als jemals zuvor. Derzeit gab es mehr Leute zu beschützen, allerdings war mir noch nicht genau klar, wie ich das bewerkstelligen sollte.

»Hey, denke nicht einmal daran!«, schimpfte Jen mit mir. »Schieb deine Psychogedanken ganz schnell beiseite. Die schreien mich ja förmlich an. Jay liebt dich. Das solltest du im Hinterkopf behalten. Ja, du wolltest, dass er verschwindet, weil du Angst um ihn hattest, aber er würde den Kampf mit dir zusammen aufnehmen. Genauso wie wir auch. Wenn du ihn wegschickst, wirst du immer unglücklich sein. Du brauchst ihn und er dich.«

»Ich weiß ja nicht, aber hörst du dir auch mal selber zu? Ich bringe ihn in Gefahr.«

Stopp!

Plötzlich erinnerte ich mich ein wenig. »Wir haben es dir in Sophies Appartement erzählt, richtig?«

Sie nickte. Bevor sie etwas erwidern konnte, mischte sich Sophie ein. »Ja, das stimmt! Hör zu. Jen weiß das doch alles und ich verstehe sie. Vielleicht sollten wir das Gespräch verschieben. Du siehst müde aus und du solltest dich ein wenig ausruhen. Wir reden, wenn du zu Hause bist.«

Das schien gut überlegt zu sein, denn ich fühlte mich wirklich erschlagen. Meine Freundinnen gaben mir einen Kuss und verschwanden aus meinem Zimmer.

Eine Weile starrte ich noch an die Decke. So ganz alleine in diesem Raum zu sein, war unheimlich. Das Licht war gedimmt und die Schatten ließen mich erschaudern. Fremde Umgebungen mochte ich nicht. In diesem Moment wurde meine Tür geöffnet. Es war Mr. Yummy!

»Hey du! Ich wollte nur kurz fragen, ob du noch etwas brauchst«, sagte er mit einer wirklich tiefen, sexy Stimme und mir lief ein Schauer über den Rücken.

Am liebsten hätte ich sofort »Ja!« geschrien, denn ich wollte verdammt noch mal nicht alleine bleiben.

Konnte ich Jay bitten? Ich war hin und her gerissen. Wenn ich mich ein wenig mit ihm unterhalten würde, vielleicht kämen dann ein paar Erinnerungen wieder?

Als wäre das der einzige Grund! Innerlich verdrehte ich die Augen.

Er hatte etwas an sich, was mich anzog, und zwar heftig. Was Jen vorhin zu mir gesagt hatte, ging mir nicht mehr aus dem Kopf. Und die einzige Frage, die ich mir seither stellte, war: Wusste er irgendetwas? Allerdings konnte ich mir das nicht vorstellen.

Meine Freundinnen würden nie ein Wort darüber verlieren. Das hatten wir uns vor Jahren geschworen. Den beiden vertraute ich mehr als sonst irgendjemandem.

Es war ein unbeschreibliches Gefühl, zu wissen, dass dieser Mann in mich verliebt war. Unvorstellbar! Dass ich mich ebenfalls in ihn verliebt hatte, konnte ich mir ohne Weiteres eingestehen.

Denn auch, als ich wach geworden war und ihn erblickt hatte, konnte ich dieses seltsame Kribbeln in meinem Bauch wahrnehmen. Irgendwie schien es mir, dass ich auch ihm vertrauen könnte. Also atmete ich tief ein, bevor mich mein Mut verließ.

»Ja, da wäre etwas!«

Ohne zu zögern, betrat er das Zimmer und schloss die Tür. Als er auf mein Bett zukam, wurde mir ganz anders. Vor allem ziemlich warm!

»Was denn, Kleines?«

Kleines? Hatte mittlerweile jeder einen Kosenamen für mich? Ich hasste Spitznamen.

Aber das wollte ich ihm jetzt nicht unbedingt vor den Latz knallen, denn er sollte schließlich bei mir bleiben.

»Würdest du ... vielleicht ... nur, wenn du Zeit hast ... noch etwas hier ... bleiben?« Gott, ich benahm mich wie eine Idiotin! Was plapperte ich denn da?

In seinem Blick konnte ich keinerlei Spott entdecken. Es schien, als würde er sich über meine Frage ... freuen?

»Natürlich habe ich Zeit«, antwortete er kurz und schenkte mir ein Lächeln, welches mir die Schuhe ausgezogen hätte, wären diese an meinen Füßen gewesen.

»Würdest du mir etwas von dir erzählen? Vielleicht hilft es mir!«, fragte ich unsicher.

Mit einem Nicken zog er sich den Stuhl direkt neben das Bett, nahm Platz und fing an zu berichten. Ich erfuhr von NYC, seiner Firma und wie wir uns kennengelernt hatten. Als er sich an unser Zusammentreffen erinnerte, musste er lächeln, und ich versuchte, nicht rot zu werden.

Himmel! Wie peinlich!

Er sprach von der Gründung unserer WG und wie es dazu gekommen war. Sofort fragte ich mich, was seine Onkel damit bezweckt hatten.

Schlitzohren!

Natürlich erwähnte er auch meine Fluchtiraden oder wie ich ihm perfekt aus dem Weg gegangen war. Dann kamen wir auf das Thema ›Weihnachten‹.

Plötzlich erinnerte ich mich an ein Wohnzimmer, in dem wir alle standen. An den Tannenbaum und Sophies Glocke. Grünes Kleid? War das eine Erinnerung oder Einbildung? Er musste etwas in meinem Gesicht gelesen haben.

»Erinnerst du dich an irgendetwas, Leora?«

Wie beschwingt er meinen Namen aussprach, dabei lief mir ein Schauer über den Rücken. Es hörte sich auf eine angenehme Weise ... intim an und meine Gedanken gingen gerade völlig mit mir durch!

›Verdammt, reiß dich zusammen!‹, gab ich mir innerlich eine Ohrfeige.

»Da sind einige Bilder in meinem Kopf. Wir standen alle im Wohnzimmer. Rose und Tim waren auch da. Es war alles geschmückt. Ein riesiger Baum und darunter viele Geschenke. Hatte ich ein grünes Kleid an?«

Er lächelte mich an, seine Augen funkelten und mir zog es fast das Höschen aus. Beziehungsweise schwamm es soeben davon.

Himmel!

»Ja. Du hattest ein heißes grün-silbernes Kleid an und sahst wunderschön aus.«

Oha! Gerade wurde mir bewusst, dass ich hier in einem verfluchten Engelshemdchen vor ihm saß.

Es war zum Heulen!

Mit seinem Blick brachte er mich fast zum Schmelzen. Wie konnte ein Mann nur so verdammt gut aussehen? Anscheinend hatte ich keinerlei Chancen! Vor allem war das Zusammenreißen in seiner Gegenwart nicht besonders einfach.

Da ich zu keiner Antwort imstande war, lächelte ich ihn an. So, wie es nur Teenager machen würden, denn meiner Stimme traute ich keinen Millimeter über den Weg.

Er wechselte das Thema, erwähnte seine Seal-Zeit und wieder kam eine Erinnerung zurück.

Ein Navy Cross Anhänger und eine Kette mit Abzeichen. Allerdings sprach ich ihn nicht darauf an. Das würde ich anders herausfinden müssen. Jay erzählte noch viele Dinge, doch irgendwann überkam mich die Müdigkeit und ich schlief ein.

Ohne Angst und Furcht!

Als ich am nächsten Morgen erwachte, bemerkte ich, dass es meinem Kopf besser zu gehen schien. Also setzte ich mich ein Stück weit auf.

Erwähnte ich bereits, dass ich Gipse hasste? Man war so verdammt eingeschränkt in seinen Bewegungen und ich fühlte mich wie eine achtzigjährige Omi. Da fehlte nur noch der Rollator. Vielleicht würde ich mir später einen besorgen, dann wäre das Bild perfekt.

Langsam konnte ich das scheiß Hemdchen, welches ich anhatte, nicht mehr leiden und sehnte mich nach meinen eigenen Klamotten. Außerdem wollte ich nicht mehr im Krankenhaus bleiben, sondern nach Hause.

Schließlich ging es mir ausgezeichnet, sodass der Entlassung nichts im Wege stehen würde. Das wäre meine nächste Frage an den Arzt und ich wollte nichts Gegenteiliges hören. Krankenhäuser waren ätzend und ich fühlte ich unwohl.

Ich sah mich im Zimmer um und meine Augen fanden einen schlafenden Jay. Er lag auf dem Bett, welches an der rechten Wand stand.

Mein Herz zog sich zusammen und dieses Gefühl konnte ich nicht ganz erklären. Wenn meine Erinnerungen nicht schnellstmöglich zurückkämen, würde ich noch durchdrehen. Vielleicht brauchte mein Gehirn wirklich nur etwas Zeit.

Er war so unsagbar schön, dass ich den Blick nicht abwenden konnte. Da er nicht ganz zugedeckt war, konnte ich sein Tattoo betrachten. Es ging von seinem Hals hinunter über seinen linken Arm. Eine Art Tribal. Sogar seine Waden waren lecker und von seinen verdammten Oberschenkeln wollte ich erst gar nicht anfangen. Irgendwie hatte ich nämlich das Gefühl, der Sabber würde mir bereits aus den Mundwinkeln tropfen. Gott, sah der Mann scharf aus! Die Muskeln waren der Hammer und ich hatte in diesem Moment das Bedürfnis, an seinem Bizeps zu knabbern.

Nach dem, was er mir über unser Kennenlernen erzählt hatte, konnte ich mir wirklich nicht erklären, wie er sich in mich verlieben konnte. Wie es dazu kam, würde für mich wohl vorerst ein Geheimnis bleiben.

Die Tür ging auf und eine Krankenschwester kam herein. Sofort hob ich einen Finger an meine Lippen und deutete auf den schlafenden Traum!

Sie zwinkerte mir zu, als sie auf mich zukam. »Er ist ein Schatz«, flüsterte sie. »Er war täglich hier und hat Ihnen vorgelesen und Geschichten erzählt. Überwiegend hat er hier geschlafen oder Ihre Freundin. Es war wirklich schwierig, ihn aus dem Zimmer zu bekommen. Sie haben einen ganz tollen Verlobten. Finden übrigens auch meine Kolleginnen.

Wir haben ihn alle ins Herz geschlossen, genauso wie seinen Bruder. Da haben Sie etwas ganz Wertvolles an Ihrer Seite, wenn ich mir erlauben darf, das zu sagen.«

Ich konnte gar nicht glauben, was sie hier ausplauderte. Aus welchem Grund auch immer bedeuteten mir diese Worte viel – sehr viel.

Er war immerzu hier gewesen und hatte auf mich aufgepasst. Es fühlte sich für mich danach an, als hätte er versucht, mich zu beschützen. Wieder drohten meine Emotionen mit mir durchzugehen, denn mein Innerstes zog sich merklich zusammen.

»Ja, da kann ich wirklich von Glück reden. Es ist ein Geschenk, so tolle Menschen an seiner Seite zu haben«, erwiderte ich leise.

Umgehend beschloss ich, alsbald das Gespräch mit meinen Freundinnen zu suchen. Es war wichtig für mich, mehr über ihn zu erfahren. Wenn ich ehrlich war, wollte ich alles wissen. Was genau er beruflich machte, wieso er bei den Seals aufgehört hatte und so weiter. ALLES! Ihn selber würde ich natürlich nicht danach fragen, denn dazu war ich eindeutig zu feige.

Außerdem wusste ich auch noch nicht genau, wie ich mit der Tatsache umgehen sollte, einen Mann zu lieben, beziehungsweise zu wissen, dass er mich liebte.

Einige Dinge konnte ich nun einmal nicht zulassen und das gehörte eindeutig dazu. Ob ich es nun wollte oder nicht, diese Entscheidung wurde seinerzeit für mich getroffen. Manchmal fühlte es sich wie ein Fluch an, der mir die Luft zum Atmen nahm. Wahrscheinlich war es das auch.

Wie Sophie mir berichtet hatte, hatte ich ihn loswerden wollen. Warum genau das nicht funktioniert hatte, wusste ich nicht.

Noch nicht!

Eines stand für mich fest: Irgendetwas stimmte nicht.

Meine Freundinnen benahmen sich seltsam und keine von beiden sah mich wirklich an. Sie wichen mir aus und untereinander schien es auch nicht besonders rosig zu sein. Was auch immer es war, ich musste es herausfinden!

»Wann kann ich denn wohl nach Hause?«

Natürlich wusste ich, dass die Frage überflüssig war, doch auf einen Versuch kam es schließlich an.

Die Angesprochene sah mich erschrocken an und kam tatsächlich etwas ins Stottern. »Frau Restma, Sie sind gestern erst aus dem Koma erwacht. Sie haben einiges durchgemacht. Sie brauchen noch Ruhe!«

»Ja, aber mir geht es wieder gut und zu Hause wird man bekanntlich viel schneller gesund.«

Die Krankenschwester musste an meinem Verstand zweifeln, so wie sie mich anstarrte. Irgendwann schüttelte sie den Kopf.

»Ich schicke Ihnen den Arzt. Sprechen Sie mit ihm. Vielleicht können Sie ihn dazu bringen, Sie zu entlassen.«

Das würde ich auch machen. So!

»Na, diskutierst du schon, wann du hier raus darfst?«, kam lachend von Jay, der sich in seinem Bett bereits aufgesetzt hatte.

Wir waren so mit Flüstern beschäftigt gewesen, dass ich ihn überhaupt nicht bemerkt hatte.

Scheiße!

»Ich diskutiere gar nicht. Ich wollte nur mal fragen!«, grummelte ich und hörte mich dabei wie ein trotziges Kind an.

Was war nur los mit mir? War ich wirklich so ein Weichei geworden?

Himmel, die Liebe machte aus mir eine Heulsuse. Liebe? Wer war hier verliebt?

Die Schwester lächelte ihn an und er erwiderte es. Am liebsten hätte ich gefragt, ob ich sie kurz alleine lassen sollte, damit sie einen Moment für sich hätten.

Dreckskuh!

In mir stieg die Wut hoch und leiden konnte ich die Schlampe doch nicht. Was natürlich nichts damit zu tun hatte, dass sie ihn angegrinst hatte!

Gestern hatte ich mir noch Gedanken darüber gemacht, wie egoistisch ich war und in welcher Gefahr sich Jay befand, und heute könnte ich der Frau, die mir gerade meinen Blutdruck gemessen hatte, meinen Gipsarm in den Magen rammen.

Noch nie im Leben war ich ein eifersüchtiger Mensch gewesen. Diese Wesensveränderung lag ausschließlich an meinen Verletzungen, denn offenbar schien ich kopfmäßig nicht ganz richtig zu sein.

Ganz sicher!

Verdammt, ich hatte gar keinen Anspruch auf diesen Mann, denn ICH KANNTE IHN JA ÜBERHAUPT NICHT!

Die Pflegerin ließ von mir ab und schenkte natürlich – wem auch sonst? – Jay noch ein sexy Lächeln. Ich konnte nicht anders, als meine Augen zu verdrehen und theatralisch zu schnauben.

Böse kleine Krankenschwester!

Sie verabschiedete sich und verließ das Zimmer. Obwohl ich ihm gerne mit meinem Bein – das natürlich eingegipst war – in den Hintern getreten hätte, versuchte ich, mir nichts anmerken zu lassen. Auf keinen Fall durfte er erkennen, wie ich ihn in diesem Augenblick hasste!

Als er auf mich zukam, wurde mir ganz warm, und als er sich dann auch noch neben mich auf die Bettkante setzte, schien der Hass verraucht zu sein.

Scheiß Hormone!

»Wie geht es dir?«

Wie gerne hätte ich mich heulend in seine Arme geschmissen und ihm gesagt, dass ich mein Leben echt scheiße fand.

Doch das würde nicht passieren, schließlich war ich keine Dramaqueen.

»Eigentlich ganz gut«, stammelte ich vor mich hin. »Mein Bein und mein Arm tun etwas weh und vielleicht noch die eine oder andere Rippe. Ansonsten geht es mir wirklich super. Und dir? Hast du gut geschlafen?«

Ich hob meinen Kopf und unsere Blicke trafen sich. Mich durchströmten tausende von Blitzen und mein Netzhöschen war schon wieder feucht. Er starrte auf meinen Mund, und ich wünschte mir nichts sehnlicher, als dass er mich küssen würde. JETZT!

Allerdings musste ich erst einmal ein paar Dinge in Erfahrung bringen und vielleicht daran arbeiten, dass meine Erinnerungen zurückkehrten. Was danach passieren würde, stand noch in den Sternen. Allerdings hieß das nicht, dass ich es nicht trotzdem wollte – verdammt!

Da er keine Anstalten machte, mich endlich abzuschlecken, zog ich meine Lippen ein, sodass sie einem schmalen Strich glichen.

Was natürlich völlig lächerlich war. Mir fiel direkt auf, dass ich mich in seiner Gegenwart auch genau so benahm.

Das musste ich unbedingt in den Griff bekommen, denn immerhin war ich fünfundzwanzig Jahre alt und keine sechzehn mehr.

»Ja, ich habe endlich mal wieder durchgeschlafen«, antwortete er. »Und mir geht es auch gut. Ich bin einfach nur froh, dass du wieder da bist.«

Er wollte mehr sagen, das sah ich ihm an, doch er biss sich auf die Zunge, um es zu verhindern. Vielleicht war es auch besser. Auf der anderen Seite wollte ich, dass er laut: »Ich liebe dich!«, brüllte, damit ich es wenigstens einmal zu hören bekam. Wahrscheinlich war das zu viel verlangt, denn er machte ja noch nicht einmal die geringsten Anstalten, seine verdammten Lippen auf die meinen zu legen.

Wie sich wohl seine Zunge anfühlte? Und zwar ÜBERALL? Mit mir gingen die Pferde durch.

Am gestrigen Tag war ich erst aus dem Koma aufgewacht und heute überlegte ich mir bereits, wie ich trotz der scheiß Gipse am besten Sex mit ihm haben könnte. Auch für eine solche Situation gab es sicherlich Lösungen. Innerlich trat ich mir vor das Schienbein, denn ich wusste, dass ich mir das nicht wünschen durfte. Trotzdem tat ich es.

»Danke, dass du hiergeblieben bist«, sagte ich fest und sah ihm dabei in die Augen. »Du hast sicherlich einiges zu tun und ich will dich nicht davon abhalten. Gestern Abend hatte ich ein ungutes Gefühl, so ganz alleine.«

Seine Augen funkelten und er fing an zu lächeln.

Wenn er das noch ein paar Mal so machte, würde ich die Initiative ergreifen und ihn umgehend anspringen. Mir mein sexy Kleidchen auszuziehen war schließlich nicht das Problem. Es war immerhin hinten komplett offen.

Mir vorzustellen, wie ich ihn langsam entkleidete, ließ mir die Wärme in die Wangen schießen. Ein leidenschaftlicher Kuss, wie ich ihm das Shirt über den Köper zog und mich danach seiner Hose widmen würde. Den Reißverschluss öffnen und ihm diese mitsamt Short herunterziehen. Mich umständlich auf den Hintern plumpsen lassen – weil Gips! – und mit meinen Händen seinen Schwanz streicheln. NEIN! Das mit dem auf den Po fallen lassen, würde nicht funktionieren, denn ich käme mit meinem Mund nicht dran. Also würde ich ihn mit dem Rücken auf mein Bett drücken und mich danebenstellen – natürlich auf einem Bein, weil Gips! – dann mit meiner Zunge über seine Brustwarzen lecken und mich sachte nach unten arbeiten. Vorsichtig mit meinem Daumen über seinen Schaft streicheln und ihm dabei zusehen, wie er sich unter meinen Berührungen wand. Dann mit meinem Mund alles in mich aufnehmen, was er mir geben konnte und wenn ...«

»Du bist unglaublich!«, grinste er und holte mich aus meinem Traum. »Ich bin gerne hier bei dir. Auch wenn du mich nicht gefragt hättest, wäre ich geblieben. Und nein, ich habe nichts Besseres vor.«

Das hörte sich wirklich schön an, mein Herz begann zu rasen und vor allem musste ich meine Gedankengänge auf die Reihe bekommen. Egal, was auch in diesem Augenblick passiert wäre, niemand hätte mir meine Decke wegnehmen dürfen. Die Befürchtung lag nahe, dass mein Laken, inklusive Matratze, durchnässt war.

Das konnte kein Dauerzustand werden, denn so viele Höschen besaß ich nun auch wieder nicht. Und schließlich konnte ich mir daheim nicht regelmäßig eine neue Matratze zulegen. Dieser Mann brachte eine Seite an mir zum Vorschein, von der ich noch nicht einmal gewusst hatte, dass sie existierte.

Wenn ich ihn genauer betrachtete, schien er auch älter zu sein, als ich es war. Nur, wie viel? Ohne über meine nächsten Worte nachzudenken, waren sie auch schon ausgesprochen!

»Wie alt bist du?«

Vielleicht hätte ich meinen Kopf auf den Tisch schlagen sollen?

Er lachte auf. »Das ist das erste Mal, dass du mich das fragst. Ich bin 31!«

Wunderbar!

»Du bist sechs Jahre älter als ich?« Warum war ich so erschrocken? Immerhin war Michael zehn Jahre älter.

»Zu alt für dich?«, fragte er schmunzelnd.

Himmel! Darauf würde ich auf keinen Fall antworten.

»Habe ich mich immer so unreif in deiner Nähe benommen?«, kam die Frage schneller, als dass ich sie hätte aufhalten können, und ich senkte den Blick auf meine Hände. Sofort spürte ich seine Finger unter meinem Kinn, die es sanft anhoben, damit ich ihn erneut ansehen musste.

»Nein, du benimmst dich überhaupt nicht unreif«, flüsterte er und zog meinen Kopf etwas zu sich. »Und, ehrlich gesagt, nein, du hast dich auch noch nie dementsprechend mir gegenüber benommen. Manchmal habe ich es mir zwar gewünscht, aber diesen Wunsch wolltest du mir einfach nicht erfüllen.«

Na toll, was sollte das denn wieder heißen? Wie hatte ich mich ihm gegenüber verhalten? So wie ich mich kannte, wollte ich es lieber nicht wissen.

»Ich weiß nicht, was ich gemacht habe, doch sollte es dich verletzt haben, tut es mir leid«, flüsterte ich und hielt weiterhin seinem Blick stand.

»Du brauchst dich nicht zu entschuldigen. Alles wird wieder gut. Wir bekommen das gemeinsam hin, das verspreche ich dir.« Er legte seine Hände um mein Gesicht, küsste meine Stirn und löste sich wieder von mir.

Reaktion? – STARRE!

»Sean würde dich gerne besuchen kommen, wenn du ihn sehen willst. Er möchte dich nur nicht überfordern.«

Er hatte mir einen Kuss auf die Stirn gegeben und nun brannte die Stelle. Zum Teufel, warum reagierte mein verräterischer Körper nur so unkontrollierbar auf ihn?

Jetzt war ich ein wandelndes Wrack! Wobei von Wandeln nicht die Rede sein konnte!

Verwirrt betrachtete er mich, und mir fiel ein, dass er mich etwas gefragt hatte.

»Ähm, natürlich kann er kommen«, murmelte ich. »Mir wurde schließlich gestern erzählt, dass wir uns ganz gut verstanden haben. Bleibst du dann auch noch hier?«

Die Frage sollte beiläufig klingen, was nur vollkommen in die Hose ging. Mit einem lauten Lachen tippte er auf seinem Handy herum und packte es anschließend beiseite.

»Ich habe Sean geschrieben und ich denke, er wird gleich kommen. Dann werde ich mich etwas frisch machen. Versuch du etwas zu essen.«

Warum er gelacht hatte, wusste ich nicht, und er schien mir diesbezüglich auch keine Erklärung geben zu wollen. Ob er nun bleiben oder gehen wollte, war mir auch nicht klar. Immerhin hatte er mir daraufhin keine Antwort gegeben.

Er stand auf und ging ins angrenzende Bad. Meine oberste Priorität: Herausfinden, was genau zwischen ihm und mir vor sich ging. Was ich dann damit anstellen würde ...

... keine Ahnung!

Kapitel 4

Jay

Ich sah in den Spiegel, mein Gesicht nass vom Wasser und ich fühlte mich ... hilflos. Nebenan lag die Frau, die ich über die Maßen liebte, nur konnte sie sich nicht mehr an mich erinnern.

Als sie mich am gestrigen Abend gefragt hatte, ob ich bei ihr bleiben könnte, hatte mein Herz für einige Sekunden ausgesetzt. Nachdem ich ihr alles Mögliche erzählt hatte, schlief sie irgendwann ein. Damit sie die Nacht über nicht frieren würde, deckte ich sie zu und strich ihr noch einige Haarsträhnen aus dem Gesicht. Wie gerne hätte ich sie geküsst, doch der Zeitpunkt schien mir nicht passend. Bevor ich mich in mein Bett legte, beobachtete ich diese schöne schlafende Frau noch eine ganze Weile. In diesem Moment wurde mir klar, dass ich zu einem Weichei mutiert war. Denn ich liebte dieses Mädchen mehr als mein Leben. Auch ich musste schnell eingeschlafen sein, was nicht ungewöhnlich war, denn die letzten drei Wochen war ich kaum zur Ruhe gekommen.

Als ich am nächsten Morgen hörte, wie Leora fragte, wann sie denn entlassen werden würde, musste ich innerlich lachen. Nachdem sie mich bemerkt hatte, fand ich ihr Erscheinungsbild einfach nur unbeschreiblich ... süß! Sie sah aus, als sei sie beim Bonbons-Stehlen erwischt worden.

Ein Lachen konnte ich mir nicht verkneifen. Die Krankenschwester mit dem Namen ›Nina‹ war eine ganz liebe Person. Sie sah toll aus, hatte Humor und war ... lesbisch. Während der letzten Wochen hatte sie mir immerzu ein aufmunterndes Lächeln geschenkt, welches mir oft dabei geholfen hatte, den Kopf nicht hängen zu lassen. Was mich tatsächlich amüsierte, war Leos Blick. Ihr schien es nicht zu gefallen, wie die Pflegerin sich mir gegenüber verhielt. Es brauchte meine ganze Willenskraft, der Versuchung zu widerstehen, mein Mädchen zu küssen. So sehr diese Frau mich auch zur Weißglut treiben konnte, war sie auch diejenige, die mich zum Lachen brachte.

Nachdem ich mich frisch gemacht und das Zimmer erneut betreten hatte, ging auch schon die Tür auf, und Sean schlenderte in den Raum. Er nickte mir zu und wandte seine ganze Aufmerksamkeit auf Leora. »Hi. Wie geht es dir?«, fragte er sie ruhig.

Sie thronte in dem Bett und starrte ihn mit gerunzelter Stirn an. »Hast du mich nicht gestern ›Babe‹ genannt?«, entgegnete sie trotzig. »Wenn du das die ganze Zeit getan hast, solltest du das wohl lieber beibehalten. Ich hatte mich bestimmt, wenn auch widerwillig, daran gewöhnt.«

Dann schenkte sie ihm ein zuckersüßes Lächeln und ich war wirklich beeindruckt. Sie konnte noch so viel durchmachen, und fand trotzdem immer die Möglichkeit, in anderen Hoffnung zu wecken. Ich sah zu meinem Bruder, der wie erstarrt am Fußende des Bettes stand und – aufhörte zu atmen? Sollte ich ihn berühren, bevor er blau anlaufen würde? Doch er bekam sich vorher noch in den Griff.

»Ja. Ich habe dich von Anfang an so genannt und lebe noch«, stellte er schmunzelnd fest. »Was für mich Zustimmung genug ist.«

Beide fingen an zu lachen, als wäre es nie anders gewesen. Sean begab sich an ihre Seite und ließ sich auf dem Stuhl nieder.

»Wie geht es dir, Babe?« Er grinst sie an und sie erwiderte es.

»So weit ganz gut. Mich nervt der Gips und ich will ihn schnell loswerden. Aber am liebsten würde ich nach Hause«, seufzte sie und sah auf ihre Finger. Plötzlich kam mir ein Gedanke: Wenn ich bescheinigte, dass ich mich um sie kümmern würde, vielleicht könnte sie entlassen werden?

Sean nahm ihre Hand, als sei es selbstverständlich, und sie ließ es zu, obwohl ihr ganzer Körper sich anspannte. Sie wollte auf das vertrauen, was ihre Freundinnen ihr erzählt hatten. »Du bist gestern erst aus dem Koma erwacht«, stellte mein Bruder fest. »Meinst du nicht, dass es etwas zu früh dafür ist?«

Sie schüttelte den Kopf.

»Ja, sie hat heute Morgen schon angefangen, mit Nina zu diskutieren«, stichelte ich. »Doch die verwies auf den Arzt.«

Natürlich betonte ich den Namen der Schwester provozierend, ihre Reaktion darauf war so typisch Leora.

Innerlich musste ich lachen, denn sie ignorierte mich wieder einmal und schenkte Sean ihre ungeteilte Aufmerksamkeit. Allerdings wollte ich es nicht auf die Spitze treiben, deswegen versuchte ich, die Sache mit Nina aufzuklären. Mein Bruder kam mir zuvor. »Nina ist ein heißer Feger und total lieb. Aber zu meinem Bedauern ... lesbisch! Tragisch!«, entrüstete er sich gespielt.

Leora schloss ihre Augen und ich fing an zu lachen. Sie hob ihren Kopf und sah mich mit verengten Augen an, was mich dazu brachte, loszuprusten.

Nun schien sie sich ein Grinsen verkneifen zu wollen, scheiterte jedoch auf ganzer Linie. Schließlich resignierte sie und stimmte mit ein. Sean sah zwischen uns hin und her und verstand die Welt nicht mehr.

»Habe ich etwas verpasst?«, fragte er. Leora schüttelte lachend den Kopf.

»Nein«, antwortete ich grinsend. »Alles gut. Vielleicht die ganze Anspannung der letzten Wochen. Keine Ahnung.«

Sie zuckte mit ihren Schultern und drückte seine Hand. Er sah mich an, und ich wusste, dass er mir die Geschichte nicht abnahm. In diesem Moment wollte ich das nicht aufklären, sondern die Atmosphäre genießen.

Noch eine Weile saßen wir an ihrem Bett, bevor Jen hereinkam. Wir verabschiedeten uns und ich versprach, am Abend wiederzukommen. Es war an der Zeit, das Appartement auf Vordermann zu bringen. In den letzten drei Wochen hatte ich es nicht mehr betreten und überhaupt nicht darüber nachgedacht, dass Leora dort wieder einziehen würde. Der Zustand dieser Wohnung war katastrophal. Die Erinnerungen daran machten mich umgehend wieder wütend. Da wir aber wussten, wie überzeugend Leora sein konnte, wollte ich vorbereitet sein. Der Gedanke mit ihr wieder zusammenzuleben, machte mich glücklich. Vielleicht würden wir eine zweite Chance bekommen.

Wir saßen im Auto vor dem Komplex, aber keiner von uns bewegte sich. »Es graut mir davor, die Wohnung zu betreten, wenn ich ehrlich bin«, knurrte Sean. »Wenn ich das alles zu Gesicht bekomme, schießen mir die Bilder wieder von dem in den Kopf, was er ihr alles angetan hat.«

»Ich weiß, was du meinst«, grummelte ich. »Aber wir haben keine Wahl. Wenn sie wirklich in ein paar Tagen nach Hause kommt, dürfen keine Spuren mehr zu sehen sein.«

Er nickte, und wir stiegen aus dem Wagen, gingen die Stufen hinauf, betraten die Lobby und begaben uns direkt zu den Aufzügen.

Plötzlich blieb ich stehen und wandte mich an meinen Bruder. »Weißt du, was ich mich die ganze Zeit frage?«, sagte ich nachdenklich. »Wie hat es Sterov geschafft, am Empfang vorbeizukommen? Du musst hier angemeldet sein, um zu den Appartements zu gelangen. Ansonsten werden die Bewohner vorab telefonisch informiert.«

Mit ein paar schnellen Schritten stand ich vor dem Tresen und sah einen jungen Mann dahinter stehen, den ich erst ein paar Mal zu Gesicht bekommen hatte. In den letzten Wochen hatte ich fast täglich darüber nachdenken müssen, wie es zu dieser Katastrophe überhaupt gekommen war. Von Anfang an war uns mitgeteilt worden, dass Besucher auf einer gesonderten Liste geführt werden mussten. Andernfalls wurden die unangekündigten Gäste in der Vorhalle aufgehalten, um den entsprechenden Bewohner zu kontaktieren. Eingangs hatte ich mich selber über die Sicherheit erkundigt und war auch des Öfteren um den Block gelaufen. Es gab nur eine Hintertür, auf der ›Personal‹ stand, sowie die Terrassentür, die zum Hof führte. Doch auch dadurch kam man nur mit der entsprechenden Schlüsselkarte.

Vermutlich hatte er Helfer gehabt. Nur wen?

»Mr. Kingston?«, sprach der Empfangsmitarbeiter mich an. »Kann ich Ihnen behilflich sein?«

»Ja, das können Sie! Gibt es eine Möglichkeit, zu den Wohnungen zu gelangen, ohne durch die Lobby zu müssen?«

Würde es einen anderen Zugang geben, könnte ich mir erklären, wie er es geschafft hatte. Es wäre ja durchaus möglich, dass ich etwas übersehen hatte, obwohl ich es mir nicht vorstellen konnte.

»Nein, Mr. Kingston«, antwortete der Knilch irritiert. »Es gibt keine weiteren Eingänge. Nur die für das Personal. Allerdings ist diese Tür immer verschlossen. Ansonsten gibt es nur eine Möglichkeit nach oben zu gelangen und die führt durch die Lobby.«

»Gut. Hier gibt es Überwachungskameras«, stellte ich fest. »Wo gehen die Bänder hin und in welchen Abständen werden sie entnommen?« So wie der Junge mich ansah, wusste er anscheinend überhaupt nicht, wovon ich sprach.

»Darauf kann ich nicht antworten, Mr. Kingston, denn ich weiß es nicht. Aber unser Sicherheitschef, Herr Rudolf, ist gegen Abend im Haus. Wenn Sie mit ihm sprechen möchten, werde ich das für Sie in die Wege leiten«, schlug er vor.

Ich überreichte ihm meine Visitenkarte. Es musste eine Möglichkeit geben, an diese Bänder zu gelangen. In diesem Komplex gab es einen Verräter und ich hatte die Absicht, ihn zu entlarven. Jeder, der an dieser Aktion beteiligt gewesen war, sollte meinen Zorn zu spüren bekommen. Niemand würde verschont bleiben. Je näher wir der Wohnung kamen, desto wütender wurde ich. In dem Augenblick summte mein Handy.

Es war Nic. »Hey. Wie geht es dir?«, fragte ich. Im Hintergrund hörte ich Geräusche, die darauf hindeuteten, dass er im Auto saß.

»Ich bin auf dem Weg ins Krankenhaus. Wo bist du?«, fragte er abgehackt.

»Wir sind in Grunewald«, antwortete ich. »Wir müssen das Appartement in Ordnung bringen, bevor Leora entlassen wird.«

Nic schnaubte. »Ich komme auch dazu. Wartet dort auf mich! Bin in der Nähe.«

Wir beendeten das Gespräch und ich wandte mich an Sean. »Nic kommt auch. Ich denke, er möchte sich ein eigenes Bild machen.«

Er nickte mir zu. Vor der Tür blieben wir stehen und erkannten, dass das Siegel der Polizei durchgeschnitten worden war. Sean zog sofort seinen Schlagstock und ich mein Messer, bevor wir langsam die Tür öffneten und hineingingen.

Im Flur hörten wir Geräusche und begaben uns still in Richtung Wohnzimmer. Was wir dort vorfanden, versetzte mir einen Stich. Auf dem Boden kauerte eine weinende Sophie, die versuchte, die großen Scherben einzusammeln. Anscheinend hatte sie dieselbe Idee wie wir gehabt. Natürlich hatte ich mich bereits in der Klinik gefragt, warum sie dort noch nicht aufgetaucht war, denn das tat sie sonst immer. Sie kam, bevor sie zu Arbeit musste, in der Mittagspause und nach Feierabend. Dass sie für ihre Freundin das Zuhause herrichten wollte, war mir überhaupt nicht in den Sinn gekommen.

»Hey Süße. Was tust du denn hier?«, fragte ich sie leise. »Warum hast du mir nicht Bescheid gesagt?«

Sie schreckte auf. Anscheinend war sie so in Gedanken, dass sie uns nicht bemerkt hatte. Sofort legte sie ihre Hand aufs Herz, wahrscheinlich, um sich zu beruhigen.

»Herrgott, warum schleicht ihr euch denn so an?«, keifte sie erschrocken. »Ich habe fast einen Herzinfarkt bekommen!«

Gleichzeitig wischte sie sich ihre Tränen von den Wangen und widmete sich wieder den Splittern, die sie wohlgemerkt mit ihren bloßen Händen aufhob.

Nie sollte einer sehen, dass sie weinte. Ohne ein Wort ging Sean auf sie zu, zog sie an den Schultern hoch und nahm sie in den Arm. Zuerst erwiderte sie diese nicht. Als er sie immer fester an sich zog, schlang sie ihre ebenfalls um seine Hüften und begann bitterlich zu weinen.

Es war das erste Mal, dass ich sie so aufgelöst erlebte, und ich war froh, dass auch sie nun endlich loslassen konnte.

In diesem Moment dankte ich Gott, dass sie schwach wurde und sich helfen ließ. Denn auch sie konnte nicht andauernd stark sein. Die letzten drei Wochen hatte sie nicht eine Träne vergossen oder Gefühle gezeigt. Sie funktionierte und jetzt wollte mein Bruder ihr anscheinend ein wenig Sicherheit bieten, die sie dringend nötig hatte.

Derweil schaute ich mich im Wohnzimmer um und sah überall getrocknetes Blut. Die Dekorationen von den Kommoden lagen zersprungen auf dem Boden, die Bilder hingen schief oder überhaupt nicht mehr an den Wänden. Alles war zerbrochen und durcheinander. Es war ein Ort des Schreckens geworden, und ich konnte mir nicht vorstellen, wie Leora hier weiter leben wollte. Doch auf einen Versuch kam es an. Sophie löste sich von meinem Bruder und entschuldigte sich für ihren Ausbruch. Dieser nahm ihr Gesicht in seine Hände und flüsterte ihr etwas zu, was ich nicht verstehen konnte. Hinter mir hörte ich ein Geräusch und drehte mich blitzschnell um. Da stand mein Onkel und sah sich mit aufgerissenen Augen um.

»Oh mein Gott!«, stieß er erschrocken aus. »Ich hatte es mir schlimm vorgestellt, doch das hier übertrifft meine kühnsten Befürchtungen. Es ist ein Wunder, dass sie das überlebt hat.« Er schüttelte immer wieder den Kopf und versuchte anscheinend, sich in den Griff zu bekommen.

»Ja, da gebe ich dir recht«, murrte ich. Vor allem wollte ich mir nicht vorstellen, was mein Mädchen für Schmerzen oder Ängste gehabt haben musste. Der Anblick, als wir sie aufgefunden hatten, sprach Bände. Es hatte kaum eine Stelle an ihrem Körper gegeben, die nicht verletzt gewesen war.

»Sie hat aber überlebt«, konterte Sophie mit fester Stimme. »Wir müssen zusehen, dass wir die Wohnung wieder auf Vordermann bekommen. Da ich Leo gut genug kenne, würde ich eine Wette darauf abschließen, dass es nicht mehr lange dauert, bis sie entlassen wird. Scheiße, mich würde es nicht wundern, wenn sie bereits morgen zu Hause ist. Deswegen bin ich seit heute früh hier. Ihr Zimmer und der Flur sind fertig. Der schlimmste Raum ist das Wohnzimmer.« Die Entschlossenheit in ihrem Gesicht war ansteckend.

»Wartet kurz«, rief Nic uns zu und verschwand mit seinem Handy am Ohr in der Küche. Wir standen noch eine Weile in dem Raum und starrten uns gegenseitig an. Irgendwann kam Bewegung in uns und jeder suchte sich eine Aufgabe. Als wir gerade anfangen wollten, stand mein Onkel wieder im Türrahmen.

»Ihr könnt aufhören«, teilte er uns mit. »Ich habe soeben eine Truppe zusammengestellt, die die Wohnung herrichten und renovieren wird. Sie müssten in einer halben Stunde hier sein und werden sich um alles kümmern. Es wäre nett, wenn ihr sie einfach nur hereinlassen könntet. Bis morgen sollte alles beseitigt sein.« Wir standen alle wie die Deppen herum und starrten ihn an. Sophie war die Erste, die ihre Stimme wiederfand. »Mr. Trainell, das müssen Sie nicht machen. Wir bekommen das schon wieder hin.«

Nic hob seinen rechten Zeigefinger in die Luft, was bedeutete, dass er keinen Widerspruch duldete.

»Es wird so gemacht, wie ich es gesagt habe, Sophie«, befahl er. »Ich will, dass Leora und mein Neffe sich hier wieder zu Hause fühlen können. Wir haben noch einen langen Weg vor uns. Deswegen müssen wir zusammenhalten.«

Sie ging auf ihn zu und nahm ihn, zu unserer aller Überraschung, in den Arm.

»Danke schön, Mr. Trainell!«, flüsterte sie. Nachdem er sich von ihr gelöst hatte, sah er abwechselnd zu mir und Sean. »Ihr beide lasst Leora und Frau Arnold ab sofort nicht mehr aus den Augen. Vielleicht sollten wir auch für Familie Dawson Sicherheitskräfte abstellen. Es ist jetzt Vorsicht geboten. Tut, was ihr tun müsst.« Damit wandte er sich ab und verließ das Appartement.

Exakt eine halbe Stunde später stand ein kompletter Trupp vor uns und begann umgehend mit den Aufräumarbeiten. Sie schienen durchweg organisiert zu sein und wir waren ihnen nur im Weg. Deswegen verabschiedeten wir uns und verschwanden. Sean brachte mich zu sich nach Hause, sodass ich mich frisch machen konnte und fuhr mit Sophie ins Krankenhaus. Es war seltsam, denn ich war ursprünglich nach Deutschland gekommen, um mein Unternehmen auszubauen und war kopfüber in das komplizierte Leben einer Frau geschlittert, in die ich mich verliebt hatte. Wenn die Situation nicht so schrecklich gewesen wäre, hätte ich wahrscheinlich darüber gelacht. Nur gab es zurzeit nicht viel zu lachen.

Der Fehlfick von Ex-Mann hatte sich absetzen können, und der Bastard, der das Leben von zwei wunderbaren Frauen zerstört hatte, lief ebenfalls frei herum. Es gab nunmehr zwei potenzielle Gefahren für Leora und ihre Umgebung. Allerdings spielte ich immer mehr mit dem Gedanken, sie und Sophie mit in meine Heimat zu nehmen. So lange, bis Sterov geschnappt werden würde.

Mein Handy summte, und als ich auf das Display linste, erkannte ich Sams Nummer und nahm das Gespräch entgegen.

»Sam, was gibt es?«

Seine Antwort kam sofort. »Jay! Wir haben Sterov!«

Kapitel 5

Leora

Meine Abneigung gegen Krankenhäuser hatte sich auch in den letzten Jahren nicht gelegt, was bedeutete, dass ich nach Hause wollte, und zwar sofort!

Natürlich war es jetzt eine andere Situation, doch die Erinnerungen an das Geschehene schleuderten mich zurück in meine Vergangenheit.

Was mir und meiner Seele gut getan hatte, war der Besuch von Sean, denn ich mochte ihn. Er strahlte eine Ruhe aus, die mich mitriss, und ich fühlte mich wohl.

Bei Jay war es etwas anderes.

Er war für mich die ganze Zeit da. Mein Körper reagierte dermaßen auf ihn, dass ich meine komplette Willenskraft aufbringen musste, um ihn nicht andauernd anzuspringen!

Jedes Mal, wenn er mich ansah oder mit mir sprach, flatterte mein Herz und mein Magen drehte sich auf links.

Was meine Freundinnen mir über uns erzählten, leuchtete mir von Minute zu Minute mehr ein.

Nachdem Sean mich über Nina aufgeklärt hatte, wünschte ich mir, dass sich der Boden aufmachen und mich verschlingen würde.

Peinlicher ging es nun wirklich nicht! Himmel, das würden schwere Tage werden!

Allerdings kamen mir immer mehr Bilder in den Kopf, in denen Sean und Jay eine Hauptrolle spielten. Kehrten meine Erinnerungen langsam zurück?

Erwähnen würde ich es vorerst nicht, denn ich wusste noch nicht, wie ich damit umgehen sollte.

Lange dachte ich über meine Freundinnen nach, die sich am gestrigen Tag seltsam benommen hatten. Mir fiel ein, wie Jen den Blickkontakt zu Sophie gesucht, diese ihn allerdings nicht erwidert hatte. Wenn es keinen triftigen Grund dafür gäbe, würde Sophie sich niemals dermaßen aufführen. Dieser Angelegenheit musste ich unbedingt nachgehen.

Als Jay mit Sean verschwand und mich zurückließ, spürte ich einen Stich in meinem Herzen, denn eigentlich wollte ich gar nicht, dass er ging!

»Wie geht es dir?«, hörte ich Jen und schüttelte die Gedanken ab.

»Wirklich gut. Auf jeden Fall besser als dir! Willst du mir nicht sagen, was los ist?« Damit brachte ich den Ball ins Rollen.

Momentan lag ich zwar noch im Krankenhaus und hatte hier und da mit meinen Wehwehchen zu kämpfen, dennoch schien es mir derzeit nebensächlich.

»Mir geht es gut«, antwortete sie. »Ich weiß nicht, was du meinst?«

»Lass das«, zischte ich. »Ich kann das nicht leiden und ich weiß genau, wenn du lügst! Hier stimmt etwas nicht! Vor allem mit dir und Sophie! Ich bin doch nicht hirnamputiert. Sag mir, was los ist!«

Sie erhob sich von der Bettkante, zog sich den Stuhl näher heran und ließ sich darauf nieder. Anscheinend benötigte sie Abstand und den würde ich ihr auch geben.

Es dauerte eine Ewigkeit, bis sie endlich antwortete. »Wir waren uns nicht einig und hatten etwas Streit. Du weißt doch, wie wir sind. Das renkt sich schon wieder ein. Die letzten drei Wochen waren eben für uns alle ziemlich hart. Wir müssen nur wieder zur Ruhe kommen.«

Während sie mir diese Erklärung gab, sah sie mich nicht an, womit feststand, dass sie mir etwas verheimlichte.

Im Augenblick war das nicht wichtig, denn ich nahm mir vor, dass einer von beiden es mir erzählen würde. Wer von ihnen das übernehmen würde, war mir vollkommen egal.

»Okay! Ich belasse es jetzt erst einmal dabei. Aber ich glaube dir nicht«, entgegnete ich mit fester Stimme. »Wenn ich zu Hause bin, möchte ich, dass ihr mir erzählt, warum ihr euch nicht einig wart, und vor allem, was passiert ist. Ich kenne euch besser, als ihr ahnt.«

Sie nickte und ließ die Luft aus ihren Lungen, die sie anscheinend angehalten hatte.

Was mich in diesem Moment verwirrte, war, dass Sophie heute noch nicht bei mir gewesen war. Das sah ihr überhaupt nicht ähnlich. Trotzdem versuchte ich mir keine Sorgen zu machen, denn so, wie es aussah, hatte sie die ganzen Wochen mit Jay an meinem Bett Wache gehalten. Ich konnte mir bildlich vorstellen, wie sie sich in dieser Zeit verhalten hatte.

Jen und ich unterhielten uns noch eine ganze Weile. Sie erzählte mir von Jay und Sean und seiner Firma, in der sie tätig war, und dass ich ihnen mit Personal geholfen hatte. Dass ich sie für die Stelle als Assistentin vorgeschlagen hatte und sie letztendlich auch eingestellt worden war.

Mir schossen immer mehr Bilder durch den Kopf, nur sortieren konnte ich sie noch nicht. Die Hoffnung würde ich allerdings nicht aufgeben.

Eines wollte ich ganz genau wissen und deshalb fragte ich geradeheraus. »Glaubst du, ich war in Jay wirklich verliebt? Ich meine – so richtig?«

Ihre Augen wurden immer größer. »Süße, ich kann dir sagen, dass du noch nie in deinem ganzen Leben so verliebt warst«, klärte sie mich auf. »Noch nicht einmal in ... Raiko. Wenn ihr zusammen wart – ganz ehrlich? Er bedeutet dir alles. An dem Tag bei Sophie hast du wortwörtlich gesagt, dass er die Liebe deines Lebens ist.«

Oha!

Natürlich war ich mir meiner Reaktion auf ihn bewusst. Vor allem mein Körper ließ mich regelmäßig im Stich, wenn er sich in meiner Nähe aufhielt.

»Aus diesem Grund wollte ich, dass er nach Amerika zurückkehrt, und so wie ich mich kenne, habe ich ihn verletzt und fortgeschickt, richtig?«

Meine Freundin nickte traurig. »Ja, das stimmt.«

Mehr sagte sie nicht dazu, was mir etwas merkwürdig vorkam.

»Aber warum ist er dann nicht geflogen?«, wollte ich wissen. »Darüber denke ich schon die ganze Zeit nach. Er wusste doch gar nicht, was Michael mir angetan hat.«

Plötzlich riss ich die Augen auf, denn mir kam eine ganz andere Frage in den Sinn. »Wer hat mich überhaupt gefunden?«

Jens Körper verspannte sich und ich verstand ihre Reaktionen immer weniger. Sie schob den Stuhl zurück, stand auf und brachte noch mehr Abstand zwischen uns. Misstrauisch beäugte ich sie.

»Die Cousins von Michael haben es uns gesagt«, antwortete sie knapp. »Man hatte es ihnen wohl gesteckt.«

Das wurde alles immer verworrener! Die wenigen Male, die ich die beiden getroffen hatte, hatten wir uns gut verstanden. Es waren wirklich nette Jungs.

»Die beiden haben es euch gesagt? Wo war das?«

Sie streckte den Kopf vor und straffte die Schultern, als würde sie sich auf einen Kampf vorbereiten.

»Ja, die haben uns in der Silvesternacht vor dem Tramp entdeckt und es uns erzählt. Daraufhin sind wir alle sofort zu deinem Appartement gefahren und haben dich dort gefunden.«

Sie waren alle im Tramp? ›Komisch‹, dachte ich mir, denn ich war mir sicher, dass meine Freundinnen zusammen feiern wollten. Anscheinend war anders geplant worden und sie hatten Neujahr gemeinsam mit den Männern verbringen wollen.

Allerdings kam es mir seltsam vor, wo ich doch alles dafür getan haben musste, dass Jay zurückflog. Warum feierten meine Freundinnen dann mit ihm Silvester? Meine Gedanken spielten Flipper.

Wenn ich ihn verletzt und ihm deutlich gemacht hatte, dass ich ihn nicht wollte und nicht liebte, warum interessierte er sich denn dann noch dafür?

Ein schrecklicher Verdacht überkam mich, doch bevor ich fragen konnte, öffnete sich die Tür.

»Hey Babe, da bin ich wieder!«, hörte ich Seans Stimme und war überrascht, dass er noch einmal vorbei kam. Hinter ihm machte sich Sophie bemerkbar, die mich fest in ihre Arme nahm und mich damit fast erdrückte. »Wie geht es dir, Süße?«, fragte sie leise.

»Ich fühle mich sehr gut. Ich könnte eigentlich nach Hause. Der Arzt war aber noch nicht hier.«

Sie verdrehte die Augen und ging zum Fenster. »Du bist total übergeschnappt. Nimm dir wenigstens ein paar Tage Zeit, um wieder richtig klarzukommen. Du weißt schon, dass du gestern erst aus dem Koma erwacht bist, oder?«

»Das weiß ich«, zischte ich genervt zurück. »Ich war ja dabei. Aber jetzt fühle ich mich gut. Und ich würde viel lieber in meinem Bett liegen und ...« Ich brach ab, denn mir fiel ein, dass mein Zuhause zerstört worden war. Es musste erst einmal in Ordnung gebracht werden. Und – oh Gott ... der ganze Sachschaden! Das musste ich alles ersetzen. Schulden bis an mein Lebensende!

»Was ist los?«, fragte Jen besorgt.

Natürlich, denn mir musste sämtliche Farbe aus dem Gesicht entwichen sein. »Das Appartement«, stieß ich hyperventilierend aus. »Der ganze Schaden. Ich werde mein Leben lang Schulden bei der Trainell Inc. haben! Es muss doch schlimm dort aussehen.«

Plötzlich bekam ich Kopfschmerzen. Wie sollte ich das bloß alles zurückzahlen? Sean trat neben mich und nahm auf der Bettkante Platz, bevor er meine Hand ergriff.

»Du machst dir jetzt nicht wirklich Gedanken darüber, dass du diese Dinge zahlen musst, oder?«, schmunzelte er. »Meinst du nicht, dass mein Onkel versichert ist? Auch wenn nicht, würde er dich niemals dafür aufkommen lassen. Mach dir also keine Sorgen. Wenn du nach Hause kommst, wird die Wohnung hergerichtet sein, und du wirst keinerlei Spuren mehr entdecken.«

Klugscheißer!

Aber womöglich hatte er recht. Natürlich waren solche Sachen versichert, oder? Daran hatte ich gar nicht gedacht.

Himmel, mein Gehirn sollte sich mal wieder an das normale Denken gewöhnen. Es hatte lange genug geruht. Zu lange!

»Wer hat sich um die Wohnung gekümmert?«, fragte ich verwirrt. »Wart ihr das?«

Sophie sah mich an und wollte gerade antworten, als es erneut klopfte und die Tür aufging. Herein kam kein anderer als Mr. Nic Trainell.

Gott, wie peinlich!

Ich musste schrecklich aussehen. Er kam auf mich zu und gab mir, zu meiner Überraschung, einen Kuss auf die Stirn. »Wie geht es Ihnen, Leora? Sie sehen viel besser aus!«

Mir war das alles so unangenehm, dass ich am liebsten im Boden versunken wäre, doch ich versuchte meine Würde zu retten, reckte das Kinn vor und sah ihn an.

»Schön, dass Sie sich die Zeit genommen haben, mich zu besuchen, Mr. Trainell. Mir geht es auch schon viel besser. Wie sieht es im Büro aus?«

Mein Boss hob eine Augenbraue und starrte mich verwundert an. Was hatte ich denn gesagt?

»Sie brauchen sich im Moment keinen Kopf über ihre Arbeit zu machen!«, erwiderte er grinsend. »Rose und ihre Mitarbeiterin Beth halten die Stellung. Sie müssen erst einmal wieder gesund werden.«

Die beiden waren eine gute Wahl, so musste ich mir wirklich nicht viele Gedanken machen. Aber sobald ich wieder zu Hause sein würde, müsste ich Kontakt mit Rose aufnehmen und ihr meine Hilfe von daheim aus anbieten. Geschlafen hatte ich schließlich genug.

Aber davon erwähnte ich nichts, sonst hätte ich wahrscheinlich direkt wieder Ärger oder böse Blicke geerntet.

»Warum kommst du eigentlich erst jetzt, Nic?«, fragte Sean. »Du bist doch schon eher los als wir.«

Der Angesprochene sah seinen Neffen eindringlich an. »Ich hatte noch einen wichtigen Anruf zu erledigen. Allerdings müsste ich auch mit dir unter vier Augen sprechen, wenn du kurz Zeit für mich hast.«

Sean sah etwas verwirrt aus, nickte aber. »Natürlich. Lass uns vor die Tür gehen!«

Er stand auf und teilte mir ein »Bis gleich« mit, bevor er den Raum verließ.

Mein Chef beugte sich zu mir herunter und gab mir erneut einen Kuss auf die Stirn. »Ich werde versuchen, morgen noch einmal zu kommen. Passen Sie auf sich auf.«

Sodann drehte er sich zu Jen und Sophie um, und verabschiedete sich ebenfalls.

Nun waren meine Freundinnen und ich alleine und ich war von der Anteilnahme meines Chefs überrascht.

»Was war das denn?«, fragte ich in den Raum.

Die beiden zuckten gleichermaßen mit den Schultern.

»Er war die letzten drei Wochen oft hier, um nach dir zu sehen und uns zu unterstützen. Auch sein Bruder war regelmäßig dabei«, klärte Sophie mich auf.

›Das nenne ich allerdings mal eine Überraschung‹, dachte ich mir. ›Das würden andere Vorgesetzte wohl nicht machen oder zumindest nicht viele.‹

Meine Freundinnen fühlten sich sichtlich unwohl und das ging mir auf die Nerven.

»Wie lange wollt ihr beide euch eigentlich noch anschweigen?«, fauchte ich sie an.

Zuerst sahen sie sich an und dann fiel ihr Blick auf mich. »Ich weiß nicht, was du meinst!«, antwortete Sophie.

Mit hochgezogener Augenbraue verdeutlichte ich ihr, dass sie mich nicht zum Narren halten sollte. »Wir hatten eine Meinungsverschiedenheit«, schnaubte sie. »Ich bin eben etwas nachtragend. Alles gut.«

Bevor ich überhaupt etwas sagen konnte, betrat mein Arzt das Zimmer. »Guten Tag, Frau Restma. Sie sehen sehr gut aus. Wie fühlen Sie sich heute?«

So, jetzt hieß es, alles oder nichts, und er sollte mir jetzt nicht damit kommen, dass ich gestern erst aus dem Koma erwacht war. Das hatte ich bereits VERSTANDEN!

»Ich fühle mich wirklich gut. Deswegen würde ich gerne nach Hause.« Klar und deutlich.

Der Arzt hatte damit anscheinend nicht gerechnet, denn seine Kinnlade klappte nach unten. »Dass Sie sich besser fühlen, sieht man Ihnen deutlich an, und dass Sie nach Hause wollen, verstehe ich sogar«, stotterte er überfordert. »Aber meinen Sie nicht, dass es sinnvoller wäre, wenn Sie noch ein paar Tage bei uns bleiben würden?

Sie hatten erhebliche Verletzungen, lagen drei Wochen im Koma und sind erst gestern aufgewacht. Ich würde gerne erst noch ein paar Tests machen und dann sehen wir weiter.«

›Vergiss es!‹, schrie mein Innerstes. So schnell würde ich nicht aufgeben, denn ich wollte nach Hause in mein Bett.

»Natürlich sind mir Ihre Argumente durchaus bewusst, doch ich denke, dass ich schneller genesen werde, wenn ich in meinen eigenen vier Wänden bin«, konterte ich zuckersüß. »Wir könnten die Tests ja noch machen und sollten weitere anstehen, werde ich dafür ins Krankenhaus kommen.« Obendrauf noch ein Augenklimpern. Funktionierte meistens.

Doch der Arzt war noch nicht vollends überzeugt. Meine Freundinnen machten allerdings auch keine Anstalten, für mich Partei zu ergreifen. Eher im Gegenteil. Die beiden standen Seite an Seite und bildeten mit vor der Brust verschränkten Armen eine gemeinsame Front.

Na toll, erst nicht miteinander reden und sich jetzt gegen mich verbünden.

»Sie haben durchaus recht, Frau Restma«, versuchte Dr. Walter mich zu überzeugen. »Ich bin mir nicht sicher, ob es jetzt schon eine so gute Idee ist. Sie bräuchten jemanden, der sich um Sie kümmert. Denn wenn Sie alleine daheim sind, werde ich Sie auf keinen Fall entlassen können.«

Hoffnungsvoll sah ich meine Freundinnen an, aber die beiden schüttelten synchron den Kopf. Gerade in diesem Moment mochte ich sie nicht.

Bevor ich mich geschlagen geben konnte, ging die Tür auf und Jay betrat den Raum. Er begrüßte den Arzt, kam danach zu mir, gab mir einen Kuss auf die Wange und nahm im Stuhl Platz. »Was ist los? Gibt es Neuigkeiten?«, fragte er.

Mit verengten Augen sah ich zu meinen Freunden, die den Kopf energischer schüttelten, denn sie wussten, worüber ich nachdachte, und schenkte meine volle Aufmerksamkeit wieder Jay.

Ob er sich vielleicht mit mir in der Wohnung aufhalten könnte? Wenn dem so sei, würde mein Arzt mich eventuell entlassen. Immerhin war ich verlobt, oder?

Er bräuchte schließlich nicht zu wissen, dass es nur eine Finte wäre. Denn etwas anderes würde ich eindeutig nicht dulden.

»Ihre Verlobte möchte entlassen werden«, antwortete der Arzt, noch immer mit hochgezogener Augenbraue. »Ich muss wissen, dass jemand rund um die Uhr für sie da ist und sie gegebenenfalls auch wieder hierher bringen kann.«

Jay sah zu Jen und Sophie, dann zu mir. »Das würde ich übernehmen«, antwortete er schulterzuckend. »Ich wäre sowieso immer da.«

Mit allem hatte ich gerechnet, nur damit nicht. Auch meine Freundinnen sahen ungläubig aus und Sophie sogar etwas wütend. Infolgedessen schenkte ich ihnen ein gewinnendes Lächeln und brachte auf diese Weise eindeutig zum Ausdruck, dass sie mich mal konnten.

Bösartige Kreaturen!

Damit noch einige Tests gemacht werden konnten, erklärte ich mich – nett, wie ich ja nun einmal war – einverstanden, für eine weitere Nacht in der Klinik zu bleiben. Da diese Untersuchungen höchstwahrscheinlich Stunden in Anspruch nehmen würden, schickte ich meine Freunde und meinen Pseudoverlobten fort.

Schließlich wollte ich mich nur auf die Entlassung konzentrieren. Einerseits war ich darüber wirklich glücklich, andererseits aber auch besorgt.

Erstens war mir gar nicht bewusst, wie es für mich sein würde, wieder in diese Wohnung zurückzukehren, die viele schlechte Erinnerungen hervorrufen würde. Allerdings musste ich einfach dadurch.

Aufgeben kam für mich nicht infrage, obwohl dort etwas Schreckliches passiert war. Auch weiterhin musste ich stark bleiben und die Dinge, die auf mich zukommen würden, meistern. Irgendwie!

Nach einer halben Ewigkeit hatte ich die Tests hinter mich gebracht und lag wieder in meinem Bett. Zuvor war Schwester Nina mit mir ein paar Schritte gelaufen, was an und für sich ziemlich gut geklappt hatte.

Mittlerweile war es später Nachmittag, draußen war es schon dunkel und das Licht in meinem Raum gedämpft. Das Tablett mit dem Essen stand auf meinem Nachttisch, nur hatte ich keinen Hunger.

Mein Arzt hatte mir versichert, dass meine Gehirnmessungen völlig in Ordnung seien und ich auch die anderen Tests erfolgreich bestanden hätte. Die restlichen Ergebnisse würden dann am nächsten Tag folgen.

Wie schön!

Also sah alles insgesamt toll aus, sodass einer Entlassung nichts mehr im Wege stand. Meinen Arm- und Beingips würde ich in circa zwei bis drei Wochen abbekommen, was mich enorm nervte. Was ich aber akzeptieren musste, schließlich konnte ich an dieser Situation wohl nichts ändern.

Bald schon würde alles wieder normal sein. So normal, wie es bei mir eben sein konnte.

Von den ganzen Untersuchungen geschlaucht, schloss ich die Augen und versuchte etwas zu schlafen.

Meine Träume waren durcheinander und verworren. In diesen ging es um Jay und eine gemeinsame Nacht. Wie er mich geküsst und berührt hatte. Es waren so viele Bilder auf einmal.

Jemand legte plötzlich eine Hand auf meinen Mund, sodass ich erschrocken in dunkelbraune Augen sah. Jahre hatte ich gebetet, dass ich sie nie wiedersehen müsste, doch mein Ersuchen war nicht erhört worden.

Mein Herz stellte seine Arbeit ein, und ich wünschte mir in diesem Moment, ich wäre bei dem Überfall umgekommen.

Dieser Blick strahlte eine Kälte aus, die mir augenblicklich Angstschweiß über den Rücken laufen ließ.

Dominik!

Er stand neben meinem Bett und drückte meine Lippen zusammen. Mit der anderen streichelte er mir über das Haar und in mir stieg die Übelkeit.

Wie hatte er mich hier bloß finden können?

Er sagte irgendetwas, allerdings konnte ich ihn nicht verstehen. Das Blut in meinen Ohren rauschte zu laut. Sein ganzes Erscheinungsbild war exakt wie vor sechs Jahren.

Bilder rasten durch meinen Kopf – immerzu. Plötzlich sah ich Dinge, die mich begreifen ließen, dass ich in meinen Erinnerungen gefangen war.

Dominik ließ mich los. Schreien – ich wollte nur schreien, doch kein Laut entwich mir. Er fuhr mir unaufhörlich über meine Mähne, meine Wange, meinen Hals. Wehren konnte ich mich nicht, denn meine Arme schienen nicht zu funktionieren.

Meine Gedanken gingen mit mir durch. Aus heiterem Himmel spürte ich Hände an meinen Schultern, die mich schüttelten. Erschrocken riss ich die Lider auf. Überall versuchte ich gleichzeitig hinzusehen. Der Schleier vor meinen Augen verblich und ich konnte Sophie erkennen, die mich entsetzt anstarrte.

»Süße, alles ist gut«, sprach sie beschwichtigend. »Du hattest nur einen Albtraum. Beruhige dich, ich bin ja da.«

Es war nur ein Albtraum, doch mit diesem füllte sich mein Gehirn.

Meine Erinnerungen waren zurückgekehrt, und zwar – alle!

Kapitel 6

Jay

Meine Leute hatten Sterov gefunden! Jetzt galt es einen Plan zusammenzustellen, um ihn nach Berlin zu kriegen, ohne dass er sich vorher erneut absetzen konnte.

Bislang war ich mir noch nicht im Klaren darüber, ob ich überhaupt wollte, dass dieser Bastard Deutschland lebend betrat. Verdient hatte er es gewiss nicht.

Sean und ich mussten uns entscheiden, ob wir das BKA hinzuziehen oder die Angelegenheit auf eine andere Art erledigen wollten.

Zum Beispiel auf unsere.

Viel Zeit für Überlegungen gab es nicht, aus diesem Grund musste ich schnellstmöglich mit ihm sprechen. Mit meinem Handy in der Hand fing ich an zu tippen.

Ich: Bist du noch im KH?
Sean: *Nein. Im Büro. Was gibt's?*
Ich: Wann kannst du bei dir sein?
Sean: *In zwei Stunden.*
Ich: OK.

Bis dahin hatte ich noch ein wenig Zeit und ich machte mich auf den Weg zu Leora.

Als ich die Tür zu ihrem Zimmer öffnete, war Dr. Walter anwesend und war sichtlich irritiert. Jen und Sophie standen mit verschränkten Armen vor dem Fenster und funkelten Leora wütend an.

Nachdem ich herausgefunden hatte, worum es ging, war für mich absolut klar, dass ich mich um mein Mädchen kümmern würde. Nichts konnte mich davon abhalten.

Bevor sie zu ihren letzten Untersuchungen gebracht wurde, verabschiedeten wir uns, und ich versprach ihr, direkt am frühen Morgen wiederzukommen, damit wir gemeinsam auf ihre Entlassung warten konnten. Sie nickte und schenkte mir dabei ein atemberaubendes Lächeln.

Sophie, Jen und ich verließen das Krankenhaus.

»Ich werde jetzt noch kurz für euch einkaufen«, unterbrach Sophie meine Gedanken. »Da keiner von uns in den letzten Wochen im Appartement war, gehe ich davon aus, dass entsprechende Lebensmittel fehlen. Ich bringe die Sachen dann in eure Wohnung, damit du vorbereitet bist.«

Dankbar für ihre Unterstützung gab ich ihr einen Kuss auf die Stirn.

Sie sah mich an und schüttelte den Kopf. »Du weißt, dass das total bescheuert ist, was du hier machst, oder?«

Mir war nicht klar, wovon diese Frau sprach. Das musste sie wohl auch an meinem Gesichtsausdruck gesehen haben, denn schon redete sie weiter. »Du bist ein toller Mann. Nur weißt du nicht, worauf du dich da einlässt. Ich hoffe wirklich, dass ihr beide es schafft, aber ich habe eine scheiß Angst!«

Nun sah ich zu Jen, die ebenfalls betrübt aussah. Natürlich war mir bewusst, worauf ich mich einließ, schließlich war ich nicht bescheuert. Aber ich wollte Leora bei mir haben. Immerhin war ich ein Ex-Seal, verdammt noch mal!

»Mach dir keine Gedanken«, erwiderte ich fest. »Diesmal werde ich auf sie aufpassen und sie nicht mehr alleine lassen. Wir werden das schaffen. Gemeinsam, okay?«

Zu meiner Überraschung nahm sie mich in den Arm.

»Ich würde es mir für Leora, für dich, für euch wünschen«, flüsterte sie mir ins Ohr. »Allerdings ...« Sie brach ab, wandte sich ab und verschwand.

Sophie musste den Satz nicht zu Ende sprechen, denn es war mir klar, dass sie nicht daran glaubte. So selbstbewusst diese Frauen auch waren, versuchten sie doch nur zu überleben. Mir wurde im selben Augenblick bewusst, dass sie anscheinend keinerlei Träume mehr besaßen, keine Hoffnungen. Dieses Monster hatte diese wundervollen Mädchen zerstört, und in mir tobte die Frage, ob sie jemals heilen würden. Ihr Gesichtsausdruck hatte mir die Antwort bereits gegeben. Wahrscheinlich nicht.

Für mich stand fest, dass ich tiefer graben müsste, denn auch ich spielte mittlerweile eine Rolle in diesem perfiden Spiel. Egal, was auf uns zukommen würde, ich musste darauf vorbereitet sein.

Nachdem ich in Seans Appartement angekommen war, begab ich mich zuerst in die Küche, holte mir ein Bier und leerte die halbe Flasche in einem Zug. Das hatte ich bitter nötig! Dann stand ich im Wohnzimmer am Fenster, schaute hinaus und überlegte angestrengt, wie ich überhaupt in eine solche Situation geraten konnte.

Nun, darauf gab es wohl keine zufriedenstellende Antwort, denn es war einfach geschehen.

›Kann irgendjemand beeinflussen, in wen man sich verliebt?‹

Nein!

Hinter mir hörte ich die Eingangstür ins Schloss fallen und gleichzeitig die Stimme meines Bruders. »Hi! Was ist denn so wichtig?«

»Sam hat mich angerufen«, informierte ich ihn, und wandte mich zu ihm um. »Sie haben Sterov. Was wollen wir tun?«

Sein Blick verfinsterte sich merklich. Aus seinem Kühlschrank schnappte er sich ebenfalls ein Bier und gesellte sich zu mir. »Wir sollten ihn erledigen«, entgegnete er mir mit eisiger Stimme. »Auf der anderen Seite musst du aber auch an dein Mädchen denken. Sollte etwas schiefgehen, sind wir weg. Damit ist ihr nicht geholfen. Die vernünftigste Entscheidung wäre, das BKA hinzuzuziehen.«

So logisch wie möglich überdachte ich dies. Aber ich war mir unsicher, ob ich Trinsten wirklich einweihen sollte. Immerhin wollte ich Sterov für mich! Andererseits brauchte Leora mich und Sean hatte recht.

»Ich habe es satt, vernünftig zu sein«, knurrte ich. »Der Wichser hat es nicht verdient zu leben!« Vor drei Wochen hatte ich Rache geschworen, und die wollte ich, verdammt noch mal, einfordern! Mittlerweile bestand ich nur noch aus Hass und Zorn.

»Ich verstehe dich, Mann«, erwiderte er. »Aber du hast dich für Leora entschieden. Hier geht es nicht mehr nur um dich. Das solltest du berücksichtigen.«

»Verdammte Scheiße«, fluchte ich laut und wandte mich ab.

»Was hältst du davon?«, hörte ich Sean hinter mir. »Wir informieren Trinsten, allerdings nur unter der Voraussetzung, dass wir bei dem Eingriff zugegen sind.«

Noch immer versuchte ich mich innerlich unter Kontrolle zu bekommen, was sich in letzter Zeit als außerordentlich schwieriges Unterfangen herausgestellt hatte. Nach einigen langen Minuten hob ich den Kopf und sah meinem Bruder in die Augen. »Du hast recht«, war alles, was ich im Augenblick sagen konnte.

»Zusammen werden wir es schaffen. Du musst dich aber wieder unter Kontrolle bringen. Werden wir mit Leora darüber sprechen?«

»Nein!«, knurrte ich. Zu diesem Zeitpunkt brauchte sie das nicht zu erfahren. Für mich war von oberster Priorität, sie zu beschützen. Mein Bruder nickte, denn er verstand.

»Morgen werde ich sie nach Hause holen und mich um sie kümmern. Vielleicht schafft sie es, sich an alles zu erinnern. Es macht mich fertig, dass ich alles weiß und sie nicht.«

»Gib ihr etwas Zeit. Der Arzt hat gesagt, dass ihre Erinnerungen wiederkehren werden. Du musst einfach nur Geduld haben«, antwortete er auf seine ewig beschwichtigende Art.

»Einerseits möchte ich wissen, was damals mit Leora und Sophie geschehen ist, und andererseits habe ich eine Heidenangst davor«, stellte ich nach einer Weile fest. »Sie hüten ihr Geheimnis schon so lange. Aber habe ich nicht ein Recht, es zu erfahren? Ich werde für sie kämpfen, nur müsste ich dringend wissen, wogegen.«

»Die Informationen, die wir von Jen bekommen haben, ließen mir bereits das Blut in den Adern gefrieren. Dann die Reaktion von Sophie. Ich weiß wirklich nicht, ob wir es erfahren sollten. Egal, was den beiden passiert sein mag, es muss schrecklich gewesen sein. Zwei Wochen in einem Keller? Darüber will ich gar nicht nachdenken.

Allerdings gebe ich dir in einem Punkt recht! Im Moment kämpfst du gegen ein Phantom.«

›Und gegen ein Phantom zu kämpfen, wäre aussichtslos‹, fügte ich im Stillen hinzu und richtete mich ein wenig auf. »Okay, lass uns Trinsten anrufen und ihn über Sterov informieren!«

Sean stimmte zu und ich wählte die Nummer des Beamten.

Eine Stunde später befanden wir uns in Nics Büro. Mittlerweile war dieses unser offizieller Treffpunkt mit dem BKA. Nachdem Tina uns mit Getränken versorgt und den Raum verlassen hatte, eröffnete Trinsten umgehend die Sitzung. »Herr Kingston, Sie baten um dieses Treffen bezüglich Sterov? Was haben Sie für Informationen?«

Einige Sekunden sah ich den Beamten an und überlegte, ob es die richtige Entscheidung war, es auf die legale Weise zu erledigen.

Wollte ich das wirklich? Nein. Doch von Wollen war hier nicht mehr die Rede. Mein Bruder hatte recht – ich war nicht mehr alleine. Nun gab es eine Frau in meinem Leben, die mich brauchte. Auch wenn sie es im Augenblick nicht wusste, aber sie liebte mich ebenfalls. Das war für mich vollkommen klar.

»Wir haben den genauen Aufenthaltsort von Sterov!«, informierte ich ihn knapp.

Trinsten sah mich fragend an. »Wo genau befindet sich Sterov?«

»Ich sage Ihnen den Aufenthaltsort nur unter einer Bedingung.« Er sowie meine Onkel sahen mich finster an. Nur war mir das im Augenblick scheißegal.

»Und die wäre?«, erkundigte sich der Angesprochene mit hochgezogener Augenbraue. Wenn ich gewettet hätte, dann darauf, dass er genau wusste, was ich wollte.

»Mein Bruder und ich fliegen mit.«

Er lehnte sich in seinem Stuhl zurück und lächelte. »Davon bin ausgegangen, Herr Kingston und ich versichere Ihnen, dem steht nichts im Wege.«

Erleichterung durchfuhr mich, und gleichzeitig fiel mir ein, dass ich am nächsten Tag Leora aus dem Krankenhaus holen musste. Egal, wie der Plan auch aussehen mochte, es musste sofort stattfinden. »Ich schlage vor, Herr Trinsten, Sie lassen die Maschine auftanken. Wir sollten heute noch zuschlagen. Zwei meiner Männer sind bereits vor Ort und überwachen Sterov. Morgen wird Frau Restma entlassen und bis dahin sollte die Angelegenheit vom Tisch sein.«

Lachend erhob der Beamte sich. »Wieso wusste ich bloß, dass Sie das sagen würden? Der Flieger wird in einer Stunde startklar sein. Ich nehme Sie mit. Fahren wir!«

Auch wir standen auf und ignorierten dabei die besorgten Gesichter unserer Onkel. Es gab nichts weiter zu sagen. Wir nickten uns gegenseitig zu, verließen das Büro und machten uns auf dem Weg zum Flughafen.

Während der Fahrt informierte ich Sam über den genauen Zeitpunkt unserer Landung in Bukarest.

Vier Stunden nach dem Telefonat trafen wir in dem Hotel ein, in dem mein Mitarbeiter ein Zimmer gebucht hatte.

»Jay, Sean, schön euch zu sehen«, begrüßte er uns.

Sam war einer meiner besten Männer. Er war größer als ich, schätzungsweise um die zwei Meter und ein Tier. Stets trug er Glatze und besaß wahrscheinlich doppelt so viel Muskelmasse wie ich. Braun gebrannt war er auch und hatte einen sehr hohen Verschleiß an Frauen, denn er wusste, wie er aussah und wie er die Damen für sich gewinnen konnte.

Mit seinen dunkelbraunen Augen konnte er nicht nur Eis zum Schmelzen bringen. Vom Herzen her war er ein guter Mensch. Mit ihm war ich von Beginn an bei den Seals gewesen und zusammen hatten wir so manches erlebt. Als ich damals meinen Dienst quittierte, war er, nach Ben, der Erste, der mir gefolgt war. Sam hatte mich auch in meiner schlimmsten Zeit nicht alleine gelassen. Er war derjenige, der mir furchtbar in den Arsch getreten hatte, und das im wahrsten Sinne des Wortes. Das war das einzige Mal, dass ich mich mit einem Seal-Bruder geprügelt hatte. Doch er wollte, dass ich meine ganze Wut herauslasse, und das hatte ich dann auch getan. Wir hatten nie wieder darüber gesprochen.

Nachdem alle vollzählig in der Suite eingetroffen waren, bis auf John, denn der hatte sich Sterovs Hotel einquartiert, machte ich alle miteinander bekannt.

»Also, was kannst du uns sagen?«, fragte ich meinen Freund und folgte ihm zu den Überwachungsmonitoren, auf denen ein Raum aus vier verschiedenen Perspektiven zu sehen war. Hierbei handelte es sich um Sterovs Unterkunft.

»Wir konnten vier Kameras in seinem Hotelzimmer installieren, wie du unschwer erkennen wirst«, erklärte er. »Wie es dazu kam, möchtest du nicht wissen. Also belass es dabei. Sterov hält sich überwiegend dort auf. Zwei seiner Wachhunde erledigen die Besorgungen für ihn. So wie auch in diesem Moment.« Sam brach ab, um uns einige Aufnahmen zu präsentieren. »Der Große ist der Einzige, der das Zimmer betritt.«

Bei genauem Betrachten erkannte ich den Hünen. Der Kerl hatte Leora damals gegen die Wand katapultiert.

»Ich kenne den Scheißkerl«, knurrte ich.

»Trinsten, wie sieht Ihr Plan aus?«, fragte ich stattdessen.

Allesamt nahmen wir an dem runden Tisch Platz und diskutierten über sämtliche Optionen. John stand via Funk in Kontakt mit uns. »Das Problem ist, Herr Kingston, dass Sterov und seine Leute Sie und Ihren Bruder kennen«, stellte der Beamte fest. »Es wäre fatal, wenn Sie mitkommen würden. Das heißt, dass meine und Ihre Männer den Angriff starten müssen.«

Bullenscheiße! Genau das wollte ich verhindern. Aber wo er recht hatte ... Lange betrachtete ich die Monitore. Auf der ausladenden Couch thronte der Fehlfick und schien zu schlafen. Das Prinzesschen würde sich gleich wundern. Dann hätte es sich mit dem Schönheitsschlaf. »Sie haben wahrscheinlich recht, auch wenn es mir nicht passt«, sagte ich, ohne den Kopf zu heben.

»Ich habe mich mit der Empfangsdame angefreundet«, meldete sich Sam zu Wort. »Über sie könnte ich auf die Etage kommen. Wir müssten nur den Hünen vor der Tür wegbekommen.«

Mit hochgezogener Augenbraue betrachtete ich ihn und konnte mir ein leichtes Schmunzeln nicht verkneifen. Allerdings würde ich ihn jetzt nicht fragen, wie genau er sich mit der Frau angefreundet hatte. Das würde ich zu einem späteren Zeitpunkt tun, schließlich kannte ich seine Methoden.

Als dieser meinen Blick bemerkte, zuckte er lediglich mit den Schultern. Damit hatte ich meine Antwort! Nichtsdestotrotz war die Idee gut und ganz klar ein Vorteil für uns. Ein Problem gab es noch. Wie bekamen wir den Hünen vor der Tür weg?

Mir kam ein Gedanke. »Ich werde Sterov anrufen, ihm mitteilen, dass Leora noch lebt, und dass ich weiß, wo er sich aufhält«, schlug ich vor. »Sollte er den Köder schlucken, wird er seine Männer anweisen, die Gegend abzusuchen. Somit wäre die Tür nicht bewacht. Sam und John können den Riesen ausschalten und Sie mit Ihren Männern Sterov schnappen. Falls noch weitere Wachhunde von Sterov hier sind, würde ich es über die Außenkameras bemerken und Sie informieren. So wäre der Überraschungsmoment auf unserer Seite.«

Der Plan war dünn. Hauchdünn! Aber es war eine Möglichkeit. Jedem war klar, dass Sterov paranoid war. Das hatten die gesamten Recherchen und Informationen über ihn gezeigt. Sollte er denken, dass ich hier war, würde er sich in seinem Zimmer verbarrikadieren und seine Männer anweisen, das ganze Dorf abzusuchen. Er war nicht besonders schlau, aber gefährlich und wir durften ihn nicht unterschätzen.

»Einen Versuch ist es wert«, stimmte Trinsten zu.

Zeitgleich instruierte Sam seinen Kollegen John, dass er aus dem Hotel kommen sollte, sodass sie sich postieren konnten. Um im ständigen Funkkontakt zu bleiben, versorgen wir uns jeweils mit Headsets.

Waffen wurden unter Hemden, Jacken und in den Schuhen verstaut. Als sie fertig waren, nickte der Beamte uns zu und verschwand mit seinen Leuten. Sam und Sean verließen ebenfalls den Raum, um sich mit John zu treffen. Dort wo sie sich aufstellen würden, war mein Bruder nicht zu entdecken.

Derweil nahm ich vor den Monitoren Platz. Trinsten teilte mir über Funk mit, dass sie ihre Position eingenommen hätten und ich nun den Anruf tätigen sollte.

In diesem Moment klingelte mein Handy, und als ich auf das Display linste, war es die Nummer von ... Sterov?

Hatte er uns bemerkt? Scheiße! Woher kannte er meine Nummer? Ich sah auf den Bildschirm und erkannte außer einem sitzenden Sterov – niemanden. Nur hatte dieser kein Telefon am Ohr. »Sterov«, zischte ich, nachdem ich das Gespräch entgegengenommen hatte. Am anderen Ende hörte ich ein Lachen. Es war kein normales, sondern ein eiskaltes.

»Mr. Kingston, schön Sie kennenzulernen«, sagte eine mir unbekannte Stimme. »Ich habe schon seit Längerem das Bedürfnis, mit Ihnen zu sprechen!«

Meine Augen folgten weiterhin dem Bildschirm. Doch Sterov bewegte sich nicht.

»Wer sind Sie?« Es konnte nicht Sterov sein, denn er verharrte seit ich auf den Monitor gesehen hatte, an der gleichen Stelle, in der gleichen Position. Außerdem kannte ich seine Stimme vom Band und die war mit der, mit der ich gerade sprach, nicht zu vergleichen.

»Sie kennen mich nicht, Jay. Ich darf Sie doch Jay nennen?«, fragte der Unbekannte mich belustigt.

›Nein, zu Teufel! Darfst du nicht, du Penner!‹, knurrte ich gedanklich. Laut sagte ich: »Wer sind Sie?«

»Ich bin ein alter Freund von Leora«, hörte ich ihn grinsend sagen. »Die kennst du doch, oder?«

Schlagartig war mir klar, mit wem ich redete. Dominik!

»Hat es dir die Sprache verschlagen?«, lachte er auf. »Du hast also von mir gehört?«

Er hätte nicht stolzer klingen können, dieser Hurensohn! Währenddessen ich mit dem Dreckskerl telefonierte, erkannte ich auf dem Monitor eine Gestalt, die sich auf den sitzenden Sterov zubewegte. Kurz vor ihm blieb er stehen und schaute in die Kamera. Nur konnte ich sein verfluchtes Gesicht nicht erkennen.

Er war in Schwarz gekleidet und trug dazu noch einen Hoodie. Die Kapuze hatte er sich über den Kopf bis tief in seine Visage gezogen.

Ich versuchte, das Funkgerät so einzustellen, dass Sean das Gespräch mitbekam und eingreifen konnte.

»Was wollen Sie?«, knurrte ich, da ich auf seine Fragen nicht eingehen wollte. Seine Spielchen konnte er alleine spielen, aber sicher nicht mit mir.

Erneut lachte er auf. »Was glaubst du denn, was ich will? Du hast etwas, das mir gehört. Und ich teile nicht gerne. Leora weiß das.«

Beschissener Bastard!

»Leora gehört mir nicht. Sie will mich nicht!«

»Wer es glaubt!«, stieß er hervor. »Du hast mir doch selber gesagt, sie sei vergeben. Schon vergessen?«

Wovon redete der Penner? »Sind wir uns schon einmal begegnet? Kann mich nicht erinnern!«

»Für einen Seal hast du aber ein ziemlich löchriges Gedächtnis. Aber ich helfe dir auf die Sprünge: Bar, Männerklo? Klingelt es?«

Natürlich! Der Typ, der mich im Tramp nach Leo gefragt hatte.

»Deinem Schweigen nach zu urteilen erinnerst du dich! Na ja, unwichtig«, fuhr er arrogant fort. »Was ich leider genau weiß, ist, dass mein Juwel dich will. Und damit hat sie wieder einmal gegen die Regeln verstoßen. Sie kann es einfach nicht lassen. Wegen ihr sterben immer Menschen. Sie will nicht hören.«

Ich verstand nicht, warum Sean nicht eingriff. Er musste über das Funkgerät das Gespräch mitbekommen!

»Wovon sprechen Sie? Ich denke nicht, dass Leora irgendwelche Regeln bricht. Sie will mich nicht und das hat sie mir deutlich zu verstehen gegeben«, ließ ich mäßig interessiert fallen, die Augen nur auf dem Monitor. Meine freie Hand war zu einer festen Faust geballt.

»Hör zu, du Möchtegern-Ex-Seal. Leora gehört mir!«, fauchte er. »Sie weiß das. Sie konnte sich damals schon nicht zwischen mir und Raiko entscheiden. Also musste ich ihr die Entscheidung abnehmen. Nachdem ich dem Milchbubi die Kehle durchgeschnitten hatte, gab es kein Herankommen mehr an sie. Ihre Eltern schotteten sie vor jedem ab. Sogar vor mir. Das konnte ich nicht zulassen.«

Er lachte auf. »Und dann die Sache mit Sophie. Leora hat sich mir freiwillig hingegeben. Doch sie war nicht brav. Sie verhalf ihrer Freundin zur Flucht, obwohl ich sie als Geschenk für meine Honigblüte vorgesehen hatte. Dafür musste sie zahlen. Aber eines kann ich dir sagen, Jay David Kingston! Ich hatte die unvergesslichsten zwei Wochen mit Leora Surrey. Du kannst dir nicht einmal im Entferntesten vorstellen, was ich alles mit ihr angestellt habe.«

Mir wurde übel und ich verstand verdammt noch mal nicht, warum Sean nicht endlich eingriff.

»Ach, falls du dich fragen solltest, warum keiner deiner Freunde dich hören kann«, redete er weiter. »Deine Männer sind gut, aber nicht gut genug. Einen Moment der Unachtsamkeit und ich konnte mir Zutritt verschaffen. Sagen dir die Wörter ›Funkstörungssender‹ und ›Wanze‹ etwas, du Genie?« Sein Lachen klang fast sympathisch. »Ich sehe dich!«

Aus dem Impuls heraus wollte ich mich in alle Richtungen umsehen, aber ich unterdrückte ihn.

»Und noch eines!«, fuhr er fort. »Seit Jahren beobachte ich meinen Schatz auf Schritt und Tritt. Sterov habe ich ihr gelassen. Er ist ein Arschloch. Doch so wie sie dich ansieht, bricht sie mir schon wieder das Herz. Du wirst verstehen, warum ich das nicht zulassen kann? Sie wird niemals dir gehören, denn wir teilen eine gemeinsame Vergangenheit, die Leora nie vergessen wird, dafür habe ich gesorgt.«

»Was ist mit Sterov?«, knurrte ich.

»Ich habe ihm etwas zur Beruhigung gegeben. Deinen Leuten scheint die Störung auf dem Monitor nicht aufgefallen zu sein. Sie sind nicht besonders gut ausgebildet. Solltest dir mal Gedanken machen. Aber ich schweife ab: Unser Freund kann mich sehen und sogar hören, ist aber in seiner Bewegungsfreiheit etwas eingeschränkt. Jetzt ist Schluss mit dem Plauderstündchen. Immerhin muss ich mich hier noch um etwas kümmern. Genauso wenig kann ich es zulassen, dass ein anderer Mann die Hand gegen meine Blüte erhebt. Denk positiv, Kingston! Wir werden bald wieder voneinander hören. Denn ich vermisse mein Juwel.«

Damit beendete er das Gespräch, und ich beobachtete mit wachsender Anspannung und dem beschissenen Gefühl der totalen Ohnmacht den Bildschirm. Gleichzeitig wählte ich die Nummer meines Bruders.

»Was ist los, Bro?«, wisperte er. »Warum höre ich von dir nichts.«

»Sean, er ist bei Sterov«, brüllte ich. »Dominik ist bei Sterov. Los!« Im gleichen Moment beugte sich dieser Bastard über Michael, schnitt ihm langsam die Kehle durch und stach mehrmals auf ihn ein.

Als er von ihm abließ, verschwand er genau so, wie er gekommen war. Kaum drei Sekunden später flog die Tür auf und Sean stand mit den anderen in der Suite. Vor ihnen auf dem Boden lag der Hüne und wurde in Handschellen gelegt. Mein Bruder rannte mit John und Sam durch jeden Raum. Trinsten ging derweil zu Sterov, sah in die Kamera und schüttelte den Kopf.

Im Hintergrund erkannte ich, wie mein Bruder und die anderen zurückkehrten.

Ohne Dominik.

Auch ich rannte aus dem Hotel, blieb auf der Straße stehen und sah in alle Richtungen, konnte allerdings nichts erkennen.

Meine Gedanken waren bei Leora. Sie war in Berlin nicht mehr sicher. Es war klar, dass ich sie nach NYC mitnehmen musste. Auf unbegrenzte Zeit, und Sophie würde uns begleiten, denn auch sie schwebte in Lebensgefahr.

Sean kam gefolgt von Sam, John und Trinsten aus dem Hotel direkt auf mich zu. Dahinter machte ich den Hünen aus. Sofort stürzte ich mich auf ihn, packte ihn am Kragen und stieß ihn hart gegen eine Mauer.

»Du Wichser!«, knurrte ich. »Erst siehst du zu, wie meine Frau halb totgeschlagen wird, und dann spielst du dich als Retter in letzter Sekunde auf? Wenn es nach mir ginge, würde ich dir eine Kugel in den Kopf jagen!«

»Mann, lass die Pfoten von mir«, sagte der Typ gelassen. »Ich habe alles getan, was ich konnte. Hätte ich anders gehandelt, wäre meine Tarnung aufgeflogen. Ich bin von der DEA-Drogenfahndung. Überprüft es!«

»DU BIST EIN BULLE UND HAST ZUGELASSEN, DASS SIE SO ZUGERICHTET WURDE?«, rief ich. »ICH SOLLTE DICH AUF DER STELLE KALTMACHEN.«

Bevor ich meine ganze Wut an diesem Scheißkerl auslassen konnte, zerrte mich mein Bruder von ihm weg. Nur schaffte ich es nicht, meinen Zorn im Zaum zu halten, denn ich holte aus und traf das Kinn des Agenten mit meiner Faust. Der fiel um, und ich wollte mich auf ihn stürzen, allerdings hielten mich jetzt mehrere Männer zurück, darunter auch Sam.

»Beruhig dich jetzt«, sagte dieser leise.

Für einen kurzen Moment schloss ich die Augen und atmete ein paar Mal tief durch. Immerhin war der Wichser gefesselt und somit kein Gegner für mich.

Für eine Sekunde dachte ich darüber nach, ihm die Handschellen abzunehmen und ihn dann genüsslich zusammenzuschlagen. Als ich die Lider wieder öffnete und in die Gesichter der Männer sah, die vor mir standen, verwarf ich diesen Gedanken.

»Jay, er hat etwas für dich zurückgelassen«, holte mein Bruder mich aus meinen Überlegungen und übergab mir ein Bild, auf dem eine Frau zu sehen war. Nicht irgendeine – denn bei genauerer Betrachtung wurde mir klar, um welches Mädchen es sich handelte. Leora!

Auf der Aufnahme schien sie jünger zu sein, doch ich hätte sie unter tausenden ausmachen können.

Sie hing – nackt – an einem Seil. Um ihren Hals eine Schlinge. Der Körper unfassbar zugerichtet. Starr sah sie in die Kamera und in ihren Augen erkannte ich den Tod.

In diesem Augenblick verstand ich.

Kapitel 7

Leora

Mein Gedächtnis war wieder vollständig.
Nur, was würde ich damit anfangen? Es wäre ein Leichtes, weiterhin so zu tun, als würde ich mich nicht erinnern können. Wenn ich es noch eine Weile ausspielen könnte, würde es Jay irgendwann satthaben und vielleicht doch verschwinden. Für mich war klar, dass ich ihn beschützen musste. Nach meinem Albtraum spürte ich, dass es noch nicht vorbei war. Mein Bauchgefühl rumorte in einer Tour, als würde er mir raten: Hau ab! Warum ich wieder so eine intensive Horrorvorstellung von ihm gehabt hatte, konnte ich mir nicht erklären, denn es war schon Jahre her. Die Einzigen, um die ich mir Sorgen machte, waren Jay, Sean und James. Es stand fest, dass ich die Männer loswerden musste, und zwar schnellstmöglich. Nur wie?

Sophie saß noch immer auf meiner Bettkante und streichelte meine Handfläche. Ich hob den Kopf und sah sie an. »Kannst du mir bitte eine Frage beantworten?« Sie nickte knapp. »Warum ist Jay wirklich hiergeblieben?« Ihr ganzer Körper verspannte sich. »Süße, lass uns zu Hause darüber reden«, erwiderte sie. »Ich finde, du solltest noch ein wenig schlafen, und ich muss gestehen, ich bin auch hundemüde und würde mich gerne auf meine Pritsche schmeißen.

Jay kommt in ein paar Stunden und nimmt dich mit nach Hause. Dort wirst du dich ausruhen und wehe dir, du machst ihm das Leben schwer. Ich kenne dich. Denn ich werde meinen Freund auf jeden Fall unterstützen und die anderen auch. Du wolltest heim? Fein. Dann bekommst du das volle Programm!«

Oha! Vielleicht sollte ich mir die Entlassung noch einmal durch den Kopf gehen lassen?

Pah, wohl eher nicht!

Natürlich war mir aufgefallen, dass sie meiner Frage ausgewichen war. Hatte ihm irgendjemand von unserem Geheimnis erzählt? Für Sophie würde ich meine Hand ins Feuer legen, aber bei Jenna? Ich liebte beide, aber hier war irgendetwas passiert, und ich musste wissen, was.

Am nächsten Morgen wurde ich von Nina geweckt. Meine Freundin war bereits zur Arbeit aufgebrochen.

Jetzt, wo ich wusste, dass die Krankenschwester lesbisch war, entschied ich mich, sie doch wieder zu mögen.

»Guten Morgen, Leora«, lächelte sie fröhlich. »Wie fühlen Sie sich?«

»Im Großen und Ganzen geht es mir gut«, antwortete ich.

Meine eingegipsten Gliedmaßen schmerzten nicht mehr ganz so schlimm und mein Kopf gab Ruhe.

Was mir auf die Nerven ging, war meine Unbeweglichkeit. Leider musste ich mir eingestehen, dass ich ohne Hilfe wohl nicht alles schaffen würde, was wiederum hieß, dass ich mich mit Jay unterhalten müsste. Allerdings konnte ich ihm das nicht antun.

Hühnerkacke!

Nina half mir beim Waschen und Anziehen, so gut es eben ging. Mein Kreislauf spielte verrückt, doch das ignorierte ich. Immerhin wollte ich nach Hause.

Nachdem ich fertig war, ging die Tür auf und Jay betrat mein Zimmer. Sein Aussehen schockierte mich, denn sein Erscheinungsbild war grauenvoll. Na gut – atemberaubend grauenvoll!

»Guten Morgen«, grinste er mich müde an. »Wie fühlst du dich?«

»Mir geht es gut. Aber wie geht es dir?«

Er schenkte mir ein Lächeln, welches mir – wieder einmal – das Höschen auszog.

Himmel, war der Mann geil!

»Sean und ich mussten die ganze Nacht durcharbeiten«, erklärte er. »Wir hatten ein Projekt. Zum Glück ist es jetzt erledigt und ich kann mich vollständig auf dich konzentrieren.«

Irgendwie glaubte ich ihm nicht, hakte allerdings nicht weiter nach.

»Bist du dir sicher, dass du mich mit in unsere Wohnung nehmen kannst?«, fragte ich sicherheitshalber noch einmal nach. »Ich habe selber gerade überlegt, dass ich ein absoluter Pflegefall bin – vor allem mit dem eingegipsten Bein und Arm. Ich wäre bestimmt eine furchtbare Nervensäge.«

Auf diesem Wege versuchte ich die Stimmung etwas zu lockern, und ich wäre auch nicht traurig gewesen, wenn er mich hiergelassen hätte. Lachend nahm er auf meiner Bettkante Platz und streichelte mir über die Wange.

HILFE!

»Du bist kein Pflegefall«, schmunzelte er. »Du bekommst die beiden Dinger bald ab. Mit der Nervensäge? Da stimme ich dir zu. Das warst du aber schon vorher. Also macht es für mich keinen Unterschied.«

Mit seiner Gelassenheit steckte er mich an, sodass wir nun beide lachen mussten.

»Kann ich mir gar nicht vorstellen«, schmollte ich gespielt. »Du übertreibst bestimmt.«

Er sah mich an, seine Miene wurde sanft und ich erkannte Liebe darin. Und verdammt, mir ging es nicht anders.

Eine ganze Weile saßen wir zusammen und unterhielten uns über alles Mögliche. Irgendwann ging die Tür auf und mein lieber Herr Doktor stand endlich im Zimmer.

Wurde aber auch Zeit!

»So, Frau Restma. Die restlichen Ergebnisse sehen wirklich zufriedenstellend aus. Ich möchte allerdings noch einmal anmerken, dass ich es besser fände, wenn Sie noch ein paar Tage hierbleiben würden. Aber in den letzten Stunden habe ich ja bereits festgestellt, wie dickköpfig Sie sind. Nichts für ungut. Hier sind Ihre Entlassungspapiere.«

Jay nahm sie für mich entgegen, doch der Arzt war nicht bester Laune. Dafür schenkte ich dem netten Doc ein zuckersüßes Lächeln und er schüttelte den Kopf.

»Ich verspreche Ihnen, wenn es mir nicht gut geht, komme ich sofort zurück und dann bleibe ich auch. Aber zu Hause ist es immer noch am schönsten.«

Das Gesicht von Dr. Walter hellte sich auf. »Na gut. Ich verlasse mich darauf, dass Sie regelmäßig zur Kontrolle kommen. Sollte etwas sein, Herr Kingston, dann schleifen Sie Ihre Verlobte hierher.«

Wir lachten und nickten eifrig. Nachdem wir alleine waren, sah der Traum aller Frauen mich an. »Bist du bereit?«

›Für dich? Jederzeit‹, dachte ich mir.

Mit einem Nicken ließ ich mir von ihm in den Rollstuhl helfen. Dieses Ding nervte mich auch schon wieder, aber bei dem Gesichtsausdruck meines Möchtegern-Verlobten sagte ich dazu lieber nichts. Meine Tasche, die Nina bereits gepackt hatte, warf er sich über die Schulter.

Als wir uns auf dem Weg zum Appartement befanden, wurde mir etwas mulmig. Wie würde ich wohl reagieren, wenn ich in dem Wohnzimmer stehen würde? Die ganze Zeit über hatte ich versucht, diesen Gedanken zu verdrängen, doch jetzt war er da.

»Geht es dir gut?«, hörte ich seine tiefe Stimme, aber mehr als ein Nicken brachte ich auch dieses Mal nicht zustande. Denn mir ging es alles, nur nicht gut. Allerdings wollte ich es ihm gegenüber nicht unbedingt zugeben. Immerhin hatte ich mir vorgenommen, stark zu sein. Je näher wir dem Appartement kamen, desto schlechter wurde mir. Mit meinen Atemtechniken versuchte ich, meine anrollende Panik zu unterdrücken. Warum hatte ich mich nicht schon in der Klinik mit diesem Thema auseinandergesetzt?

»Es ist nichts mehr zu sehen«, erklärte er, als hätte er meine Gedanken gelesen. »Mach dir keine Sorgen. Wir bekommen das hin.«

Erneut konnte ich nur nicken und wandte den Blick zum Fenster. Würden wir es wirklich hinbekommen? Ich bezweifelte es.

Mein Leben war schon lange keines mehr. Warum ich aus dem Koma erwacht war, wusste ich nicht.

Meine Eltern waren greifbar gewesen, und ich hatte zu ihnen gewollt, mehr als alles andere. Auf der anderen Seite hatte Jay gestanden und er wollte, dass ich zu ihm kam. Es war eine fast unmögliche Entscheidung gewesen. Mein Unterbewusstsein hatte sich letztendlich dann doch entschieden. Obwohl es völlig absurd war, denn ich konnte nicht mit ihm zusammen sein. Das würde nie funktionieren.

Seit Jahren lebte ich bereits in Angst. Was ich wollte, spielte hierbei keine Rolle. Konnte ich wirklich so egoistisch sein und ihn in Gefahr bringen?

Es gab nur zwei Möglichkeiten: Entweder ich ließ unsere Liebe zu und versuchte mit ihm glücklich zu werden, bis Dominik uns fand, oder ich würde ihn ziehen lassen und damit verlieren. Beide Szenarien würden mich umbringen. Nur wie sollte es mir gelingen, mich von ihm zu lösen?

Vor Michaels Überfall hatte ich eine Entscheidung getroffen und die hatte mir alles abverlangt. Konnte ich es schaffen, sie noch einmal zu treffen?

Er parkte den Wagen neben meinem und stellte den Motor ab. Niemand von uns bewegte sich. Aus dem Fenster sah ich die Mauer hinauf.

Auch wenn ich immer auf Hilfe verzichtet hatte, wusste ich diesmal, dass Jay sie mir geben würde, wenn ich nur darum bat. Meine Augen suchten seine und fanden sie.

Einen Moment lang verlor ich mich in seinem Blick und fühlte mich sicherer als je zuvor. Aber auch in dieser Situation musste ich stark sein.

»Ich bin so weit«, flüsterte ich, obwohl der Kloß in meinem Hals mich zu ersticken drohte.

Er stieg aus, lief um den Wagen herum, öffnete meine Tür und reichte mir seine Hand, die ich umgehend ergriff. Mit einem Ruck stand ich auf meinen Beinen und krallte mich an ihm fest, als würde ich ertrinken.

Ohne zu zögern drückte er mich langsam und sanft an sich. Widerstandslos ließ ich es mir gefallen und genoss diesen Augenblick. Immer wieder streichelte er mir beruhigend über den Rücken. Widerwillig löste ich mich und hob den Kopf. »Es geht wieder«, sagte ich zu ihm. »Lass uns hochgehen, okay?«

Jay sah mich noch einen Moment an, bevor er mich freigab, um sich meine Tasche aus dem Kofferraum zu schnappen. Nachdem er das Auto abgeschlossen hatte, griff er um meine Taille und half mir die Stufen hinauf.

In der Lobby sah ich mich kurz um, während wir uns langsam zu den Aufzügen bewegten. Was ich mich seit Tagen fragte, war: Wie hatte es Michael geschafft, an dem Empfang vorbeizukommen, ohne dass ich benachrichtigt worden war? Dafür gab es nur eine logische Erklärung: Jemand musste ihm geholfen haben. Auf der anderen Seite war mir auch bewusst, wozu mein Ex fähig war. Wahrscheinlich hegte ich Paranoia und sah in jedem einen potenziellen Feind.

Vor unserer Wohnung blieb ich kurz stehen und atmete durch. Nachdem Jay die Tür geöffnet hatte, betrat ich sie zögerlich. Trotz der aufkommenden Übelkeit ging ich in das anliegende Wohnzimmer, blieb mitten darin stehen und betrachtete alles. Nichts war mehr von dem Angriff zu erkennen. Es schien, als sei niemals etwas geschehen.

Bilder hingen an den Wänden, die Wandfarbe – welche ich bereits beim Betreten gerochen hatte – war frisch, die Dekoration neu, und ich konnte auf dem Teppich keine Blutspuren ausmachen, obwohl ich noch genau wusste, dass überall welche gewesen waren.

Mein ganzer Körper verspannte sich, als ich auf die Stelle sah, an der ich zuletzt gelegen hatte. Alleine und hilflos – zurückgelassen zum Sterben.

Unkontrolliert fing ich an zu zittern, ohne es aufhalten zu können, und meine Augen füllten sich mit Tränen. Ein Schluchzen entwich mir, und ich versuchte mit der gesunden Hand meinen Mund und mein Gesicht gleichzeitig zu bedecken.

Plötzlich wurde ich hochgehoben. Sekunden später spürte ich etwas Weiches unter mir. Er streifte meinen Schuh ab und hatte sich kurz darauf neben mich gelegt.

Mit seinen großen starken Armen zog er mich an seine Brust und kesselte mich mit seinem Körper ein. Im ersten Augenblick war ich verwirrt, doch dann schenkte ich meinen Tränen endlich die Freiheit.

Ich weiß nicht mehr, wie lange ich weinte, aber er hielt mich die ganze Zeit über fest. Dieses Gefühl wollte ich genießen und ich nahm mir die Freiheit heraus, das zu tun. An diesem Tag schlief ich bewusst in den Armen des Mannes ein, den ich über alle Maßen liebte und wohl auf ewig lieben würde.

Komme, was da wolle!

Kapitel 8

Jay

Niemals würde ich sie loslassen. Das konnte niemand von mir verlangen. Es fühlte sich alles so richtig an. Sie, ich ... wir!

Als wir wieder in Berlin gelandet waren, fuhr ich Sean zu seiner Wohnung. Auf dem Weg dorthin schwiegen wir, denn wir mussten das Geschehene in Rumänien erst einmal verarbeiten. Tat es mir um Sterov leid? Verdammt – auf gar keinen Fall! Allerdings sah die Sache mit diesem Dominik schon ganz anders aus. Natürlich kannte ich ihn nicht und an das eine Mal, als wir uns begegnet waren, konnte ich mich nur schwerlich erinnern. Was ich wusste, reichte nicht ansatzweise aus, um ihn einschätzen zu können. Bislang hatten wir über diesen Bastard nichts herausfinden können.

Noch in Rumänien hatte ich Trinsten gebeten – eher unhöflich –, mir die Akte von Leora auszuhändigen. Natürlich hatte er mir mitgeteilt, dass sie vertraulich sei, doch das war mir scheißegal. Was ich ihm dementsprechend auch mitgeteilt hatte. Schon lange ging es nicht mehr nur um das Geheimnis von Leora und Sophie. Mein Bruder und ich waren mit hineingezogen worden und daher auf diese Informationen angewiesen. Und zwar alle!

Vor Ort hatten sich die Übrigen das Gespräch zwischen Dominik und mir angehört. Danach entschied der Beamte, mir die Akte zukommen zu lassen.

Fest entschlossen, Leora und Sophie nach NYC zu bringen, bat ich ihn um Übersendung direkt an mein Büro in den USA. Nur dort konnte ich sie wirklich schützen.

»Wir müssen die beiden wegschaffen!«, sagte plötzlich mein Bruder, als hätte er meine Gedanken gehört.

»Ich weiß«, murmelte ich. »Gleich morgen früh werde ich Ben kontaktieren. Sam und John bleiben noch so lange in Berlin. Allerdings weiß ich nicht, wie ich Leora dazu kriegen soll, mitzukommen. Irgendeine Idee?«

»Zuerst einmal müssen wir mehr über ihr Leben in München herausfinden. Vor allem, wer der Hurensohn überhaupt ist. Welche Rolle spielte er in ihrem Leben? Und noch eines ...« Eindringlich sah er mich an. »Wir sollten es beiden noch nicht sagen! Denn ich bin davon überzeugt, dass sie verschwinden würden.«

Wie recht er doch hatte! Bereits in Rumänien hatte ich mit Trinsten vereinbart, dass über das Thema Sterov geschwiegen werden sollte. Davon, was dort vorgefallen war, musste Leora nichts wissen. War es falsch? Sicherlich, doch sie hatte genug durchgemacht und lebte bereits seit Jahren in Angst. War es egoistisch von mir? Auf jeden Fall! Denn ich wusste, sollte sie von Dominik erfahren, hätte ich jede Chance auf eine Beziehung mit ihr verspielt. Ohne ein weiteres Wort würde sie flüchten und ich sie wahrscheinlich nie wiedersehen. Das konnte und wollte ich nicht zulassen. Niemand würde sie mir jemals wegnehmen. Also musste ein anderer Plan her. Wir entschieden demnach, dass wir die nächsten drei Wochen Gras über die Angelegenheit wachsen lassen würden.

Sodann könnte der ultimative Anruf durch das BKA bei Leora erfolgen. Wir waren uns auch darüber einig, nichts über die tatsächliche Todesursache zu erwähnen.

Denn genau dann hätte sie gewusst, wer der Mörder ihres Ex-Mannes gewesen war. Allerdings wurde mir übel, wenn ich darüber nachdachte, sie anlügen zu müssen. Mittlerweile verschwieg ich ihr eine ganze Menge, und ich wollte mir gar nicht ausmalen, wie sie darauf reagieren würde, sollte sie es jemals erfahren.

Das Bild, was dieser Bastard für mich hinterlassen hatte, brach mir das Herz. Was er natürlich damit bezwecken wollte. Auf der Rückseite der Aufnahme stand mein vollständiger Name. Allem Anschein nach hatte er über mich einiges herausfinden können, was mich verwirrte, denn die Akten bei der Navy waren verschlüsselt. Entweder war er ein Computergenie oder er pflegte Kontakte. Sollte er diese haben, hatten wir ein Problem. Ein richtiges!

»Ich werde ihr davon nichts erzählen. Trinsten und ich haben das bereits vereinbart«, erwiderte ich. »Wir warten bis ihre Verletzungen vollständig verheilt und die Untersuchungen komplett abgeschlossen sind. Bis dahin wird mir etwas einfallen, wie ich sie dazu bringe, mitzukommen.«

Mein Bruder war bei dem Gespräch zwischen mir und dem Beamten nicht zugegen gewesen, demnach wusste er nichts von der weiteren Vorgehensweise. Im Augenblick war ich einfach nicht bereit, ihm alles genauestens auseinanderzunehmen. Er schien es zu verstehen und hakte auch nicht weiter nach, wofür ich ihm außerordentlich dankbar war.

Nachdem ich Sean abgesetzt hatte, fuhr ich ohne Umwege zu Leora in die Klinik und brachte sie nach Hause. Was dort geschehen war, hatte ich nicht voraussehen können. Als sie vor mir einen Zusammenbruch erlitt, war das für sie ein verdammtes Zugeständnis. Bislang hatte sie nie Schwäche oder ansatzweise solche Gefühlsregungen gezeigt.

Ich hatte schon eine Menge Frauen heulen sehen, doch bei Leora war es anders. Sie weinte geräuschlos und das zu ertragen, verlangte mir eine Menge ab. Sie in ihr Bett zu bringen und mit meinem Körper zuzudecken, schien mir das Richtige zu sein, denn etwas anderes konnte ich nicht für sie tun. Immer wieder streichelte ich ihren Rücken, küsste ihren Scheitel oder flüsterte ihr beruhigende Dinge zu. Lange Zeit blieb ich noch wach und beobachtete mein Mädchen beim Schlafen. Sie war für mich das schönste Geschöpf auf dieser Welt und ich konnte mir nicht vorstellen, wie jemand ihr so hatte wehtun können.

Am nächsten Morgen wurde ich vor ihr wach. Tatsächlich hatten wir den ganzen Tag und die Nacht durchgeschlafen, ohne uns einmal zu bewegen. Gut, die ganze Nacht war übertrieben, denn es war erst fünf Uhr morgens. Langsam und vorsichtig löste ich mich von ihr und stand auf, um mich in meinem Zimmer frisch zu machen. Als ich mit allem fertig war, schlüpfte ich in bequeme Kleidung, denn für heute hatte ich nichts geplant, außer mich um Leora zu kümmern. Bevor ich mir einen Kaffee zubereiten wollte, ging ich noch einmal zu ihr. Noch immer lag sie in derselben Position, wie ich sie verlassen hatte. Lange sah ich sie an und konnte einfach nicht begreifen, wie sehr ich diese Frau wirklich liebte. Es ging über meinen Verstand, dass es so ein starkes Gefühl überhaupt gab.

Jetzt, wo sie bei mir war, war es wichtig, ihr dabei zu helfen, ihre Erinnerungen an alles, vor allem an uns, zurückzubekommen. Schließlich wandte ich mich ab und betrat die Küche. Gedankenverloren starrte ich aus dem Fenster und spielte verschiedenen Szenarien durch, wie ich sie überreden könnte, mit mir zu gehen. Mit Blick auf die Uhr erkannte ich, dass wir inzwischen sechs hatten, was bedeutete, dass in NYC Mitternacht war.

So wie ich Ben kannte, war er sicherlich noch wach. Nach dem zweiten Klingeln nahm er ab.

»Ey Boss, hast du mal auf die Uhr gesehen?«, grölte er in den Hörer.

Ben war einzigartig und vor allem extrem sarkastisch. Wer ihn nicht kannte, konnte nicht sicher sein, wann er etwas ernst meinte und wann nicht. Wir waren bereits seit Jahren befreundet, sodass ich mit ihm umzugehen wusste.

»Du musst nicht schlafen. Wird vollkommen überbewertet«, lachte ich.

»Was gibt es?«, fragte er nun ernst. »Wie war Rumänien?«

Natürlich wusste Ben alles über die Operation ›Sterov‹. Er hatte mir bei den Recherchen geholfen und wurde von Sam und John auf dem Laufenden gehalten.

»Lange Geschichte«, erwiderte ich. »Ich werde sie dir erzählen, wenn ich wieder zu Hause bin. Deswegen rufe ich auch an!«

»Ich bin ganz Ohr!«

»Hör zu, ich muss Leora und ihre Freundin aus der Stadt bringen«, erklärte ich. »Sie sind hier nicht mehr sicher. In Berlin kann ich beide nicht beschützen. Ich kann dir jetzt nicht alles im Einzelnen erklären, das muss warten. Zwar bin ich mir noch nicht sicher, wie ich sie dazu kriegen soll, mit mir nach Amerika zu kommen, doch ich werde es irgendwie schaffen. Für diesen Fall muss einiges vorbereitet werden.«

Wir sprachen über die Sicherheitsmaßnahmen, die getroffen werden mussten. Da ich bislang nicht wusste, ob mein Bruder mich begleiten würde, ging ich davon aus, dass beide Frauen bei mir unterkommen würden.

»Mach dir keine Sorgen, Bruder!«, sagte er. »Ich werde das alles persönlich übernehmen und nur unsere Truppe involvieren. Wir sind ein Team, vergiss das nicht.

Einer für alle und alle für einen. Wir werden dein Mädchen und ihre Freundin beschützen. Komm einfach mit ihnen nach Hause.«

Die Luft entwich meinen Lungen vor Erleichterung.

»Danke! Wir werden in circa zwei bis drei Wochen ankommen. Bis dahin hat Leora ihre Untersuchungen hinter sich und auch keinen Gips mehr.« Wir verabschiedeten uns und ich beendete das Gespräch.

Plötzlich hörte ich Leora meinen Namen schreien, ließ alles liegen und rannte zu ihr. Als ich in ihrem Zimmer ankam, warf sie sich hin und her und brüllte immer wieder nach mir.

Langsam ging ich auf sie zu und berührte sanft ihre Schultern. Am liebsten hätte ich sie geschüttelt, damit sie wach werden konnte, allerdings wusste ich, dass es falsch wäre.

»Baby, wach auf. Ich bin hier!«, flüsterte ich ununterbrochen, als wäre es ein Mantra.

Blitzschnell öffnete sie ihre Augen und starrte mich an.

»Er ist hier!«, sprach sie so leise, dass ich es kaum verstehen konnte.

Sie schien nach wie vor nicht richtig wach zu sein, deswegen verteilte ich kleine Küsse auf ihrem Gesicht, denn ich wusste mir sonst nicht zu helfen.

»Jay?«, hörte ich ihre klare Stimme. »Was ist los?« Sofort nahm ich sie in den Arm und sie ließ es widerstandslos zu.

»Du hattest einen Albtraum!«, antwortete ich knapp und zog sie noch näher an mich.

Konnte sie spüren, dass er sie beobachtete?

›Was hat dieser Scheißkerl ihr bloß angetan?‹, fragte ich mich und schloss die Lider. Eines stand in diesem Augenblick fest: Ich würde ihn umlegen!

Kapitel 9

Leora

Meine Albträume waren wieder zurückgekehrt. Das war bereits der zweite, seitdem ich aus dem Koma erwacht war. Für mich gab es nichts Schlimmeres, als von ihm zu träumen.

Doch dieser war der Schrecklichste von allen: Er hatte uns gefunden und brachte Jay vor meinen Augen um. Mehr als schreien konnte ich nicht, denn ich war gefesselt – so wie damals. So sehr ich an dem Seil um meine Handgelenke zerrte, ich konnte mich nicht davon befreien. Jay sah mich an und seine letzten Worte waren: »Ich liebe dich.« Meine Tränen liefen, ohne dass ich sie aufhalten konnte, und rief dabei immer wieder nach ihm. Doch er rührte sich nicht mehr. Auch er hatte mich verlassen. Nachdem ich aus meiner eigenen Hölle aufgewacht war, erkannte ich Sorge und Traurigkeit in seinen wunderschönen Augen.

»Baby?«, flüsterte er an meinem Mund. »Ist alles in Ordnung?«

Meine Konzentration war augenblicklich für die Tonne, immerhin inhalierte ich seinen Atem. Der Albtraum war kurzum vergessen und ich plötzlich so feucht, dass er ohne weitere Vorbereitung in mich hätte eindringen können. Seitdem meine Erinnerungen zurückgekehrt waren, verzehrte ich mich sekündlich nach ihm.

Allem Anschein nach war ich mit diesem Gefühl alleine, denn bevor ich mehr von ihm bekommen konnte, löste er sich von mir. Das Einzige, was er weiterhin tat, war mein Gesicht zu streicheln. Doch er ging nicht weiter, was mich verwirrte.

»Kleines«, wisperte er. »Du brauchst noch etwas Zeit. Immerhin hast du eine Menge durchgemacht und musst dich ausruhen, damit du schnell wieder gesund wirst. Ich mache dir jetzt einen Kaffee und hole dich in das Wohnzimmer. Wir werden uns heute einen ruhigen Tag machen, okay?«

Ich versuchte in seinen Augen zu lesen, ob er mich nicht mehr wollte. Meine Zweifel kamen zurück und am liebsten wäre ich wieder ins Krankenhaus gegangen. Weg von ihm. Abgewiesen zu werden von dem Mann, den man liebt, bereitet einem höllische Schmerzen. Verdient hatte ich es. Immerhin war er des Öfteren von mir weggestoßen worden. Also nickte ich kurz und flüsterte ein leises »Okay!«

Bevor er mein Zimmer verließ, rief ich seinen Namen.

»Hmm?«

»Danke für alles!«

Er schenkte er mir ein Lächeln und verschwand wortlos. Für mich war klar, dass ich nie wieder die Initiative ergreifen würde, denn es war mir wirklich peinlich. Mit aller Kraft versuchte ich, mich auf die Bettkante zu schwingen – vor allem SCHWINGEN, es kam wohl eher einem ›Robben‹ gleich. Den Gang in das Bad wollte ich aber selbstständig bewerkstelligen. Schließlich musste ich auf die Toilette und anschließend benötigte ich meine Zahnbürste. Und zwar dringend! Nach gefühlten zwanzig Stunden und einen Beinahe-Amok-Lauf später hatte ich es tatsächlich auf meinen Bettrand geschafft. Erneut holte ich tief Luft, was keine allzu kluge Entscheidung war, denn meine Blase machte sich bemerkbar – und zwar HEFTIG!

Mit Schwung aus dem Rücken heraus kam ich zum Stehen. Allerdings war es zu viel des Guten, denn ich taumelte kurz nach vorne. Mein Gleichgewicht konnte ich zurzeit auch vergessen. Nach einigen Jonglierversuchen hatte ich meinen Körper wieder unter Kontrolle. Meinen Rippen schien es hervorragend zu gehen, und außer dass mir diese verdammten Gipsteile tierisch auf die Nerven gingen, verspürte ich keinerlei Schmerzen.

Yeah!

Mit dem Hinkebein kam ich mir vor wie ›Captain Hook‹, weshalb ich leise vor mich hinfluchte. Trotzdem verließ mich nicht der Mut, denn die Tür zur Toilette war in greifbarer Nähe, als ich hinter mir eine tiefe Stimme vernahm. Verdammte Scheiße, verflucht noch mal!

»Was machst du da?«, rief er aufgebracht.

›Wonach sieht es denn aus?‹, wollte ich sagen, ließ es jedoch bleiben, als ich seinen Gesichtsausdruck sah. »Ich wollte nur kurz auf die Toilette«, flüsterte ich engelsgleich. Schließlich war meine Blase an allem schuld.

»Baby, wenn du irgendwohin musst oder etwas brauchst, möchte ich, dass du mich rufst, okay?«

Wenn er noch weiter vor mir stehen bleiben wollte, um mich zu belehren, würde ich ihm vor die Füße pinkeln – direkt auf den Kaschmirteppich. SO! Schnaubend kapitulierte ich.

»Okay! Aber könntest du mir jetzt den Weg zum Klo freimachen? Bitte?«

»Natürlich. Komm, ich helfe dir.« Bevor ich darauf etwas erwidern konnte, griff er auch schon um meine Taille.

Na super! Peinlicher konnte es wirklich nicht mehr werden.

Nachdem er mich direkt vor der Schüssel platziert hatte, musste ich ihn tatsächlich bitten, das Bad zu verlassen. Schließlich würde ich nicht vor ihm die Hosen runterlassen.

Nicht dass ich das nicht bereits getan hätte, aber das war schließlich eine ganz andere Situation. Die Erleichterung glich fast einem Orgasmus und ich musste meine Augen schließen, als ich mich entleerte. Anschließend putzte ich mir – heimlich – die Zähne. Immerhin wusste ich nicht, ob es mir erlaubt war, es alleine zu erledigen. Ich konnte ja manchmal so witzig sein!

Als ich fertig war, öffnete ich die Tür und natürlich stand mein strahlender Held vor mir. Wortlos hob er mich hoch und brachte mich direkt in das Wohnzimmer, wo er mich auf der Couch abgesetzte.

»Hör mal!«, murmelte ich. »Das ist alles unbeschreiblich lieb von dir, aber du musst mich nicht überallhin tragen. Ein gesundes Bein habe ich noch. So manche Dinge schaffe ich alleine.«

Es kam für mich überhaupt nicht infrage, dass er alles für mich tun würde. Daran war ich nicht gewöhnt.

»Ich habe versprochen, mich um dich zu kümmern«, knurrte er und kam mir immer näher. »Und genau das habe ich auch vor. So lange, bis du die Dinger abbekommst. Bis dahin trage ich dich überallhin, weil ich es so will. Klar so weit?«

Das hörte sich eher nach einem Befehl an und darauf stand ich überhaupt nicht.

»Aber ich bin doch nicht irgendeine Puppe, die man durch die Gegend tragen muss!«

Vor allem – PUPPE! ICH? Das war der Witz des Jahrhunderts! Plötzlich lag ich auf dem Rücken und er schwebte über mir. Da ich derzeit einem Invaliden gleichkam, stand es um meine Verteidigung nicht zum Besten.

»Vielleicht bist du meine Puppe?«, flüsterte er. »Ganz egal. Wir machen es auf meine Weise. Du wolltest nach Hause. Hier bist du! Ich bin für dein Wohlergehen verantwortlich, du Nervensäge!«

Normalerweise war ich ziemlich schlagfertig, nur in diesem Augenblick hatte mein Gehirn sämtliche Arbeiten eingestellt und machte Feierabend. Mir blieb nichts weiter übrig, als in diese faszinierenden Augen zu starren. Schließlich berührten seine Lippen meine. Seine Zunge ließ er darüber gleiten und ich gewährte ihr Einlass. Er massierte meine Brüste, und ich versuchte meinen Rücken durchzubiegen, um ihm entgegenzukommen. Mit seinem Mund schluckte er mein Stöhnen und intensivierte den Kuss. Unsere Zungen bestritten einen Kampf und keiner wollte nachgeben. Seine rechte Hand stahl sich langsam in Richtung Süden, und ich konnte es kaum noch erwarten, von ihm berührt zu werden. Bevor es zum Äußersten kam, vernahm ich die Klingel an der Eingangstür. Abrupt löste er sich von mir, als hätte er sich verbrannt, und erhob sich.

»Geht es dir gut?«, fragte er mich keuchend.

Kopfschüttelnd setzte ich mich umständlich auf und zog meine Kleidung zurecht. »Natürlich geht es mir gut«, zischte ich, ohne ihn dabei anzusehen. Ehe er zur Tür ging, betrachtete er mich eingehend. Plötzlich stand Sophie vor mir, die mich direkt umarmte. Als sie mir in die Augen sah, legte sich ihre Stirn in Falten.

»Wie geht es dir?«, fragte sie mich und nahm im Sessel mir gegenüber Platz. Jay setzte sich neben mich und es schien, als wären mehrere Meter Abstand zwischen uns. Am liebsten hätte ich ihn angeschrien, dass ich keine ansteckenden Krankheiten hatte.

»Mir geht es super. Einfach toll!«, schnaubte ich frustriert.

Wir tranken unseren Kaffee, frühstückten und unterhielten uns. Irgendwann wurde es mir zu blöd, von Jay komplett ignoriert zu werden, und ich bat meine Freundin, mir beim Duschen zu helfen.

Sie nickte und unterstützte mich auf dem Weg in meinen Raum.

»Was ist los bei euch?«, fragte sie mich umgehend.

»Gar nichts«, knurrte ich. »Warum musste ich mich in ihn verlieben?«, rief ich plötzlich aus und schlug gleichzeitig meine Hand vor meinen Mund. Scheiße!

»Du kannst dich erinnern?«, fragte sie gefährlich leise.

Mehr als ein Nicken brachte ich nicht zustande, denn ich versuchte, mich auf das bevorstehende Donnerwetter vorzubereiten. Schließlich hatte ich sie angelogen.

»Seit wann?«

»Nach dem Albtraum in der Klinik«, antwortete ich knapp.

»Warum hast du es nicht erzählt?«, fauchte sie mich an. »Nicht einmal mir? Was stimmt mit dir nicht? Willst du wirklich alles alleine bewältigen, bis irgendwann nichts mehr geht? Manchmal verstehe ich dich einfach nicht.«

Sie wandte sich kopfschüttelnd von mir ab und ich konnte es sogar nachvollziehen. Immerhin wusste ich selber nicht, warum ich niemandem etwas gesagt hatte. Gut, das war nicht ganz richtig: Für mich war nach wie vor nicht klar, wie ich mit der Jay-Situation umgehen sollte.

»Ich weiß nicht, was ich machen soll«, erwiderte ich schulterzuckend, und da löste sich bereits die erste Träne, die mir unweigerlich über die Wange lief. »Das alles ist zu viel für mich. Weißt du, was ich meine? Ich liebe ihn so wahnsinnig, dass ich ihn nicht verlieren möchte. Egal wie! Nur sollte er schon längst nicht mehr hier sein. Ist er aber! Diesbezüglich habe ich nicht die geringste Ahnung, warum es so ist! Jetzt weiß ich nicht, ob ich noch einmal so stark sein kann, ihn gehen zu lassen. Ich weiß nicht mehr weiter! Hilf mir!« Mittlerweile waren meine Wangen feucht und ich sank auf mein Bett.

Meine Freundin nahm sofort neben mir Platz und drückte mich an sich. Lange schaukelte sie mich hin und her, was beruhigend auf mich wirkte. Auch wenn ich es hasste, wie ein Baby behandelt zu werden. Aber genau das war es, was ich in diesem Augenblick brauchte. So stark ich auch sein wollte, so langsam schien auch das letzte bisschen Fassade zu bröckeln. Ohne es aufhalten zu können. Natürlich hätte ich Jay gerne gesagt, dass ich mich wieder an ihn und an uns erinnern konnte. Dass ich ihn liebte. Doch was dann? Wie sollte ich in meiner Situation mit ihm zusammen sein können? Niemals hätte ich eine ruhige Nacht, ohne Angst zu haben, dass Dominik uns sehen würde. Der Gedanke, dass Jay etwas zustoßen könnte, brachte mich schier um. Die Verzweiflung darüber fraß mich innerlich fast auf. Auf der anderen Seite war mir ebenfalls bewusst, dass ich ohne ihn nicht mehr sein wollte. Bereits in diesem Augenblick war mir klar, dass ich diesen Verlust keinesfalls verarbeiten würde. Egal, wie viele Jahre dazwischen liegen würden, es würde mein Todesurteil bedeuten. Und in diesem Fall würde ich versuchen, nachzuhelfen.

»Süße, mit mir kannst du darüber reden. Ich würde dich niemals verraten. Das weißt du. Gott, ich verstehe dich. Wenn es nach mir gegangen wäre, dann wäre Jay schon längst ...«

Mit aufgerissenen Augen betrachtete sie mich, stand auf und brachte Abstand zwischen uns. Innerlich hatte ich gewusst, warum er noch hier gewesen war. Wahrscheinlich brauchte ich die verbale Bestätigung, um es auch glauben zu können.

»Wer hat es ihm gesagt?«, fragte ich leise.

Sie schüttelte den Kopf und starrte einen Augenblick lang aus dem Fenster, bevor sie sich mir wieder zuwandte.

»Jenna«, flüsterte sie.

»Erzähl mir alles«, bat ich sie seufzend.

Es war für mich unvorstellbar, wie Jen mir das hatte antun können. Wir hatten vor Jahren einen Pakt geschlossen, den sie nun gebrochen hatte. Und das, nachdem ich ihr von dem Versprechen erzählt hatte. Sie wusste, was auf dem Spiel stand, und hatte mich trotz allem verraten.

Warum sie das getan hatte, konnte ich nicht beantworten. Sie hatte ihm meine Vergangenheit vor die Füße geworfen, ohne mich vorher zu fragen.

Sophie holte tief Luft und berichtete mir die ganze Geschichte. Als sie fertig war, zitterte sie am ganzen Körper, und ich fühlte – rein gar nichts mehr!

Jay wusste nunmehr, dass ich entführt und zwei Wochen in einem Keller eingesperrt worden war. Auch hatte er von dem Versprechen erfahren.

Nur aus diesem Grund war er hiergeblieben.

Natürlich hatte Jen ihm auch erzählt, dass ich ihn liebte.

In diesem Augenblick war klar, warum er mich nicht mehr anfassen wollte. Allem Anschein nach ekelte er sich.

Sicherlich würde er sich ausmalen können, was Dominik mir angetan hatte. Immerhin war er ein Seal und nicht blöde! Wie sollte ich ihm jemals wieder in die Augen sehen?

Diesen Verrat würde ich ihr nicht verzeihen können!

Sie glaubte an die wahre Liebe und an ein Happy End. Sicher liebte ich Jay über alle Maßen, nur hätte ich es ihm niemals gestanden.

Nach Weihnachten hatte ich gewollt, dass er verschwand, damit er in Sicherheit war, doch Jenna hatte alles zerstört.

Für mich stand in diesem Moment fest, dass es nur noch einen Menschen gab, dem ich vollends vertrauen konnte und das war:

Ich.

Kapitel 10

Jay

Was war bloß los mit mir?

Leora war vor ein paar Wochen überfallen worden und ich konnte ihr nicht ein wenig Zeit geben? Bevor ich sie nach Hause geholt hatte, hatte ich mir fest vorgenommen, ihr so viel davon zu geben, wie sie benötigen würde. Allerdings fiel es mir unsagbar schwer, sobald sie sich in meinen Armen, geschweige denn in meiner Nähe befand.

Es wäre zum Äußersten gekommen, wenn Sophie nicht erschienen wäre. Da war ich mir sicher. Mittlerweile waren die beiden eine Ewigkeit in Leos Zimmer verschwunden. Sie hatten mich im Wohnzimmer zurückgelassen, weshalb ich mich wie der letzte Idiot fühlte. Es verlangte mir eine Menge ab, sie zu ignorieren, denn sonst hätte ich sie womöglich angefallen. Sie fehlte mir so unsagbar, dass es mich innerlich fast zerriss. Warum sollte ich mich dafür entschuldigen, dass ich sie berühren wollte? Ganz klar, weil sie sich nicht an mich erinnerte. Allerdings schien es ihr nicht anders zu gehen. Sie wich weder vor mir zurück noch erfand sie irgendwelche Ausreden.

Nach einer gefühlten Ewigkeit kamen die beiden Frauen zurück und nahmen am Tisch Platz. Leora war geduscht und sah schon um einiges besser aus.

»Hey ihr beiden. Alles in Ordnung?«

Hatten sie sich gestritten? Auch wenn Leo mittlerweile besser aussah, schien sie in diesem Moment erschöpft zu sein. Und Sophie machte einen müden Eindruck. Vielleicht waren die letzten drei Wochen für sie schlimmer, als ich es vermutet hatte. Schließlich musste ich mir eingestehen, dass ich sie verstand, nach dem, was ich erfahren hatte. Ständig waren sie wachsam, ständig lebten sie in Angst. Das würde ich versuchen zu ändern, wenn ich sie dazu bringen könnte, mit mir zu kommen.

»Klar«, antwortete Sophie und lächelte mich an. »Ich musste diese Verrückte nur dazu zwingen, sich helfen zu lassen.«

Diese sah ihre Freundin mit gespielt verengten Augen an und schmunzelte.

»Ich weiß, was du meinst!«, entrüstete ich mich ebenso gefaked. »Mir wollte sie auch Vorschriften machen. Allerdings konnte ich diese im Keim ersticken!«

Mit aufgerissenen Lidern starrte Leo mich an und ich konnte mir ein Grinsen nicht verkneifen.

»Oh mein Gott!«, stieß Sophie schließlich aus. »Ich will davon überhaupt nichts wissen!« Sie stand auf und verschwand in der Küche.

»Hör auf, so etwas zu sagen«, flüsterte Leora, sobald wir alleine waren.

Und nun lachte ich lauthals und schüttelte den Kopf. War sie etwa schüchtern geworden? Hierbei ging es doch nur um Sophie. Als würde sie nicht mit ihrer Freundin über mich sprechen. Frauen taten das immerzu. Allerdings war meine Kleine anders. Redete sie mit ihren Freundinnen denn nicht über mich? Ihrem Blick nach zu urteilen wohl nicht. Ihre Leute wussten anscheinend nur, dass sie mich liebte.

Darüber hinaus war sie offenbar nicht imstande etwas über uns zu erzählen.

»Ich habe doch gar nichts gesagt!«, erwiderte ich unschuldig. »Nur dass ich deine Vorschriften im Keim erstickt habe. Und so war es auch, oder?«

Ihre gesunde Hand legte sie auf ihre Wange, die anscheinend glühte. Auf jeden Fall war mein Baby ein wenig errötet, was ich bislang noch nie bei ihr ausmachen konnte. Zugegeben, ich fand diese neue Eigenschaft wirklich süß.

»Du weißt genau, was ich meine«, wisperte sie.

Ohne weiter darauf einzugehen, beugte ich mich zu ihr und gab ihr einen sanften Kuss auf den Mund. Als ich mich von ihr löste und sie ansah, waren ihre Lider noch immer geschlossen, sodass ich jedes von ihnen ebenfalls küsste. Ein kleines Stöhnen konnte ich vernehmen, was mich umgehend wieder hart werden ließ. Diesem aufkommenden Bedürfnis nachzugehen, war unmöglich, denn wir waren nicht alleine.

Auch wenn ich ihr Zeit geben wollte, schien es für mich aussichtslos. So wie es aussah, brauchte sie mich genauso dringend wie ich sie, und darüber war ich ausgesprochen glücklich.

Nach gefühlten zwanzig Stunden verließ Sophie uns. Den Blick, den sie mir zuwarf, konnte ich nicht einschätzen. Vielleicht war sie mit ihren Kräften am Ende und ich interpretierte viel zu viel hinein. Nachdem ich sie hinausgeleitet hatte, nahm ich wieder neben meinem Mädchen Platz und betrachtete es. Leora sah nachdenklich aus und kaute fortwährend auf ihre Unterlippe, was ich natürlich nicht zulassen konnte. Also streichelte ich mit dem Daumen über die schwungvollen Linien, sodass sie aufhörte, sie zu zerstören.

»Sorry!«, sagte sie und versuchte sich in einem Lächeln.

»Entschuldige dich nicht«, erwiderte ich heiser. »Ich wollte sie nur vor dem sicheren Tod beschützen. Immerhin brauche ich sie noch.«

»Könntest du mir ins Bett helfen? Ich bin müde.«

Mit diesem Wechsel hatte ich absolut nicht gerechnet, sodass ich ein paar Mal blinzeln musste. »Natürlich, komm!«

Damit stand ich auf und hob sie auf meine Arme. Sie öffnete bereits ihren Mund, um zu protestieren, ich brachte sie aber mit einem Kuss zum Schweigen. Ihre Stirn lehnte an meiner Schulter und sie hielt sich mit ihrem Arm an mir fest. Für mich gab es nichts Schöneres und loslassen wollte ich sie nicht. Auf ihrem Bett legte ich sie sachte ab. Sie kroch in die Mitte, hob ihren Kopf und sah mich an. In ihrem Blick konnte ich erkennen, dass sie hin und her gerissen war. Doch ich wollte, dass sie mich darum bat. Deswegen blieb ich stehen.

»Würdest du dich für ein paar Minuten zu mir legen?«, flüsterte sie. »Nur wenn du magst und Zeit hast.«

Wortlos zog ich meine Schuhe aus, schlüpfte unter ihre Decke, zog sie mit dem Rücken an meine Brust und hielt sie fest. Eine ganze Weile lagen wir schweigend nebeneinander und meine Lider wurden schwer. Irgendwann musste ich eingedämmert sein. »Ich liebe dich!«, hörte ich ihre Stimme und riss die Augen auf. Hatte sie es tatsächlich soeben gesagt?

»Baby?«, fragte ich leise, doch sie bewegte sich nicht. Sie schien zu schlafen. Meinen Kopf bettete ich zurück in das Kissen und starrte aus dem Fenster. Offenbar war es ein Traum gewesen. Irgendwie musste ich es schaffen, dass sie sich an uns erinnerte. Sie ließ mich derzeit näher an sich heran als jemals zuvor. Anscheinend fühlte sie sich in meiner Gegenwart sicher und das bedeutete mir viel.

Nach einigen Stunden wurde ich wach. Leora lag noch immer in meinen Armen und schlief. Sachte löste ich mich von ihr, erhob mich und verließ ihr Zimmer. Während ich mir einen Kaffee zubereitete, klingelte mein Handy. Es war Sean.

»Hey Bro! Mach Kaffee, wir sind in zwanzig Minuten bei euch.«

»Wer ist wir?«, erkundigte ich mich. Denn Leora brauchte im Moment alles, nur keine Aufregung oder eine volle Wohnung.

»Sam und John. Sie sollte die beiden kennenlernen.«

Damit hatte mein Bruder wohl recht, wobei ich nicht wusste, ob es der richtige Zeitpunkt war. Allerdings sagte ich nichts dazu, sondern gab mein Okay. Schließlich würde sie die beiden in den nächsten Wochen des Öfteren zu Gesicht bekommen.

Pünktlich auf die Minute standen die drei vor der Haustür und ich ließ sie herein. Am Küchentisch nahmen wir Platz.

»Wie soll es weitergehen?«, fragte mich Sam.

»Ich will Leora und Sophie nach New York mitnehmen. Nur dort kann ich für ihren Schutz ausreichend sorgen.«

»Ben hat mir gesagt, dass heute die Arbeiten an deinem Haus anfangen. Wie willst du sie dazu kriegen, uns zu begleiten?«, erkundigte er sich weiter.

»Noch weiß ich es nicht. Ich weiß nur, dass ich sie aus Berlin herausschaffen muss. Sie ist hier nicht sicher und Sophie ebenfalls nicht«, erwiderte ich und sah zu Sean. »Was ist mit dir, Bro? Kommst du mit oder bleibst du hier?«

Er verdrehte die Augen und erhob sich, um sich einen weiteren Kaffee zuzubereiten. Zurück am Tisch sah er mich eindringlich an. »Was glaubst du denn? Meinst du, ich lasse euch alleine? Er weiß viel über dich.

Höchstwahrscheinlich auch, wo du wohnst. Du brauchst uns alle. Wir müssen ihn schnellstmöglich finden.«

Wie immer hatte er den Nagel auf den Kopf getroffen.

Nur wie fand man jemanden, der seit Jahren untergetaucht war? Noch wusste ich nicht, woher er die ganzen Informationen über mich hatte.

»Könntet ihr uns vielleicht mal aufklären, um was es geht? Wer ist dieser Dominik?«, fragte Sam genervt.

Bevor ich antworten konnte, stand Leora im Türrahmen.

»Hi«, sagte sie schüchtern und wich ein paar Schritte zurück. Scheiße, wieso konnte sie mich nicht rufen? Wieso nahm sie verdammt noch mal keine Hilfe an? Allerdings brauchte ich mich nicht erheben, denn mein Bruder stand bereits vor ihr.

»Babe, du sollst nicht alleine herumlaufen!«, schimpfte er. Doch sie schaute nur in seine Augen. Mir war klar, dass mein Bruder nachgeben würde. Denn wenn sie mich so ansah, konnte sie alles von mir haben.

»Ich habe Stimmen gehört. Entschuldigt, ich wollte nicht stören. Am besten gehe ich wieder zurück ins Zimmer. Dann habt ihr Ruhe.«

Und schon wandte sie sich ab und wollte die Flucht ergreifen. Sean ließ das natürlich nicht zu und hob sie ohne Vorwarnung hoch. Sie schrie kurz auf und klammerte sich an ihm fest, als würde sie Angst haben, fallen gelassen zu werden. Ha – bei mir tat sie das nicht! Mein Bruder setzte sie auf einen Stuhl und gab ihr einen Kuss auf die Stirn. »Babe, das sind unsere Freunde Sam und John«, stellte er die beiden vor. »Jungs, das ist Leora!«

Sie lächelte die beiden an, allerdings konnte ich erkennen, dass sie sich unwohl fühlte.

Auch entging mir keineswegs, dass sie Sam anders betrachtete als John. Was ungewöhnlich war. Aber vielleicht täuschte ich mich auch. John war ein eher stiller Zeitgenosse. Er redete nicht viel, sondern handelte. Auch er war ein Ex-Navy-Seal. Wir hatten nicht gemeinsam die Ausbildung begonnen, jedoch war er nach der Höllenwoche zu uns gestoßen. Die Männer in seiner Einheit hatten nach und nach aufgegeben, sodass sein Team zerschlagen und die Übriggebliebenen dementsprechend in andere verteilt worden waren. Anfänglich hatten wir alle Schwierigkeiten miteinander, denn es war etwas anderes, zusammen durch die Hölle zu gehen oder danach vereint zu werden. Allerdings waren wir nie die Art von Männern gewesen, die andere ausschlossen. Wir waren Seals und demnach Brüder. Es hatte eine Weile gedauert, bis wir uns aneinander gewöhnt hatten, aber am Ende hatte es funktioniert. Wir hatten jahrelang Seite an Seite gekämpft und er sich bewährt. Er war unser Bruder geworden.

»Hi Leora. Freut mich dich kennenzulernen«, sagte Sam und streckte ihr die Hand entgegen. Zuerst sah sie mich an und ich nickte. Zögerlich erwiderte sie die Geste, entzog sich aber umgehend wieder seinem Griff.

»Hi Sam. Freut mich ebenfalls!«

Sofort fiel mir auf, dass ihr Atem schneller ging und diese Situation für sie nicht besonders hilfreich war. Immerhin war mir klar, dass sie sich unter Fremden nicht wohl fühlte. Auch konnte ich die Fragen in ihrem Blick erkennen. Niemals zuvor hatte ich ihr von meinen Freunden erzählt und schon gar nicht, dass sie in Deutschland gewesen waren. Da ich ihr nicht die Wahrheit sagen konnte, musste ich mir schnell etwas einfallen lassen.

»Die beiden haben ein paar Tage frei und sind spontan zu Besuch gekommen. Sie arbeiten für mich.«

Sie nickte und begrüßte John. Bei diesem verengte sie leicht ihre Augen. Das war wirklich merkwürdig. Allem Anschein nach war er ihr nicht sonderlich sympathisch.

Ihre Körpersprache schrie nach Flucht. Die ganze Zeit über starrte sie ihre Tasse an und sprach kein Wort.

Schließlich wollte ich ihr diese Situation nicht weiter antun, erhob mich von meinem Hocker und stellte mich hinter sie. »Baby, möchtest du in dein Zimmer zurück? Oder lieber auf die Couch ins Wohnzimmer?« Mehr als ein weiteres Nicken brachte sie nicht zustande, weshalb mir schleierhaft war, welchem Vorschlag sie nun zugestimmt hatte.

Bevor sie sich vom Stuhl bewegen konnte, hob ich sie bereits wieder hoch. Ihr Arm fand den Weg zu meinem Hals und ihr Kopf ruhte an meiner Schulter. Sie war mein Mädchen und anscheinend konnte nur ich ihr die Sicherheit geben, die sie so dringend benötigte.

»Kannst du mich auf die Fensterbank setzen? Bitte?«, fragte sie leise.

Meine Wange ruhte auf ihrem Scheitel und ohne ein Wort trug ich sie dorthin, wo sie hinwollte. Langsam ließ ich sie runter, holte eine Decke und legte sie über sie.

»Dankeschön«, flüsterte sie und wandte den Kopf ab. Ich gab ihr noch einen Kuss auf die Stirn und ließ sie alleine. Sie benötigte Ruhe und davon wollte ich ihr so viel wie möglich verschaffen.

Die nächsten drei Wochen verliefen unspektakulär. Sophie erschien täglich, um Leo beim Waschen zu helfen, und ich kümmerte mich um den Rest. Hin und wieder kamen Rose oder meine Onkel zu Besuch, um nach ihr zu sehen.

Auch Jenna war andauernd bei uns, nur irgendwie war die Stimmung aufgeladen, wenn die drei Frauen sich in einem Raum aufhielten. Sogar Leora war distanziert.

Wusste sie es? Allerdings konnte ich mir nicht vorstellen, dass Sophie ihr etwas gesagt hatte.

Wir fuhren regelmäßig in die Klinik, damit Leora sich untersuchen lassen konnte. Ihre Wunden verheilten gut und Schmerzen schien sie keine mehr zu haben.

Schließlich war der Tag der Tage gekommen, an dem ihr Gips entfernt wurde. Beide! Darüber freute sie sich sehr, was ich verstand. Allerdings würde ich es vermissen, sie dauernd umherzutragen.

Wobei – wer sagte, dass ich damit aufhören sollte?

Langsam musste ich mit ihr über Amerika reden, was ich die letzten Wochen so schön vor mir hergeschoben hatte. Und jetzt war der Zeitpunkt erreicht.

Wir saßen im Wohnzimmer und tranken Tee. Immer wieder sah ich sie an, denn ich wusste nicht, wie ich beginnen sollte.

»Baby, ich möchte gerne etwas mit dir besprechen!« Sie wandte sich mir zu und deutete mit einem Nicken an, dass ich weitersprechen sollte. »Was hältst du davon, mich für einige Zeit nach New York zu begleiten?«

Ihr ganzer Körper spannte sich an und in diesem Moment wusste ich, dass es noch schwieriger werden würde als gedacht. Vielleicht benötigte ich die Unterstützung meines Onkels und sogar Sophies.

»Das geht nicht«, sagte sie. »Überleg mal, wie lange ich krankgeschrieben war. Ich muss wieder zurück ins Büro.«

»Süße, du brauchst einfach noch etwas Zeit. Denk daran, was du die letzten Wochen alles durchgemacht hast. Es würde dir gut tun, und ich würde mich freuen, wenn du mal siehst, wie ich lebe.«

Vielleicht schaffte ich es auf diese Schiene. Es war für mich klar, dass ich ihr nicht den wahren Grund für den Vorschlag nennen konnte. Schließlich war ich davon überzeugt, dass ich sie dann ganz verlieren würde.

»Das geht nicht«, wiederholte sie entschlossen. »Ich muss jetzt wirklich langsam wieder arbeiten. Sei bitte nicht böse – aber ich kann nicht.«

Damit stand sie auf und ging unsicher in ihr Zimmer, denn ihr Bein schien noch sehr schwach zu sein.

Sie konnte oder sie wollte nicht? Verband sie New York noch immer mit Raiko? Ich benötigte Unterstützung und die würde ich mir auch holen. Dafür kam nur eine Person infrage.

Sophie.

Kapitel 11

Leora

Der Gips war ab und ich hatte wieder meine Beweglichkeit, was hieß: Ich benötigte von niemandem weiterhin Hilfe. Und dieser Gedanke gefiel mir. Jay war die letzten Wochen wunderbar gewesen. Er hatte alles für mich getan, obwohl ich ihn nur selten um etwas gebeten hatte. Immer versuchte ich es alleine zu bewerkstelligen und erntete dadurch böse Blicke, die ich ohne Weiteres erwidern konnte. Immerhin war ich kein Kleinkind, sondern eine erwachsene Frau, die ein wenig eingeschränkt war. Diese Zeit war nunmehr vorbei.

Wirklich erschrocken war ich darüber, dass mir die drei bedeutsamsten Worte entwichen waren. Als ich in seinen Armen lag und seine gleichmäßigen Atemgeräusche wahrnehmen konnte, öffnete ich meine Lippen und sagte: »Ich liebe dich!« Es war mir nicht möglich, diese runterzuschlucken. Also riss ich mich zusammen und tat so, als würde ich schlafen. Denn Jay wurde dadurch wach. Aber ich reagierte nicht. Als er mich fragte, ob ich mit ihm für eine Weile in seine Heimatstadt gehen wollte, wurde mir speiübel. Natürlich würde ich gerne sehen, wie er lebte und wo er das tat. Sein Unternehmen kennenlernen. Nur war ich dafür nicht bereit. Die letzten Wochen hatte ich versucht, ihm mehr oder weniger aus dem Weg zu gehen, um ihn nicht noch weiter an mich heranzulassen.

Manchmal, wenn ich Albträume hatte, legte er sich zu mir und hielt mich fest. Aber keiner von uns ergriff die Initiative für Intimitäten. Nachdem ich erfahren hatte, dass Jen ihm etwas über meine Vergangenheit erzählt hatte, war mir klar geworden, warum er mich nicht mehr wollte. Natürlich hatte er sich Gedanken darüber gemacht, was in diesen zwei Wochen mit mir passiert war. Dass er mich daher nicht mehr anziehend fand, konnte ich sogar verstehen. Immerhin hasste ich mich und meinen Körper ebenfalls. Jenna.

Sie kam mich einige Male besuchen, aber ich konnte sie nicht ansehen. Der Verrat war tief in mir verankert und es gelang mir nicht, diesen Knoten zu lösen. Sie hatte mir etwas weggenommen, was ich nie wieder zurückbekommen würde: meine Würde! Dem Mann gegenüber, den ich liebte, einen grausamen Teil meiner Geschichte zu erwähnen, war nicht ihre Aufgabe gewesen – sondern meine. Sophie versuchte mir immer wieder einzureden, dass sie es für Jay und mich getan hatte, denn sie würde mich lieben.

Diese Erklärung war kein ausreichender Grund für mich. Mittlerweile war es so, dass ich mich in Jays Nähe schämte für etwas, was nie meine Schuld gewesen war. Ob er sich vor mir ekelte? Sollte es so sein, würde ich auch das verstehen.

Allerdings fragte ich mich, warum er mich dann in seine Heimat mitnehmen wollte.

Mir war auch aufgefallen, dass er immer wieder meine Nähe suchte, und ich alles an Willenskraft aufbringen musste, ihn nicht ständig anzufallen. Und genau das wollte ich – täglich, wenn nicht sogar stündlich.

Irgendwie musste ich einen Weg finden, um ihn zu schützen. Denn so wie es derzeit zwischen uns war, konnte es nicht weitergehen.

Als ich seine Brüder kennengelernt hatte, war ich über ihren Besuch verwirrt gewesen. Auf der anderen Seite war es doch normal, dass Freunde zu Besuch kamen, oder? Schließlich wusste ich, wie viel sie ihm bedeuteten. Sie teilten eine gemeinsame Vergangenheit und das schweißte bekanntlich zusammen.

Sophie und ich verabredeten uns für den Nachmittag zu einer Shoppingtour. Jay schlief noch, sodass ich ihm eine Nachricht hinterließ, damit er wusste, wo ich war. Mir war klar, dass er sich immerzu um mich sorgte. Vor der Tür wartete sie bereits auf mich. Ich stieg in ihren Wagen und wir fuhren los. In der Stadt angekommen, entschieden wir uns zuerst einmal einen Kaffee trinken zu gehen. Wir hatten genügend Zeit, sodass wir trödeln konnten.

»Weiß Jay, dass du weggegangen bist?«, fragte sie mich.

»Ich habe ihm eine Nachricht geschrieben«, erklärte ich. »Er braucht wohl auch mal etwas Ruhe. Immerhin passt er schon die letzten Wochen andauernd auf mich auf. Er hat auch noch ein eigenes Leben.«

»Es wundert mich nur«, erwiderte sie. »Ich dachte, er würde dich nicht mehr aus den Augen lassen, bis Michael gefasst ist. Was ich verstehen kann. Mir ist ebenfalls nicht ganz wohl dabei.«

Schulterzuckend wandte ich mich ab und starrte aus dem Fenster. Wenn ich alleine war, dachte ich viel an meinen Ex-Mann und an das, was er mir angetan hatte. Auch darüber, dass der Hüne mir zu helfen versucht hatte. Warum er das getan hatte, würde ich höchstwahrscheinlich niemals erfahren.

»Mach dir nicht so viele Sorgen«, flüsterte ich. »Schließlich ist er in Rumänien. Wenn er wieder hier wäre, würden wir es erfahren.«

Das BKA hatte mir mitgeteilt, dass er sich dort aufhalten würde und sie versuchten, ihn zu schnappen.

Diese Informationen waren bereits einige Wochen alt, doch auf das Wort von Herrn Trinsten konnte ich vertrauen.

Immerhin hatte er Sophie und mir damals geholfen. Regelmäßig erkundigte er sich nach meinem Wohlbefinden, was ich nett fand. Seit sechs Jahren standen wir in Kontakt und er hatte ihn niemals abgebrochen. Und auch dieses Mal wusste ich, dass er nicht aufgeben würde, bis Michael gefasst worden wäre. Darauf konnte ich mich verlassen.

»Meinst du, die wissen schon etwas Neues?«, fragte sie nach einer Weile. »Es ist schon eine ganze Zeit her, dass du das letzte Mal mit Trinsten gesprochen hast.«

Anscheinend konnte meine Freundin Gedanken lesen. Unheimlich.

»Du weißt, wie er ist! Er wird sich umgehend melden, sobald er etwas weiß. Die Suche nach Dominik hat er nach wie vor nicht aufgegeben.«

Nachdem wir gezahlt hatten, schlenderten wir durch die Innenstadt und gingen in verschiedene Geschäfte.

»Hast du etwas von Jen gehört?«, fragte Sophie mich. Das war das letzte Thema, worüber ich sprechen wollte. Zu tief saß der Schmerz.

»Sie hat mir gestern eine Nachricht geschrieben«, antwortete ich. »Bislang habe ich aber nicht geantwortet. Ich weiß einfach nicht, wie ich mit der Situation umgehen soll. Und fang jetzt bitte nicht wieder damit an, dass sie mich nur schützen wollte.«

Das war für mich nicht von Belang. Manchmal wollte ich wissen, was Jay diesbezüglich dachte. Sein Verhalten innerhalb der letzten Tage war bereits Antwort genug.

»Du solltest aber mit ihr reden«, entgegnete sie. »Ich war auch sauer auf sie und bin es zum Teil noch immer, aber irgendwie verstehe ich sie auch. Hast du mit Jay gesprochen?«

Sofort blieb ich stehen und funkelte sie an. Hatte sie den Verstand verloren? Auch wenn ich es vielleicht wollte, war es doch unmöglich. Zu wissen, dass er darüber Bescheid wusste, machte mich fast verrückt. Ob ich ihn jemals darüber informiert hätte, darauf kannte ich keine Antwort. Wahrscheinlich nicht!

Mein Schamgefühl, obwohl ich wusste, dass ich keinerlei Schuld daran getragen hatte, zerriss mich förmlich.

Innerlich war mir klar, dass ich in diesem Spiel das Opfer war, und doch fraß es mich auf, dass meinetwegen Menschen gestorben waren. Wäre ich nicht gewesen, wären alle noch am Leben. Auch Sophie hätte niemals so etwas durchmachen müssen.

»Worüber, meinst du, sollte ich mit ihm sprechen?«, knurrte ich. »Ich kann ihm noch nicht einmal in die Augen sehen, so sehr schäme ich mich. Dann soll ich auch noch das Gespräch mit ihm suchen? Auf keinen Fall!«

»Ich kann mir nicht vorstellen, dass er irgendetwas dergleichen denkt«, zischte sie. »Das reimst du dir wieder zusammen. Du hast nicht gesehen, wie erschrocken er war, als er das gehört hat. Er ist die ganze Zeit für dich da. Wenn er dich nicht mehr wollte, Süße, wäre er bereits weg, meinst du nicht auch?«

Sie wandte sich von mir ab und stampfte an mir vorbei. Widerwillig folgte ich ihr, denn ich hatte auf einen schönen Nachmittag gehofft und nicht auf Diskussionen über Dinge, die niemand genau wusste.

»Er fasst mich nicht mehr an«, flüsterte ich.

Wieder stoppte sie und drehte sich zu mir. Keine Ahnung, warum ich das laut ausgesprochen hatte, schließlich wollte ich mich nicht frustriert anhören. Aber das war ich letztendlich. Denn ich vermisste ihn. Seine Hände, seine Lippen und vor allem – sein Herz.

Wenn ich nur darüber nachdachte, dass er mich nie mehr berühren würde, brach ich fast zusammen. Das war ein Gedanke, den ich innerhalb der letzten Wochen herunterzuschlucken versucht hatte.

Immerhin liebte ich ihn mehr als alles andere auf dieser grausamen Welt. Nur, was sollte ich machen, wenn er sich vor mir ekelte? Schließlich konnte ich ihn nicht zwingen, mich zu lieben. Mittlerweile wusste ich noch nicht einmal mehr, wie er für mich empfand. Liebte er mich noch? Wenn nicht, wie würde ich mit diesem Schicksal umgehen? Darauf gab es nur eine Antwort – gar nicht!

»Süße, ich kann mir nicht vorstellen, dass es damit etwas zu tun hat«, sprach sie sanft. »Vielleicht will er dir einfach Zeit geben. Bislang hast du ihm nichts davon gesagt, dass du dich wieder erinnern kannst. Es kann doch sein, dass er dir das erst einmal ermöglichen möchte. Und ich verstehe einfach nicht, warum du ihm und den anderen das nicht erzählst.«

Von wegen! Hin und wieder war ich kurz davor gewesen, ihm die Wahrheit zu gestehen. Schlussendlich würde es aber nichts an der Situation ändern. Wir konnten nicht zusammen sein wie normale Paare, solange Dominik frei herumlief. Dann gab es noch die Sache mit Michael. Es existierten zwei potenzielle Gefahren in meiner unmittelbaren Umgebung. Durch die Albträume bekam ich immer mehr das Gefühl, dass Dominik nicht weit weg war. Mittlerweile dachte ich wieder täglich an ihn, nur erzählte ich es meiner Freundin nicht.

»Er hat gefragt, ob ich mit ihm für eine Weile nach Amerika gehen will«, informierte ich sie.

Mit aufgerissen Augen starrte sie mich an. »Und? Was hast du gesagt?« Wortlos wandte ich mich ab und anscheinend verstand sie meine nonverbale Antwort. »Ich glaube, dass du diese Auszeit eventuell bräuchtest. Was ist denn schon dabei, ihn für ein paar Wochen zu begleiten? Vielleicht würde es dir guttun.« Schulterzuckend setzte sie den Spaziergang fort.

»Sophie, warte mal«, rief ich und griff nach ihrer Hand. »Wir können nicht so weitermachen. Als Michael mich zurückgelassen hat, habe ich meine Eltern, Raiko, deine Mama und ... Erik gesehen. Ich weiß, dass er tot ist – ich weiß es einfach! Soll ich Jay auch noch verlieren? Das packe ich nicht. Dieses Mal nicht. Mein Wunsch wird immer größer, auf die ganze Scheiße zu pfeifen und zu versuchen, mit ihm glücklich zu werden. Aber was passiert, wenn Dominik uns findet? Was, Sophie? Könntest du damit leben?«

Bislang hatte ich mit niemandem über diese Erscheinungen gesprochen. Es wurde Zeit, dass sie verstand, was ich damit ausdrücken wollte.

»Oh Gott!«, stieß sie aus. »Ich fasse es nicht, was du mir hier erzählst! Was sollen wir denn machen? Hast du einen Plan? Schließlich kann ich dir versichern, dass er diesmal nicht einfach gehen wird. Er weiß von unserer Vergangenheit und dass du ihn liebst. Was stellst du dir vor?«

Wenn ich das nur wüsste. Immerhin war mir noch nicht einmal bekannt, ob ich überhaupt ohne ihn leben konnte. Allerdings war mir auch nicht klar, wie er mittlerweile zu mir stand, und ich ging nach wie vor davon aus, dass er mich nicht mehr wollte.

Gut, er wusste nicht alles, und das würde ich auch niemandem verraten. Die Vorkommnisse innerhalb dieser zwei Wochen würde ich mit ins Grab nehmen.

Wenn er nur ansatzweise herausbekommen würde, was Dominik mir angetan hatte, würde er mich nie wieder anfassen, geschweige denn ansehen. Nicht auszudenken, wie er reagieren würde, wenn ihm bekannt wäre, was ich hatte tun müssen.

Nein. Niemals!

»Ich weiß es nicht!«, seufzte ich.

Wir schlenderten weiter an verschiedenen Schaufenstern vorbei, als mein Handy klingelte. Auf dem Display erkannte ich, dass es Jay war. Doch ich nahm das Gespräch nicht entgegen. Einige Sekunden später bekam ich eine Nachricht von ihm:

Jay: Wo bist du?

Ich: Habe dir eine Notiz hinterlassen. Bin mit Sophie unterwegs.

Jay: Wo GENAU bist du?

Darauf antwortete ich nicht mehr und steckte mein Telefon zurück in die Tasche. Zwei weitere Stunden später gingen wir langsam zurück in Richtung Tiefgarage, wo Sophie ihren Wagen abgestellt hatte.

Die ganze Zeit hatte ich mich gewundert, dass er nicht versucht hatte, Sophie zu erreichen. Doch wie ich sie kannte, hatte sie ihres wahrscheinlich irgendwo vergessen. Bevor ich sie fragen konnte, klingelte erneut mein Handy, und ich holte es hervor. Es war Herr Trinsten.

»Hallo Herr Trinsten. Wie geht es Ihnen?« Dieser lachte kurz auf. Das tat er immer, wenn ich ihm diese Frage stellte.

Warum? Keine Ahnung!

Seine Reaktion verstand ich nie, aber seine Art war mir gegenüber seit Jahren lieb und nett. Irgendwie mochte ich ihn.

»Hallo Frau Restma. Mir geht es gut, und Ihnen?«

Der übliche Small Talk.

»Gut, danke. Was kann ich für Sie tun?«

Eigentlich wollte ich sofort fragen, ob sie Michael ausfindig gemacht und eingesperrt hatten. Allerdings verkniff ich mir das, denn er würde es mir sagen, wenn es so wäre. Hoffnungen wollte ich mir einfach nicht mehr machen.

»Frau Restma, ich muss Ihnen etwas sagen«, sprach er fest. »Wir haben Ihren Ex-Mann gefunden. Er ist tot.«

Mit aufgerissenen Lidern sah ich zu Sophie, die mich argwöhnisch betrachtete. Mit ihrem Lippen formte sie ein »Was?«, und ich konnte nichts weiter machen, als den Kopf zu schütteln, denn ich war fassungslos.

»Wie?«, krächzte ich.

»Er wurde erstochen aufgefunden«, klärte er mich auf.

Anscheinend hatte er sich genügend Feinde gemacht. Wie ich durch das erste Gespräch mit Herrn Trinsten erfahren hatte, war Michael nicht der Banker gewesen, für den ich ihn gehalten hatte. Stattdessen hatte er einem Drogen- und Waffenkartell angehört. Im ersten Moment war mir speiübel geworden, doch es erklärte diese kalte Art, die mein Ex-Mann manchmal an den Tag gelegt hatte. Wer kam schon darauf, dass sein Mann so einem Milieu angehörte?

»Ich danke Ihnen, dass sie mich informiert haben«, erwiderte ich knapp und wir beendeten das Gespräch.

Sophie stellte sich direkt vor mich und sah mich an. »Was ist denn los?«

»Sie haben Michael gefunden. Er ist tot«, antwortete ich und ließ mich von ihr in die Arme ziehen.

»Hat Trinsten etwas über die Todesursache gesagt?«

Sie hatte den gleichen Gedanken wie ich, deswegen hatte ich den Beamten ebenfalls gefragt. Wir wollten wissen, ob es Dominik gewesen war.

»Er wurde anscheinend erstochen«, flüsterte ich und löste mich aus ihrer Umarmung. »Und er hätte mir doch gesagt, wenn Dominik es gewesen wäre.«

Schließlich schaltete ich mein Handy aus, denn ich hatte unzählige Anrufe von Jay und Sean und genauso viele Nachrichten.

Ich stieg in Sophies Wagen, schnallte mich an und sah starr aus dem Fenster.

Michael war tot und ich fühlte rein gar nichts. Die erste Gefahr war aus dem Weg geräumt worden. Jetzt gab es nur noch einen.

Dominik.

Kapitel 12

Jay

Sollte sie nach Hause kommen, würde ich sie eigenhändig umbringen. So sauer war ich schon Ewigkeiten nicht mehr gewesen. Was glaubte sie eigentlich, was sie hier tat? Na gut, sie wusste nicht, dass wir sie alle beschützten. Schließlich hatte sie auch keine Ahnung von Dominik, geschweige denn von Michael Sterov. Nichtsdestotrotz befand sie sich in Gefahr und das war ihr auch klar. Sie nahm meine Anrufe nicht entgegen und auf meine weiteren Nachrichten antwortete sie nicht. Sam und John hatte ich in die Innenstadt gejagt, während ich im Appartement auf sie wartete. Sean musste ins Büro, da ein neuer Auftrag eingegangen war.

Im Wohnzimmer lief ich auf und ab und versuchte mich zu beruhigen. Wieso war ich eingeschlafen? Die Nacht über hatte ich kein Auge zugemacht, weil ich unentwegt darüber nachgegrübelt hatte, wie ich Sophie dazu kriegen sollte, mir zu helfen. Natürlich ohne ihr von Dominik zu erzählen. Das Bild von Leora würde ich ebenfalls nicht erwähnen.

Ben hatte mich vor einer Stunde angerufen und mitgeteilt, dass ein versiegeltes Paket für mich angekommen sei. Dabei musste es sich um Leoras Akte handeln. Jetzt hieß es, einen Plan zu entwickeln, wie ich sie dazu bringen konnte, mich zu begleiten.

Scheiße. Nichts war unkompliziert mit dieser Frau!

Hinter mir hörte ich die Tür ins Schloss fallen und drehte mich um. Sophie und Leora schlenderten mit einem Gesichtsausdruck herein, den ich nicht zu deuten vermochte.

Bevor ich irgendetwas fragen konnte, ging ich auf mein Mädchen zu und nahm sie in den Arm. Allerdings erwiderte sie dies nicht. Also löste ich mich ein wenig von ihr, um ihr ins Gesicht sehen zu können.

»Was ist los?«, fragte ich. Sie wich meinem Blick aus und starrte auf den Boden. Zwei Schritte trat ich zurück, nahm ihre Hand und führte sie in das Wohnzimmer, wo wir uns auf die Couch setzten. Auch Sophie verlor kein Wort, sondern starrte aus dem Fenster.

»Ich habe gerade einen Anruf von der Polizei erhalten«, antwortete Leo dann doch. »Sie haben Michael gefunden. Er ist tot.« Oh, shit!

Wie der Beamte und ich es besprochen hatten, hatte er sie erst nach Wochen informiert, damit es authentischer wirkte.

War es richtig, ihr all das zu verschweigen? Natürlich nicht, doch für mich war oberste Priorität, sie zu beschützen.

Wortlos nahm ich sie in den Arm und dieses Mal erwiderte sie meine Zärtlichkeit. Sie legte ihren Kopf an meine Schulter und ich strich ihr über das Haar. Eine ganze Weile saßen wir schweigend zusammen, bis sie sich von mir losmachte, aufstand und in die Küche marschierte.

»Wie geht es ihr?«, frage ich Sophie, die mich ansah und ihren Kopf schüttelte.

War Leora etwa traurig, dass dieser Bastard tot war? Das konnte ich mir nicht vorstellen. »Ich weiß es ehrlich gesagt nicht«, wisperte sie. »Es scheint nicht um Michael zu gehen, der ist scheißegal. Sie hat sich verändert, seit dem Überfall.«

Dahin gehend gab ich ihr recht. Da ich kurz mit Sophie alleine war, packte ich die Gelegenheit beim Schopfe.

»Sophie, ich brauche deine Hilfe. Können wir uns bitte treffen und uns unterhalten?« Erschrocken riss sie ihre Augen auf.

»Ich werde nicht mit dir darüber sprechen. Das kannst du vergessen!«, fauchte sie leise.

»Verdammt, ich muss einfach nur mit dir reden. Wann hast du Zeit?«, knurrte ich.

Es war mir klar, dass sie nur auf meinen Angriff bezüglich ihrer Vergangenheit gewartet hatte. Allerdings wusste ich auch, dass ich, was diese Geschichte betraf, auf verlorenem Posten stand. Trotz allem musste ich sie dazu bringen, mir zu helfen.

»Ich bleibe noch eine Weile hier. Leo scheint müde zu sein. Sollte sie sich zurückziehen, können wir reden«, antwortete sie, stand auf und folgte ihrer Freundin in die Küche.

Kurz danach kamen beide Frauen zurück. Ohne mich anzusehen, teilte Leora mir mit, dass sie sich ein wenig hinlegen wollte. Am liebsten wäre ich aufgestanden und ihr gefolgt. Mir fehlte ihre Nähe, ihr Geschmack – einfach alles an ihr. Es war eine gefühlte Ewigkeit her, dass ich sie gespürt hatte. So kam es mir zumindest vor.

Nur schien sie mir derzeit aus dem Weg zu gehen und ich wollte sie nicht bedrängen.

Über ihre Erinnerungslücken hatten wir seit Wochen nicht mehr gesprochen, sodass ich überhaupt nicht wusste, ob weitere Bilder in ihr Gedächtnis zurückgekehrt waren.

»So, was gibt es so Dringendes?«, holte Sophie mich aus meiner Gedankenwelt. Ein paar Mal musste ich blinzeln, denn mein Gehirn war einfach zu voll.

»Du musst mir helfen, Leora zu überreden, mit mir nach Amerika zu kommen. Und ich will, dass du uns ebenfalls begleitest!«, sprach ich freiheraus.

Sie starrte mich an, als wäre ich völlig übergeschnappt. Aber dann legte sich ihre Stirn in Falten und sie betrachtete mich misstrauisch. Scheiße! »Warum?«

»Weil ihr eine Auszeit braucht«, versuchte ich zu erklären. »Beide! In den letzten Wochen haben wir alle eine Menge durchgemacht. Leora muss das Erlebte verarbeiten und du musst endlich wieder zur Ruhe kommen. Ich glaube einfach, dass es eine gute Idee ist.«

Sophie erhob sich und ging zum Fenster. Mit verschränkten Armen drehte sie sich zu mir und ich konnte förmlich hören, wie sie nachdachte.

»Das klingt alles nach einem guten Plan, aber Leora hat dir bereits gesagt, dass sie nicht mitkommen wird. Wieso glaubst du, dass ich sie umstimmen kann?«

Gute Frage. Wahrscheinlich, weil es keinen Menschen weit und breit gab, der mehr Einfluss auf Leora hatte, als sie. Nur wenn ich Sophie auf meine Seite ziehen konnte, würde die ganze Sache funktionieren. Ohne sie hätte ich wenige Chancen.

»Hör zu, Süße, ich will doch nur, dass es euch beiden gut geht. Das ihr euch eine Auszeit nehmt«, versuchte ich es auf die sanfte Tour.

»Ich verstehe dich. Ganz ehrlich. Aber ich kann da nichts machen. Tut mir leid.«

Verdammte Drecksscheiße! Nun erhob ich mich ebenfalls und ging auf sie zu. Allerdings wich sie zurück, als würde ich ihr Angst einjagen. Nichts lag mir ferner, deswegen blieb ich stehen.

»Es sollte dir nicht leidtun«, knurrte ich. »Du solltest mir verdammt noch mal helfen! Ich will nur, dass es euch gut geht. Hier in Berlin könnt ihr euch nicht entspannen. Ihr braucht Abstand!«

In mir wütete der Sturm. Zorn darüber, dass sich beide Frauen vehement gegen alles wehrten und Wut, dass ich keine andere Möglichkeit finden konnte.

»Sag mir, was wirklich los ist!«, zischte sie. »Ich glaube dir nämlich kein Wort!«

Na, da war meine Strategie soeben den Bach runter gegangen. Auf die ruhige Art und Weise lief hier wohl rein gar nichts. Beide Frauen brauchten ständig die knallharten Fakten auf den Tisch. Doch ich wollte ihnen mit dem, was ich wusste, nicht noch mehr Sorgen bereiten, als sie sowieso schon hatten. Allem Anschein nach blieb mir bei Sophie keine Alternative.

»Süße, ihr müsst einfach hier weg«, flehte ich sie förmlich an. »Vertrau mir bitte!«

Nach ihrem Blick zu urteilen, tat sie das nicht mehr. Vor Silvester war dies noch der Fall gewesen, aber jetzt ...?

»Was verschweigst du uns?«

Ich machte einen Schritt zurück und fuhr mir mit den Händen über den Kopf.

»Wieso vertraust du mir nicht einfach?«, fragte ich frustriert.

»Ich vertraue dir«, seufzte sie. »Allerdings scheint es etwas zu geben, was du mir nicht sagen willst. Und ich werde dir nicht helfen, solange ich es nicht weiß.«

Warum war mir das klar gewesen? Ich ging auf sie zu – diesmal blieb sie stehen – legte meine Hände auf ihre Schulter und sah ihr in die Augen. Sie hielt meinem Blick stand und schluckte.

»Ich weiß, wer Sterov umgebracht hat, Sophie«, wisperte ich.

Ihre Augen füllten sich mit Tränen, und ich wusste, dass sie mich verstanden hatte.

»Ist er wirklich zurück, Jay?« Als Antwort nickte ich. »Woher weißt du das so genau?«

Himmel!

Reichte es nicht, dass ich ihr das mit Michael erzählen musste? Die ganze Geschichte wollte ich ihr ersparen, aber anscheinend gab es keinen Weg daran vorbei.

»Weil er mich angerufen hat.« Sofort schlug sie ihre Hände vors Gesicht und fing an zu weinen. Umgehend zog ich sie in meine Arme und streichelte ihren Rücken, so lange, bis sie sich beruhigt hatte. Dann sah sie mich an und ich erkannte ihre Frage umgehend.

»Wird er sie holen?«, flüsterte sie.

»Er wird es versuchen!«, erwiderte ich. »Aber das werde ich nicht zulassen. Deswegen müsst ihr mitkommen. Ich brauche deine Hilfe.«

»Du willst es ihr nicht sagen?«, fragte sie erschrocken. »Ich weiß nicht, ob es eine so gute Idee ist, sie zu belügen.«

»Wenn ich es ihr erzählen würde«, entgegnete ich ruhig, »würde sie dich einpacken und verschwinden. Nur in meiner Heimat kann ich euch beschützen. Meine Männer und ich werden alles tun, um ihn zu finden. Das verspreche ich dir.«

Sie dachte eine Weile nach, bis sie ihre Schultern straffte und nickte. Noch einmal drückte ich sie an mich, schloss meine Augen und mir fiel ein Stein vom Herzen. Egal, was passieren würde, nun kam es auf Sophie an!

Kapitel 13

Leora

Michael war tot und es machte mir nichts aus. Warum auch? Er hatte es nicht anders verdient. Wenn mir die Möglichkeit dazu eingeräumt worden wäre, hätte ich ihn sogar selbst kaltgemacht. Als Trinsten mich angerufen hatte, war mir sofort ein Gedanke gekommen: Dominik hat ihn umgebracht. Wäre es so gewesen, hätte der Beamte mich darüber informiert. Da war ich mir sicher!

Nach dem Spaziergang mit Sophie fuhren wir direkt zurück zum Appartement. Jay war anwesend und sah nicht glücklich aus. Sicherlich war er sauer, weil ich seine Anrufe nicht entgegengenommen und auch nicht zurückgeschrieben hatte. Aber das alles schien mir im Moment bedeutungslos.

Als er mich in den Arm nahm, spürte ich eine innerliche Leere. Warum das so war, konnte ich nicht beantworten. Irgendetwas stimmte mit mir nicht. Allerdings verwirrte mich, dass er nicht überrascht war, als ich ihm von Michael erzählte. Kein Funke, kein Zorn und auch keine Erleichterung. Er nahm mich nur in den Arm. Ob er davon gewusst hatte? Ich erinnerte mich an den Tag zurück, als er mich aus der Klinik abgeholt hatte und schrecklich aussah, als hätte er die ganze Nacht nicht geschlafen. Die Geschichte, die er mir aufgetischt hatte, bezüglich eines Projektes mit seinem Bruder, hatte ich ihm damals schon nicht abgekauft.

Auf der anderen Seite: Warum sollte er mich belügen? Mein Kopf drohte zu platzen und ich konnte Jays Nähe nicht ertragen, weshalb ich mich zurückzog.

Als ich wieder wach wurde, war es draußen bereits dunkel, nur wollte ich nicht aufstehen. Normalerweise müsste es mir blendend gehen, nachdem ich erfahren hatte, dass Michael nicht mehr existierte. Dem war nur nicht so. Ich trauerte ihm keinesfalls nach, aber ich hatte ein eigenartiges Gefühl in der Magengegend. Fortwährend musste ich an Jay denken und sein Angebot, ihn in seine Heimat zu begleiten. Vielleicht war das wirklich keine schlechte Idee. Es wäre immerhin möglich, dass mir ein Abstand guttun würde. Dies wiederum würde bedeuten, dass ich noch mehr Zeit mit ihm verbringen müsste, obwohl ich das zu verhindern versuchte. Aber er fehlte mir so unsagbar!

Irgendwann entschloss ich mich, aufzustehen und ihn zu suchen, denn ich brauchte seine Nähe. Meine Widersprüche kotzten mich selber an, aber so fühlte ich mich im Augenblick.

Im Wohnzimmer war er nicht, ebenso war die Küche verlassen. Ob er weggegangen war? Langsam schlich ich zu seiner Tür, klopfte an und öffnete sie einen Spalt. Als ich kurz hineinsah, konnte ich ihn auch dort nicht entdecken, allerdings hörte ich aus seinem Bad die Dusche. Kurz dachte ich nach, ging dann aber auf den Raum zu. Meine Hand lag zögernd auf dem Knauf, und ich überlegte, ob das nicht die blödeste Idee überhaupt war. Schließlich sah ich an mir herunter und erkannte, dass ich nur ein langes Shirt anhatte, welches mir bis zu den Knien hing. Meinen BH und die Hose hatte ich vor dem Nickerchen ausgezogen. Erneut hob ich den Kopf und nahm meinen ganzen Mut zusammen. Wenn er mich wirklich nicht mehr wollte, müsste er es mir zeigen, beziehungsweise deutlich zu verstehen geben.

Ohne weiter darüber nachzudenken, öffnete ich die Tür und schritt hinein.

Wie vermutet stand er unter der Dusche. Ich zog die Schiebevorrichtung zur Seite, atmete tief durch und trat hinter ihn. Mit meiner ausgestreckten Hand berührte ich ihn am Rücken und streichelte abwärts.

»Hi«, sagte er und drehte sich zu mir um.

Meine Arme ließ ich sinken und starrte ihm auf die Brust. Plötzlich schien es mir keine so gute Idee gewesen zu sein. Es war alles viel zu viel und ich wich einen Schritt zurück. Blitzschnell packte er mich an der Hüfte und zog mich zu sich. Mit seinen Fingern hob er mein Kinn an, damit ich ihm in die Augen blicken konnte. Er war so atemberaubend schön.

»Wo willst du denn hin?«, flüsterte er.

Mehr als ein Schulterzucken bekam ich nicht zustande. Natürlich benahm ich mich kindisch – aber mein Kopf war leer und all meine Entscheidungen stellte ich infrage. Ich wusste nicht mehr, wer ich war!

»Lauf nicht vor mir weg, okay?«

»Okay!«, war das Einzige, was ich antworten konnte, denn er beugte sich zu mir herab, und seine Lippen lagen auf meinen. Mit seiner Zunge forderte er mich auf, meinen Mund zu öffnen und ich tat es. Meine Arme schlang ich um seinen Nacken und ich stellte mich auf die Zehenspitzen, damit ich noch näher bei ihm sein konnte. Mit einer fließenden Bewegung zog er mir das nasse Shirt über den Kopf und küsste mich erneut. Irgendwann stand ich mit dem Rücken zur Wand und seine Finger streichelten meine Brüste. Immer wieder zwirbelte er meine Knospen, um sie anschließend zu kneifen. Nicht fest, nur leicht, und dieses Gefühl schoss direkt zwischen meine Schenkel. Nichts war mehr wichtig, nur noch er.

Nur noch wir! Seine Berührungen wurden forscher und drängender. Mit einem Mal zerriss er mein Höschen und warf es auf den Boden. Gleichzeitig fanden seine Finger meine Klit, die er immer wieder streichelte. Mein Stöhnen in seinem Mund war wunderbar.

»Du bist so feucht, Baby. Ich muss dich spüren«, sagte er heiser und ich konnte nur nicken. Denn ich brauchte ihn tief in mir. Warten konnte ich nicht mehr.

Er griff an meinen Hintern und hob mich hoch. Mit meinen Beinen umklammerte ich ihn. Jay packte zwischen uns, nahm seinen Schwanz und führte ihn langsam in mich hinein.

Einen Schrei konnte ich mir nicht verkneifen, denn das Gefühl war so intensiv, dass es kaum auszuhalten war. Mit einer Hand hielt er meinen Hinterkopf, damit ich nicht gegen die Fliesen prallte, während er immer schneller in mich hineinpumpte.

»Gott Baby, du bist so wunderbar«, flüsterte er mir ins Ohr.

»Schneller. Bitte Jay«, rief ich und er tat es. Immer rasanter werdende Stöße folgten und ich spürte meinen Höhepunkt nahen. Als ich explodierte, schrie ich seinen Namen. Auch er folgte mir Sekunden später und entleerte sich in mir.

Langsam kamen wir zur Ruhe, hielten aber nach wie vor in der gleichen Position inne. Er ließ mich nicht herunter, sondern schmiegte sich an mich, während er noch in mir verweilte. Am liebsten wäre ich für immer so geblieben, nur war das schließlich nicht möglich. Widerwillig löste ich mich etwas von ihm, um ihm in die Augen zu sehen.

»Geht es dir gut, Baby?«, fragte er mich.

Ich streichelte seine Wangen, dann umschloss ich mit meinen Händen sein Gesicht und küsste ihn. Und in diesen Kuss legte ich alles – meine ganzen Gefühle, die ich für ihn hatte.

Die Worte konnte ich nicht aussprechen – nicht noch einmal. Denn es wäre ihm gegenüber nicht fair.

Wäre die Sache mit Dominik nicht passiert, hätte ich es ihm viel früher gesagt und täglich wiederholt. So wie die Dinge aber nun mal standen, konnte ich ihm das nicht antun. Allerdings hatte er es mir gegenüber ebenso wenig geäußert. Er löste sich von mir und sah mich an. In diesem Blick konnte ich es erkennen! Es war nicht mehr nötig, es von ihm zu hören.

»Ich will dich in meinem Bett haben«, wisperte er an meinem Mund.

Wieder konnte ich nur mit einem »Okay« antworten. Er ließ mich runter, nahm meine Hand, stellte das Wasser ab und führte mich aus der Kabine. Mit einem Handtuch trocknete er mich ab und wollte mich umdrehen. Bei diesem Vorhaben schüttelte ich den Kopf.

»Ich möchte dir nur den Rücken abtrocknen.« Energischer schüttelte ich den Kopf und mir brannten plötzlich die Augen.

Er hatte die Narbe bereits zwischen meinen Schenkeln gesehen und ich wollte nicht, dass er die auf meiner Rückseite zu Gesicht bekommen würde. Bei diesem Anblick würde er sich von mir abwenden und das könnte ich nicht ertragen.

»Baby, egal, was ich dort zu sehen bekomme, mich wird es nicht stören. Vertrau mir!« Ergeben schloss ich die Augen und drehte mich langsam um. Er sagte nichts und kurze Zeit später fühlte ich das Handtuch auf meiner Haut. Die Tränen fanden ihren Weg über meine Wange und ich war es leid, sie ständig wegzuwischen. In seiner Gegenwart fing meine Fassade an zu bröckeln und ich war machtlos dagegen. Allem Anschein nach war meine Weintirade nicht unbemerkt geblieben, denn er drehte mich plötzlich zu sich, hob mich hoch und brachte mich zu seinem Bett.

Er legte sich direkt neben mich und schloss mich in seine Arme. Mit meinem Kopf ruhte ich an seiner Brust und fühlte, wie er immer wieder meinen Rücken streichelte.

Meinen nackten Rücken!

Seit sechs Jahren hatte ich niemandem erlaubt, mich wirklich zu berühren. Wenn ich mit Michael geschlafen hatte, hatte ich grundsätzlich unter ihm gelegen und das Licht war aus. Er hatte mich nie sinnlich berührt, sondern nur den reinen Akt vollzogen. Die ganze Zeit über schwiegen wir, bis ich irgendwann einschlief.

Am nächsten Morgen erwachte ich noch immer in seinen Armen. Vorsichtig löste ich mich von ihm und stand auf. Mit nichts weiter an als meiner Haut verließ ich sein Zimmer, um in meines zu gehen. Dort duschte ich und zog mich an.

Auf meinem Handy erkannte ich eine Nachricht von Sophie, die mich um ein Gespräch bat. Natürlich stimmte ich zu und verabredete mich mit ihr in einem nahe gelegenen Café. Eine weitere Mitteilung war von Jenna eingetroffen. Auch sie bat mich um ein Treffen. Ihr hingegen erteilte ich eine Absage. Wie so oft in den letzten Wochen. Noch war ich nicht bereit, ihr gegenüberzutreten. Das wäre nicht sonderlich gut ausgegangen, das war mir bereits bewusst.

Ohne mich zu verabschieden, verließ ich das Appartement. Meinen Wagen ließ ich stehen und machte mich zu Fuß auf den Weg. Immer wieder drehte ich mich um, denn das Gefühl beobachtet zu werden, war schlimmer geworden. Doch ich konnte nie etwas erkennen.

Im Café angekommen wartete bereits meine Freundin auf mich und sie sah schrecklich aus.

»Was ist mit dir?«, erkundigte ich mich besorgt und griff nach ihrer Hand. Plötzlich flossen Tränen und ich war überfordert.

»Sophie, was ist los, verdammt noch mal?«, fragte ich erneut, denn so langsam machte sie mir Angst.

»Ich kann nicht mehr«, flüsterte sie schniefend. »Das war alles zu viel für mich. Scheiße, ich bekomme die Bilder von dir nicht aus dem Kopf. Jede Nacht habe ich Albträume. Ich schaffe das nicht mehr, ich muss hier weg!«

Das aus ihrem Munde zu hören, überkam mich wie ein Wirbelsturm. Wortlos nahm ich sie in den Arm und drückte sie an mich.

Abwechselnd streichelte ich ihr Haar und ihren Rücken, damit sie sich ein wenig beruhigen konnte. Sophie schien einem Nervenzusammenbruch nahe zu sein und ich fühlte mich – beschissen.

Was sie alles wegen mir hatte durchmachen müssen und ich war Egoist genug, um darüber nicht nachzudenken.

Immerzu zerbrach ich mir den Kopf über mich selbst und was mir Schreckliches passiert war. Dabei hatte ich meine Freundin vollkommen vergessen, die innerhalb der letzten Jahre fortwährend an meiner Seite gekämpft hatte.

Hier ging es nicht mehr um mich – ich musste für sie da sein und das würde ich auch.

Vorsichtig löste ich mich von ihr und wischte mit meinen Fingern ihre Tränen fort.

»Okay«, seufzte ich. »Wohin willst du? Egal, wo das sein wird, ich werde mitkommen.«

»Wirklich?«, fragte sie erstaunt.

War ich tatsächlich so eine schlechte Freundin gewesen, dass sie mir zutraute, ich würde nicht für sie da sein? Einiges musste ich ändern. Allem voran meine Art ihr gegenüber. Sie musste wissen, wie viel sie mir bedeutete.

»Natürlich. Egal wohin. Ich bin dabei. Immerhin liebe ich dich. Das weißt du, oder?«, wollte ich wissen, denn so langsam hatte ich die Vermutung, dass sie es nicht wusste.

»Klar weiß ich das«, antwortete sie schniefend. »Jay hatte doch angeboten, uns mit sich zu nehmen. Ich mochte damals New York, bis auf die Kleinigkeit, die dort vorgefallen ist. Es wäre genau das Richtige für uns.«

Kleinigkeit? Na ja, ich war mir nicht ganz sicher, ob eine Anklage wegen Körperverletzung eine Kleinigkeit war, aber darauf sprach ich sie lieber nicht an.

Warum hatte ich geahnt, dass sie mit NYC kommen würde? Kurz schloss ich die Augen. Aus dem ersten Impuls heraus wollte ich es ablehnen, rief mich aber schnell zur Räson und sah sie an.

»Okay!«, stieß ich hervor. »Das scheint eine gute Idee zu sein. Vielleicht tut es uns wirklich gut, etwas Abstand zu gewinnen.«

Blitzschnell schloss sie mich in die Arme und fing erneut an zu weinen. Wieder versuchte ich, sie zu beruhigen.

»Danke Süße. Das vergesse ich dir nie«, flüsterte sie.

Wir tranken noch genüsslich unseren Kaffee und machten uns auf den Weg zurück in mein Appartement. Auch Sophie war ohne ihren Wagen unterwegs, sodass wir gemächlich die Straßen entlangschlenderten.

Plötzlich wurde mir bewusst, wozu ich soeben zugestimmt hatte.

Ob es wirklich so eine gute Idee war, mit Jay in seine Heimat zu fliegen.

Ich wusste es nicht!

Kapitel 14

Jay

Als ich am nächsten Morgen wach wurde, war Leora – mal wieder – nicht vorzufinden. Mit einem Schnauben ließ ich mich zurück in die Kissen sinken und drückte mein Gesicht hinein.

»Verdammte Scheiße«, schrie ich, erhob mich und ging in das angrenzende Bad.

Nachdem Sophie am Vorabend gegangen war, hatte ich dringend eine Dusche benötigt. Damit, dass mein Mädchen irgendwann hinter mir stehen würde, hatte ich keinesfalls gerechnet. Sie sah so verloren aus und doch so wunderschön.

Der Sex mit ihr war atemberaubend und meinen Namen aus ihrem Mund zu hören ein Gedicht. Für mich gab es in diesem Moment nichts Wichtigeres, als sie in meinem Bett zu haben. Als ich ihren Rücken zu sehen bekam, musste ich tatsächlich einige Male schlucken.

Die Narben, die ich seinerzeit hatte sehen können, waren nichts im Vergleich zu dem gesamten Anblick. Es waren unzählige. Ihre komplette Kehrseite war voll davon.

Dieser Bastard musste seinen Spaß gehabt haben und mein Baby die schlimmsten Schmerzen. Wieder schoss mir das Bild, welches er mir hinterlassen hatte, durch den Kopf und ich fragte mich, wie so oft, was er ihr alles angetan hatte.

Wollte ich es wirklich wissen? Darauf konnte ich nicht antworten. Die Akte, die in meinem Büro in NYC lag, würde ich mir ansehen. Andererseits hatte ich auch eine scheiß Angst davor.

Ein Seal zu sein und mit dem umzugehen, was ich gesehen hatte, oder in allen Einzelheiten zu erfahren, wie der Frau Leid zugefügt worden war, die ich liebte, waren zwei völlig unterschiedliche Dinge.

Gedankenverloren machte ich mich fertig und ging in ihr Zimmer sowie in das Wohnzimmer, welche beide verwaist waren. Auch in der Küche war sie nicht aufzufinden.

Sofort zog ich mein Handy hervor, um Sam anzurufen. Aber dieser hatte mir in einer Nachricht mitgeteilt, dass er Leora in die Stadt gefolgt war.

Guter Mann!

Auf einem Hocker nahm ich Platz und versuchte mich auf die Artikel in der Zeitung zu konzentrieren.

Schließlich war Sterov tot, also ging sie davon aus, nicht weiter beschützt werden zu müssen.

Was mir noch immer Sorgen bereitete, waren ihre Erinnerungslücken. Nie sprach sie darüber. Hatte sie den Versuch aufgegeben? Wollte sie es womöglich nicht mehr wissen? Allerdings schien es, als ob sie trotz ihres Gedächtnisverlustes zu mir zurückgefunden hatte.

Im Hintergrund hörte ich die Tür zufallen, und schloss kurz die Lider, und mein Herzrasen beruhigte sich, sobald ich ihre Stimme wahrnahm.

Als ich meinen Kopf hob, standen Leora und Sophie im Türrahmen und sahen mich an. Sophies Augen waren rot und es schien, als hätte sie geweint.

»Hi Jay!«, rief sie mir zu und wandte sich an ihre Freundin.

»Ich gehe eben ins Bad.«

»Klar, mach das. Lass dir ruhig Zeit«, antworte Leo liebevoll.

Mit hochgezogener Augenbraue betrachtete ich die beiden und konnte die Situation nicht einschätzen. Sophie verschwand und Leora nahm mir gegenüber Platz.

»Ist alles in Ordnung, Baby?«

Wäre es verwerflich gewesen, wenn ich mir meine Kleine geschnappt, über die Schulter geworfen und sie entführt hätte? Wahrscheinlich!

»Nein. Nicht wirklich«, seufzte sie. »Ich muss dich etwas fragen.«

»Alles, was du willst!«, antwortete ich.

»Steht dein Angebot noch?«, flüsterte sie und sah mir direkt in die Augen.

An meinem Gesicht hatte sie sicherlich meine Frage erkannt, denn ich wusste absolut nicht, von welchem sie sprach!

»Ich meine, ob es noch gilt, dass du uns mit zu dir nimmst. Nach New York.«

Mir blieb das Herz stehen.

Wie hatte Sophie das nur geschafft? Das würde ich später klären, denn ich musste versuchen, mich so gelassen wie nur möglich zu verhalten. Was mir allerdings alles abverlangte.

»Natürlich!« Ich wollte noch so viel mehr sagen, biss mir aber auf die Zunge.

»Sophie geht es nicht gut. Sie braucht Abstand und ich möchte für sie da sein. Für ein paar Tage mit dir zu kommen, wäre da wohl die beste Möglichkeit«, erklärte sie.

Hatte Sophie ihre Freundin tatsächlich aufs Kreuz gelegt? Keine Ahnung, wie ich das wiedergutmachen sollte.

Abermals hoffte ich, dass Leora das niemals herausfinden würde. Dann wären wir beide Geschichte.

»Wir können los, wann immer ihr bereit seid«, sagte ich knapp.

»Zuerst muss ich mit deinem Onkel reden«, sprach sie überlegend. »Mein Krankenschein läuft in zwei Tagen aus. Ich muss wissen, ob ich Urlaub nehmen kann.«

Da ich bereits mit Nic und Robert gesprochen hatte – was sie natürlich nicht wissen konnte –, würde diesem Urlaub nichts im Wege stehen.

Wenn meine ganzen Lügen auffliegen würden, wäre es möglich, dass sie mir mein Leben nehmen würde. Und sie hätte jeden verdammten Grund dafür.

»Mach das und sag mir dann Bescheid, okay?«, murmelte ich und schenkte ihr ein Lächeln, welches sie erwiderte.

Zu meiner Überraschung glitt sie von ihrem Stuhl, kam um den Tisch zu mir und umarmte mich. Ich drückte sie fest an mich.

»Danke. Danke für alles«, flüsterte sie mir ins Ohr und gab mir einen Kuss auf die Wange.

Sie wollte sich von mir lösen, nur war ich dazu nicht fähig und zog sie noch einmal zu mir, umschloss ihr Gesicht mit meinen Händen und gab ihr einen leidenschaftlichen Kuss, den sie genauso erwiderte. Er währte nicht lange, aber ich nahm, was sie bereit war, mir zu geben.

Schließlich ließ ich von ihr ab und sie verschwand in ihrem Zimmer. Daraufhin erschien Sophie in der Küche und sah mich an.

»Wie zum Teufel hast du das geschafft?«, fragte ich erstaunt.

»Hör bloß auf«, entgegnete sie. »Wenn sie herausbekommt, dass ich nur eine Show abgezogen habe, wird sie mich umbringen. Das gebe ich dir schriftlich. Egal, was bei dir zu Hause passiert, mein Freund, du wirst ihr irgendwann die Wahrheit sagen oder ich tue es. Ich habe sie noch nie angelogen und ich hasse, dass ich es jetzt tun musste. Wehe, du versaust es!«

Ich erhob mich von meinem Hocker, ging auf sie zu und nahm sie in den Arm, was sie schnaubend zuließ.

Eine Stunde später kam Leora zu uns zurück und sah ... verwirrt aus? Nic hatte mir soeben eine Nachricht geschrieben, dass er mit ihr gesprochen hatte und alles geregelt sei.

»Was ist los?«, fragte Sophie.

»Ich hatte gerade ein merkwürdiges Gespräch mit meinem Chef«, antwortete diese. »Das mit meinem Urlaub geht klar. Er wollte mich anscheinend sowieso noch nicht im Büro sehen und findet die Idee durchaus gut, eine Weile zu verschwinden.« Sie hob ihren Kopf und sah mich direkt an. »Hast du damit etwas zu tun?«

Mit hochgezogener Augenbraue hielt ich ihrem Blick stand. »Wie kommst du darauf? Du hattest zu Beginn abgelehnt. Woher sollte ich wissen, dass du mich doch begleiten würdest?«

Himmel, ich war ein Arschloch.

»Okay, die Damen!«, wechselte ich das Thema, denn mein Mädchen sah mich weiterhin misstrauisch an. »Für wann sollen wir buchen?«

Zuerst musterten sie sich gegenseitig und zuckten dann gleichermaßen mit den Schultern.

Sofort nahm ich mein Tablet zur Hand, suchte nach einem Flug und wurde fündig. Direkt am nächsten Abend würden wir verschwinden.

In Absprache mit meinem Freund Ben buchte ich die Flüge auf seinen Namen. Jeweils für Sam und John, Sophie und Sean sowie Leora und mich, und bezahlte online via Kreditkarte.

»Ladys?«, sagte ich in den Raum. »Ihr solltet packen. Wir fliegen morgen Abend um 18:00 Uhr.«

Normalerweise würde jede Frau in Ohnmacht fallen, einen hysterischen Anfall bekommen oder kreischen. Doch die beiden vor mir sahen sich erneut an und zuckten wieder mit den Schultern.

Unglaublich!

Als Nächstes nahm ich mein Handy und schrieb meinem Bruder sowie Sam und John, um sie über die Neuigkeiten zu informieren und die Flugdaten bekannt zu geben.

Sean teilte mir mit, dass er schnell packen und zu uns kommen würde, damit er Sophie zu ihrer Wohnung begleiten konnte. Immerhin waren entweder Sean oder John in ihrer unmittelbaren Nähe. Sie wusste es nicht, allerdings musste auch sie geschützt werden.

Keine halbe Stunde später stand Sean vor der Tür. Seine Tasche ließ er im Wohnzimmer auf den Boden fallen und umarmte die beiden Frauen, bevor er mich begrüßte.

»So, ich gehe dann mal nach Hause und fange an zu packen«, teilte Sophie gelassen mit.

»Hey, ich komme mit!«, sagte mein Bruder und hielt ihr bereits die Tür auf. Wenig begeistert betrachtete sie ihn und schüttelte entnervt den Kopf. Nun wusste sie endlich, dass sie keinen Schritt mehr alleine machen würde.

»Was schulden wir dir?«, fragte mein Baby mich und ich wandte mich ihr zu.

»Was meinst du?«

»Na, für die Tickets. Was bekommst du an Geld?«

»Was ist, wenn ich dir sage, ich möchte etwas anderes außer Geld?«, antwortete ich, griff nach ihrer Hand und zog sie hinter mir her zur Couch.

Dort nahm ich Platz und riss sie mit auf meinen Schoss. Mit meinen Fingern strich ich ihr einige Haarsträhnen aus dem Gesicht und berührte mit einem ihre wunderschönen Lippen.

»Und was wäre das?«, flüsterte sie mit geschlossenen Augen.

»Nur dich, Baby«, platzte es aus mir heraus.

Leora riss ihre Augen auf und starrte mich an, als hätte ich ihr vom Untergang der Welt erzählt. Sie versuchte sich aus meinem Arm zu winden und aufzustehen, doch dieses Mal ließ ich es nicht zu, sondern drückte sie fester an mich und verschloss ihre Lippen mit meinen.

Sofort beruhigte sie sich und erwiderte den Kuss mit gleicher Kraft.

Langsam legte ich sie auf ihren Rücken und mich auf sie, ohne mich von ihr zu lösen. Mit einem Ruck zerrte ich ihre Bluse auf, sodass die Knöpfe in alle Richtungen flogen und ihren BH so weit runter, dass ihre prallen Brüste heraussprangen.

Ihr Stöhnen schluckte ich und mein Schwanz war so hart, dass es schon wehtat. Ihren Rock schob ich hoch und machte kurzen Prozess mit ihrem Höschen.

Mit meinen Fingern ertastete ich ihre heiße Mitte. Sie war bereits so feucht, dass mir ein wenig schwindelig wurde. Langsam bewegte ich mich mit dem Mund zu ihren Brüsten, umschloss mit meiner Hand die eine und mit meinen Zähnen die andere. Ihre Knospen leckte und reizte ich, bis sie sich mir entgegenwölbte. Schließlich biss ich zu und Leora schrie auf. Meine Hose sowie Shorts zog ich nur so weit herunter, dass mein Schwanz freilag. Dann spreizte ich ihre Beine weiter, positionierte mich dazwischen und drang in sie ein.

»Sieh mich an, Baby«, knurrte ich heiser. Es gab für mich nichts Schöneres, als in ihre grünen Augen zu blicken. Was ich in diesem Moment in ihrem Gesicht entdeckte, verschlug mir den Atem: Liebe! Immer wieder glitt ich heraus, um mich erneut vollends ins ihr zu versenken.

»Jay. Bitte!«, rief sie.

»Du bekommst alles, was du willst. Du musst es mir nur sagen!«

»Bitte. Schneller!«

Diesen Wunsch erfüllte ich ihr und beschleunigte meine Bewegungen. Sie griff nach meinem Hintern, beugte sich vor und küsste mich, dass mir Hören und Sehen verging. Immer heftiger pumpte ich in sie hinein, bis sie meinen Namen schrie, und folgte ihr umgehend, bevor ich keuchend auf ihr zusammenbrach. Normalerweise wollte ich sie lieben und nicht ficken. Aber es war schwer, bei ihr die Beherrschung zu behalten.

»Jay?«, hörte ich sie schwer atmend.

»Hmm?«

»Was tun wir hier eigentlich?«

Mit dieser Frage hatte ich nicht gerechnet, denn für mich war klar, worum es hier ging. Ihr anscheinend nicht. Dann fielen mir erneut ihre Erinnerungslücken ein und ich schnaubte.

»Was glaubst du denn, was wir hier machen?«, fragte ich vorsichtig.

»Ich weiß es nicht!«, wisperte sie.

Langsam löste ich mich von ihr und glitt aus ihr heraus. Als ich auf meinen schlaffen Freund sah, war ich erschrocken. Kein Kondom.

»Leora, nimmst du die Pille?«

»Nein. Warum?«, entgegnete sie.

»Wir haben kein Kondom benutzt. Und auch gestern unter der Dusche hatten wir keines«, fiel mir siedendheiß ein. Warum auch immer, aber sie schien das völlig gelassen zu nehmen. Denn nach wie vor sah sie mich an, als würde sie das Problem nicht erkennen.

Sie war zwar jünger als ich, aber doch sicherlich aufgeklärt, oder?

»Ich bin zweimal in dir gekommen, Baby. Du könntest schwanger werden.«

Sie schien zu verstehen und plötzlich legte sich ein Schleier auf ihr Gesicht. Sie hielt sich die Bluse zusammen, schob ihren Rock herunter und stand auf.

Ohne mich anzusehen, ging sie in Richtung der Schlafräume und blieb im Türrahmen stehen. »Mach dir darüber keine Sorgen. Ich werde dir schon kein Kind andrehen«, antwortete sie kalt und verschwand.

Verwirrt und am Ende meines Lateins ließ ich mich zurückfallen und schloss die Augen. So war das von mir überhaupt nicht gemeint gewesen.

Ein Kind mit Leora? Der Gedanke würde mir sogar gefallen. Aber wir waren weder ein Paar noch sonst irgendetwas.

Es gab für uns keine Definition, sondern nur Jay und Leora.

Kapitel 15

Leora

Verdammte Bullenscheiße!

Wie konnte ich bloß so dämlich sein? Einerseits wollte ich mich von ihm fernhalten, andererseits brauchte er sich nur in meiner Nähe aufzuhalten und ich wurde zu einem Sexmonster. Ständig war ich feucht, wenn ich ihn sah, und immerzu wollte ich ihn spüren. So hatte ich mich noch nie verhalten.

Nach dem Sex auf unserer Couch – wie erschrocken er mich angesehen hatte, weil er das verdammte Kondom vergessen hatte – verstand ich ihn nicht. Ich konnte eh nicht schwanger werden, also was soll's? Natürlich wusste er davon nichts. Für mich war das anscheinend schon so normal, dass es jeder wissen müsste. Mir war durchaus klar, dass ich ihn mit meiner Antwort verletzt hatte. Nie würde ich davon ausgehen, dass Jay denken könnte, ich würde ihm ein Kind unterschieben. Die Erinnerung an die Diagnose der Ärzte vor sechs Jahren war noch immer niederschmetternd. Als ich noch mit Raiko zusammen gewesen war, hatten wir uns vorgestellt, irgendwann einmal drei Kinder zu haben. Zwei Mädchen und einen Jungen. Die Vorstellung, dass meine Töchter einen großen und älteren Bruder hätten, fand ich phänomenal. Doch dieser Traum wurde nie Wirklichkeit und würde es auch nie werden.

Scheiß drauf!

Unter der Dusche stellte ich kaltes Wasser an, denn ich brauchte eine Abkühlung, und zwar dringend. So konnte es nicht weitergehen! Es musste doch einen Weg geben, um nicht weiter in seine Klauen zu geraten. Nur diesen zu finden, war die große Herausforderung. Nachdem ich fertig war, schlüpfte ich in bequeme Sachen und holte meinen Koffer hervor. Langsam fing ich an zu packen, bis es an meiner Tür klopfte. Mit einem »Herein« wandte ich mich meinem Schrank zu.

»Hi Leora!«

Wie angewurzelt verharrte ich in meinen Bewegungen, als ich Jennas Stimme hinter mir ausmachte. Für einen Moment schloss ich die Augen, um die aufsteigende Wut unter Kontrolle zu bringen.

»Hi«, antwortete ich heiser. »Was machst du hier?«

»Ich wollte mit dir reden«, murmelte sie und ich hörte, wie die Tür zufiel. »Deinem Verhalten nach zu urteilen, nehme ich an, dass du Bescheid weißt.«

Wie recht sie doch hatte. Noch einmal holte ich tief Luft und drehte mich zu ihr. »Ja. Ich weiß es«, knurrte ich. »Deswegen wüsste ich auch nicht, was wir zu bereden haben.«

Mit verschränkten Armen betrachtete ich meine Freundin, die es anscheinend nicht mehr war oder jemals wieder sein würde. Konnte man so einen Verrat wirklich vergeben? Für mich stand fest, dass es mir nicht möglich war.

»Ich würde dir gerne erklären, warum ich so gehandelt habe«, konterte sie. »Ich musste eine Entscheidung treffen und tat es. Dabei habe ich ausschließlich an dein Glück gedacht. Niemals wollte ich dich verraten oder dir wehtun und das weißt du auch. Dich auf ewig unglücklich zu sehen, dazu war ich nicht bereit. Mir ist vollkommen klar, dass du mir noch nicht verzeihen kannst, allerdings hoffe ich, dass du es eines Tages vielleicht schaffen wirst.

Denn ich bereue nicht, was ich getan habe. Seit Jay hier ist, hast du dich verändert. Das konntest du dir dieses Mal nicht verweigern. Zusammen werden wir es schaffen, davon bin ich überzeugt.«

Bitter lachte ich auf. »Du bist echt gut, Jenna! Wir schaffen gar nichts mehr. Du hast mich verraten. Ich habe dir etwas anvertraut, was seit Jahren nur Sophie und ich wissen. Ein Mal, verdammt, ein einziges Mal habe ich um Hilfe gebeten und du hast es mir so gedankt? Nie wieder werde ich dir vertrauen können. Hast du dir vielleicht einmal in deiner Traumwelt überlegt, was passiert, sollte Dominik Jay ausfindig machen? Was meinst du, wie es mir dann erst gehen wird? Wird dir dann mein Glück noch immer so am Herzen liegen?« Langsam ging ich auf sie zu. »Eines sage ich dir. Sollte Jay etwas zustoßen, werde ich dich dafür verantwortlich machen. Ich hatte eine Entscheidung getroffen und du hast sie mit Füßen getreten. Niemals hätte ich das von dir erwartet. Niemals.«

Ohne ein weiteres Wort wandte ich mich ab, stapelte weitere Kleidungsstücke auf meinem Bett und würdigte sie keines Blickes mehr. Sie sollte einfach nur gehen und mich in Frieden lassen. Vielleicht konnte sie mich nicht verstehen. Wie denn auch?

Im Großen und Ganzen hatte sie nicht die geringste Ahnung, was wirklich passiert war. Sollte ich es ihr sagen, damit es ihr besser ging? Auf keinen Fall! Noch nicht einmal Sophie wusste, was in diesen zwei Wochen vorgefallen war. Wortlos verließ Jenna mein Zimmer. Währenddessen schloss ich die Lider und blinzelte die Tränen weg. »Scheiße, verdammt!«, fluchte ich und fiel auf meine Knie. Mit meinen Händen verdeckte ich mein Gesicht und weinte leise vor mich hin.

Der Verrat tat einfach so weh und doch liebte ich Jenna von Herzen. Aber sie hatte in meinen Augen etwas Unverzeihliches getan. Es sollte meine Aufgabe sein, zu entscheiden, ob ich dieses schreckliche Geheimnis aussprach oder nicht. Diese konnte mir keiner abnehmen. Wenn ich diese zwei Wochen nur vergessen könnte! Meine Kraft schien aufgebraucht und meine Seele hatte schon lange keine Energie mehr. Wie immer straffte ich auch jetzt wieder meine Schultern, wischte mir die Tränen aus dem Gesicht und stand auf.

Eine weitere Stunde später war mein Koffer gepackt und ich mit den Nerven am Ende. Gerne wäre ich in die Küche gegangen, um mir einen Kaffee zuzubereiten, doch ich wollte Jay nicht über den Weg laufen. Noch immer schämte ich mich für meine Worte, die ich vorhin ausgesprochen hatte. Immerhin konnte er nichts dafür, was Dominik mir angetan hatte. Erneut klopfte es an meiner Tür, und als sie geöffnet wurde, stand er tatsächlich vor mir. Warum tat das Universum mir das alles an?

»Hi, ich habe etwas zu essen bestellt. Magst du Pizza?«

Wenn das alles nicht so ernst gewesen wäre, hätte ich wahrscheinlich losgelacht. Lauthals. Ich entschied mich aber dagegen, denn es hätte nur hysterisch geklungen.

Also nickte ich, erhob mich von meinem Bett und folgte ihm in das Wohnzimmer, wo mir ein wirklich leckerer Geruch entgegenwehte. Auf der Couch nahm ich Platz und fing sofort an zu schlemmen. Wir aßen, schauten fern und stopften noch mehr in uns hinein. So lange, bis mir schlecht war. »Ich glaube, ich muss mich übergeben«, sagte ich grunzend.

»Bäh, nur bitte nicht hier«, antwortete er lachend.

Ich ließ mich zurückfallen und hielt mir den Bauch. So viel hatte ich die letzten Monate definitiv nicht zu mir genommen.

Allerdings fand ich es toll.

»Willst du dich ein bisschen mit mir auf die Couch legen?«, hörte ich ihn neben mir sagen. »Ich könnte eine Pause gebrauchen.«

Verwirrt sah ich ihn an, denn ich konnte nicht fassen, dass er mir so ein Vorschlag unterbreitete, obwohl ich ihn vor wenigen Stunden beleidigt hatte.

Doch wie ich bereits festgestellt hatte, war ich in seiner Gegenwart willenlos. Mit einem Nicken krabbelte ich zu ihm und legte mich auf die Seite, mit dem Rücken an seine Brust. Umgehend zog er mich an sich und hielt mich fest. Mit seinem Daumen streichelte er unterhalb meines BHs entlang. Bei seinen Berührungen wurde ich sofort wieder feucht und verfluchte meinen verräterischen Körper. Mit aller Kraft presste ich meine Schenkel zusammen, damit das Brennen dort endlich aufhörte. Anscheinend war ihm meine Reaktion nicht entgangen, denn seine Hand wanderte nach Süden. Verdammte Scheiße! Langsam zog er den Knoten meiner Hose auseinander. Sein Atem ging schwerer, denn ich spürte ihn an meinem Ohr. Während er mich berührte, schloss ich die Augen und versuchte nur zu fühlen. Und es war großartig.

Ein Bein schob er zwischen meine und glitt mit einem Finger in mich hinein. Meinen Rücken bog ich durch, denn die Empfindungen schienen mich zu überrollen. Gleichzeitig knabberte er an meinem Ohrläppchen und mit der anderen Hand massierte er meine Brust. Wieso konnte ich mich bloß nicht gegen ihn wehren? Es folgte ein zweiter Finger und er ließ sie im stetigen Rhythmus rein- und herausgleiten.

»Gott, Baby. Du machst mich so scharf. Ich brauche dich«, flüsterte er. In diesem Moment fragte ich mich, wie er ständig dabei reden konnte, denn ich bekam außer einem Stöhnen oder Keuchen rein gar nichts zustande.

Immer wieder stieß er mit seinen Fingern in mich hinein, und ich bemerkte die Spannung, die sich in mir ausbreitete. Offensichtlich stand ich kurz vor der Detonation. Bevor ich meinen Höhepunkt erreichte, zog er sich aus mir zurück. Frustriert schnaubte ich auf. Jay lachte leise und ich wurde noch wütender. Anbetteln kam für mich allerdings nicht infrage, denn dafür war ich zu stolz gewesen. Er drehte mich zu sich um und verschloss meine Lippen mit den seinen. Leidenschaftlich und sanft. Anders als Stunden zuvor. Wieder zog er mir das Shirt und meine Hose aus und dieses Mal ließ er mein Höschen heile. Seine Sachen folgten und dann lag vor mir ein nackter Jay, der anbetungswürdig aussah. Er legte sich auf den Rücken und zog mich auf sich.

»Baby, ich will, dass du mich reitest«, wisperte er.

Sein Wunsch war mir Befehl! Ich setzte ich mich aufrecht, nahm seinen Schwanz und führte ihn langsam in mich ein. Wir beide stöhnten gleichzeitig auf, denn in dieser Position konnte ich ihn noch tausend Mal tiefer spüren. Mit ruhigen Bewegungen hob ich mehrmals mein Becken, damit er fast herausglitt, um ihn dann wieder ganz aufzunehmen. Nach und nach wurde ich schneller und irgendwann fanden wir einen gemeinsamen Rhythmus.

»Ja, Baby. Beweg dich. Oh Gott, du bringst mich um!«, rief er und ich ritt ihn härter. Anscheinend mochte er es auf diese Art genauso gerne wie ich. Denn ich wusste nicht, ob ich mit liebevollem Sex noch umgehen konnte. Ausprobieren wollte ich es nicht, da ich keine Ahnung hatte, wie ich reagieren würde. Wieder baute sich eine Spannung in mir auf, die kaum auszuhalten war. Und plötzlich überrollte mich ein Orgasmus, wie ich ihn noch nie zuvor erlebt hatte. Jay folgte mir auf dem Fuße und brüllte meinen Namen so laut, dass unsere Nachbarn es mitbekommen mussten.

Davon war ich überzeugt. Schwer atmend brach ich auf ihm zusammen. Er streichelte immer wieder meinen Rücken und meinen Hintern. Als er an meiner Po-Öffnung innehielt, verkrampfte ich. Da würde er auf keinen Fall reinkommen. Nie wieder würde ich das zulassen. Er verharrte nicht lange an dieser Stelle, berührte mich erneut am Rücken und verweilte dort. Nach wie vor war er in mir und ändern wollte ich es noch nicht. Allerdings fing ich langsam an zu frieren, was ihm nicht entging. Er griff nach der Wolldecke und breitete sie über uns aus.

»Ich glaube, ich sollte jetzt ins Bett gehen«, flüsterte ich in sein Ohr.

»Und ich glaube, du solltest bei mir bleiben«, konterte er.

Ich versuchte mich zu lösen, allerdings presste er mich fester an sich. Innerlich spürte ich, wie er erneut hart wurde, und sah ihn erschrocken an.

»Das kann doch nicht dein Ernst sein!«, lachte ich.

»Hey, jetzt tu nicht so. Du bist daran schuld, wegen deines Körpers. Dafür kann ich nichts«, entgegnete er ebenfalls lachend. Nichtsdestotrotz hob ich meinen Hintern und ließ ihn herausgleiten. Frustriert stöhnte er auf und auch ich fühlte mich sofort leer.

»Wir sollten es nicht übertreiben, okay?«, murmelte ich und setzte mich auf. Schnell griff ich nach meinem Shirt und streifte es mir über.

»Vielleicht hast du recht«, knurrte er, stand auf und verschwand in seinem Zimmer. Verwirrt sah ich ihm hinterher und begriff seine Reaktion nicht. Was hatte ich denn gesagt?

Am nächsten Tag ignorierte er mich vollends. Er sprach kaum zwei Worte mit mir und ging mir aus dem Weg. Auch das verstand ich nicht, allerdings war ich zu stolz, ihn darauf anzusprechen.

Schließlich wurde es Zeit, zum Flughafen zu fahren, obwohl ich bei seiner Art überhaupt keine Lust verspürte, mit ihm zu gehen. Sollte er seine Scheißlaune an anderen auslassen und nicht an mir. Sogar im Flugzeug bat er seinen Bruder, sich neben ihn zu setzen. Bei dieser kindischen Einstellung musste ich auch nicht mit ihm kommunizieren, denn das war mir echt zu blöd. Arschloch!

Auf dem Flug hatte ich die Möglichkeit, Sam besser kennenzulernen. Er war ebenfalls einer der Seals, die seinerzeit den Dienst quittiert hatten. Ein gut aussehender, großer bulliger Bulle. Wenn ich schätzen müsste, würde ich sagen, er war um die zwei Meter groß, trug Glatze und war braun gebrannt. Er war tierisch muskulös, sodass ich bereits Angst hatte, der Flieger könnte bei dem Gewicht Probleme bekommen. Zwischendurch erwähnte er, dass er Single sei, und funkelte mich dabei an. Auf eine sehr lustige Art und Weise. Er schien ein toller Mann zu sein, strahlte allerdings etwas Gefährliches aus. Trotzdem mochte ich ihn. Sehr sogar!

Nach gefühlten hundert Stunden landeten wir endlich in New York. Auf uns wartete ein schwarzer SUV mit getönten Scheiben, sodass wir uns im ersten Augenblick wirklich wichtig vorkamen. Schmunzelnd stiegen meine Freundin und ich auf der Rückbank zusammen mit Sean ein, nur Jay setzte sich auf den Beifahrersitz. Idiot!

Sollte es so weitergehen, würde ich ein Ticket buchen und wieder nach Hause fliegen. Um so behandelt zu werden, musste ich nicht extra nach New York reisen.

John und Sam hatten ihren eigenen Wagen und folgten uns.

Irgendwann hielten wir vor einem großen schwarzen Tor. Als es sich aufschob, blieb mir die Luft weg. Auf dem Schotterweg fuhren wir auf eine Villa zu. Wer wohnte denn hier?

»Du wohnst bei mir«, knurrte Jay mich an, stieg aus dem Wagen und zog wenig später meine Tür auf.

»Und wo bleibt Sophie?«, zischte ich, denn so langsam ging er mir auf die Nerven.

»Bei Sean. Er wohnt direkt nebenan«, sagte er und wandte sich auch schon ab. Innerlich verspürte ich einen Zorn, den nur er hervorrufen konnte. Fluchend stieg ich aus dem Auto und trampelte ihm hinterher.

Als er den Eingangsbereich aufgeschlossen hatte, rauschte ich an ihm vorbei und zuckte zusammen, als er die Tür hinter mir laut zuknallte.

»Was ist dein Problem?«, fuhr ich ihn geradeheraus an.

»Ich habe keines«, fauchte er, ohne stehen zu bleiben. Kurz drehte ich mich um, um aus dem Fenster sehen zu können, ob der Wagen noch dastand. Natürlich nicht.

»Fick dich, Jay! Ich brauche die Scheiße hier nicht. Ich bin weg!«, rief ich, wandte mich ab und lief hinaus. Leider kam ich nicht weit, denn schon packte er mich am Arm, wirbelte mich zu sich herum und warf mich über seine Schulter.

»Hast du sie noch alle?«, rief ich. »Lass mich sofort runter!«

Leider tat er es nicht, sondern brachte mich zurück zum Haus, stampfte die Treppe hinauf, öffnete eine Tür und ließ mich auf etwas Weiches fallen. Und das nicht unbedingt sanft.

Sofort rappelte ich mich auf und krabbelte über die Matratze auf die gegenüberliegende Seite.

»Was soll das? Spinnst du?«, schrie ich. »Wieso behandelst du mich so?«

»Wie behandle ich dich denn?«, herrschte er mich an.

»Einfach scheiße«, brüllte ich weiter.

»Willkommen in meiner Welt. Dann weißt du ja endlich, wie sich das anfühlt.«

Ohne einen weiteren Kommentar drehte er sich um, verließ den Raum und knallte die Tür hinter sich zu.

So hatte er noch nie mit mir gesprochen.

Nach einer Weile ließ ich mich an einer Wand hinabgleiten, bis ich auf dem Boden saß. Die Knie zog ich an mein Kinn und schlang die Arme um meine Beine.

Was hatte ich ihm denn getan? Am Vortag hatten wir zweimal Sex und es war wunderbar. Mir wollte nicht einfallen, was ich falsch gemacht haben sollte, dass er sich so aufführte.

Irgendwann sah ich mich in diesem Raum um, in dem ich mich befand. Es war ein schönes Zimmer. Alles war in Weiß und Silber gehalten.

Das Himmelbett war ein Traum.

Der Kleiderschrank war in der Wand eingefasst und ein großer Flachbildfernseher hing an der Wand. Langsam erhob ich mich und wischte mir die Tränen aus dem Gesicht, von denen ich gar nicht gemerkt hatte, dass ich sie vergossen hatte.

Mein Koffer war nirgends zu sehen, allerdings wollte ich auf keinen Fall runtergehen, um ihn zu suchen.

Am morgigen Tag würde ich mir einen Rückflug buchen und so schnell wie möglich verschwinden.

Er wollte mich nicht, ich war wohl nur ein notwendiges Übel. Warum hatte er mir dann dieses Angebot gemacht? Zu viele Fragen, auf die ich keine Antworten hatte.

Mit vor der Brust verschränkten Armen sah ich aus dem Fenster direkt auf ein wunderschönes Anwesen.

Hier war ich nun, bei dem Mann, denn ich über alles liebte und wollte nur noch eines: fliehen.

Kapitel 16

Jay

Bullshit! Was war nur los mit mir, verdammt noch mal? Nachdem wir am gestrigen Tag das zweite Mal atemberaubenden Sex gehabt hatten, war ich wirklich davon ausgegangen, es würde sich etwas zwischen uns ändern. Als sie mir allerdings sagte, wir sollten es nicht übertreiben, wäre ich am liebsten aus der Haut gefahren.

Anscheinend wusste sie nicht, was sie wollte. Doch ich war es leid, ständig raten zu müssen, was in ihr vorging. Jedes Mal wenn ich dachte, wir würden es schaffen zueinanderzufinden, schlug sie mich erneut nieder.

Vielleicht hatten unsere Freunde recht, und ich würde ewig auf die drei Worte warten können, auf die ich schon so lange hoffte.

Ihre Erinnerungen schienen nicht zurückzukehren oder sie wollte sie schlichtweg nicht mehr. Leider wusste ich überhaupt nichts.

Im Augenblick fühlte ich mich wie der letzte Idiot.

Als sie allerdings zu flüchten versuchte, legte sich ein Schalter in meinem Gehirn um. Noch nie hatte ich eine Frau ernsthaft über meine Schulter geworfen und aufs Bett fallen lassen.

Immerhin war ich kein Höhlenmensch!

Diese Frau brachte eine Seite in mir zu Vorschein, die ich nicht sonderlich mochte. Es musste einmal gesagt werden, wie ich mich ständig fühlte, wenn sie mich von sich stieß. Auf Dauer war das schließlich keine Lösung.

Nicht für sie, nicht für mich – nicht für uns!

Nachdem ich sie alleine gelassen hatte, begab ich mich in die Küche. Ben war so freundlich gewesen und hatte den Kühlschrank aufgefüllt, wofür ich ihm dankbar war. Das Bier hatte er nicht vergessen, also griff ich mir eins, öffnete die Flasche und trank einen großen Schluck.

Mittlerweile war es mitten in der Nacht und ich war nicht ansatzweise müde. Am liebsten wäre ich in ihr Zimmer gegangen, um sie um Verzeihung zu bitten, doch das würde ich nicht tun.

Folglich leerte ich die Flasche und begab mich in mein Schlafzimmer. Vorher horchte ich an ihrer Tür, allerdings konnte ich nichts hören. Sicherlich war sie bereits im Land der Träume.

Natürlich hätte ich sie gerne in meinem Bett gehabt, aber anscheinend hatte sie dahin gehend kein Interesse.

Auf der Matratze liegend starrte ich an die Decke – was mir ziemlich vertraut vorkam, und schlief irgendwann ein.

Gegen zehn Uhr am Morgen wurde ich durch ohrenbetäubenden Lärm geweckt.

Die Alarmanlage!

Blitzschnell schoss ich aus dem Bett und rannte die Treppe hinunter. Und wer stand an der Tür und versuchte sie zu öffnen? – Leora Restma! Was für eine Überraschung. »Was machst du da?«, rief ich über den Lärm hinweg, ging zu der Anlage und tippte den Zahlencode ein. Umgehend wurde es still.

Herrlich!

Wieder versuchte sie die Tür zu öffnen, doch sie war nach wie vor verschlossen.

»Würdest du mir verraten, was du vorhast?«, fragte ich erneut.

»Wonach sieht es denn aus?«, zischte sie.

Und das am frühen Morgen. Das war nichts für mich, denn für eine solche Auseinandersetzung benötigte ich einen Kaffee – sofort.

Ohne darauf einzugehen, schlenderte ich in Richtung Küche. Als ich mich umdrehte, stand sie mit verschränkten Armen im Türrahmen.

»Wo willst du denn hin?«, fragte ich und gähnte dabei.

»Ich wüsste nicht, was dich das angeht. Mach bitte die Tür auf, damit ich rausgehen kann.«

Langsam reichte mir ihre zickige Art, denn ich war noch keine zehn Minuten wach, und sie nervte mich schon zu Tode.

»Nein!«, erwiderte ich knapp und wandte mich meinem dampfenden Becher zu, nahm ihn und setzte mich an den Tisch.

»Nein?«, fragte sie verwirrt. »Bin ich deine Gefangene oder was?«

In aller Seelenruhe nahm ich die Zeitung vom gestrigen Tag und schlug sie auf. Das konnte sie vergessen, denn ich ahnte bereits, was sie vorhatte. Wenn ich wetten würde, dann darauf, dass sie zum Flughafen wollte.

»Nein, das bist du nicht!«, erwiderte ich. »Allerdings bist du in meinem Haus Gast und wir werden die Sache vernünftig klären.«

»Ich will mit dir gar nichts klären. Das Einzige, was ich will, ist, dass du diese scheiß Tür aufschließt und mich gehen lässt. Und zwar sofort.« Damit wandte sie sich ab und verschwand.

Genüsslich nahm ich noch einen Schluck, erhob mich langsam und schlenderte zur Eingangstür. Diese schloss ich auf und öffnete sie. Blitzschnell schlüpfte sie an mir vorbei und marschierte zum Tor.

Schließlich hatte sie mich nur gebeten, die Tür aufzuschließen. Von der Zufahrt hatte sie kein Wort gesagt. Mit meinem Becher am Mund beobachtete ich, wie sie vor verschlossenen Gittern stand und immer wieder den Kopf schüttelte.

Zu meiner Überraschung trat sie dagegen und ich verschluckte mich fast an meinem Kaffee.

Wutentbrannt kam sie wieder zurück, ging an mir vorbei und trampelte die Treppe hinauf.

»Möchtest du frühstücken, Baby?«, erkundigte ich mich. Immerhin wollte ich sie nicht verhungern lassen.

»Fick dich!«, war ihre Antwort, und die anschließend zugeschlagene Tür. Okay, so konnte es auch nicht weitergehen.

Mir war klar, dass ich sie hier nicht einsperren konnte, obwohl ich es gerne gewollt hätte.

Da ich ins Büro musste, um mir die Akte von ihr vornehmen zu können, bat ich meinen Bruder, auf sie aufzupassen. Er stimmte sofort zu und teilte mir mit, dass er die beiden Frauen, zusammen mit Sam und John, etwas herumführen wollte.

Diesen Vorschlag fand ich gut und sprach alles Weitere mit ihm ab.

Vor ihrer Tür stehend klopfte ich kurz an. Aber es kam kein Wort von ihr, sodass ich unaufgefordert hineinging. Mit dem Rücken zu mir gewandt, stand sie vor dem großen Fenster und starrte hinaus.

»Sean kommt jeden Moment, um dich abzuholen«, klärte ich sie auf. »Ich muss für einige Stunden ins Büro und werde am frühen Abend zu Hause sein.«

Keine Reaktion – gar nichts!

Hatte ich den Bogen überspannt? Allem Anschein nach – ja!

Ohne einen weiteren Versuch schloss ich die Tür hinter mir, atmete durch und verließ das Anwesen. Sean kam mir bereits mit Sophie entgegen, und ich freute mich, freundliche Gesichter zu sehen.

»Yo Bro, wie sieht es aus? Wo ist Leo?«, fragte er und sah an mir vorbei.

»Sie ist drin und schmollt«, gab ich als Erklärung zurück und machte mich auf den Weg, denn ich hatte absolut keine Lust auf etwaige Diskussionen.

Die Fahrt in die Firma dauerte nicht lange, da deren Sitz nur wenige Kilometer von meinem Haus entfernt lag.

Als ich am Empfang stand, lächelte mir Laura zu. Anfänglich hatte ich sie noch aufregend und interessant gefunden. Diese Zeiten schienen allerdings vorbei zu sein.

»Hi Mr. Kingston. Schön, dass Sie wieder da sind!«, zwitscherte sie fröhlich.

»Guten Morgen Laura. Ist Ben bereits im Haus?«

»Ähm ... ja. Er ist vor zwanzig Minuten gekommen«, antwortete sie verwirrt. Was ich natürlich verstand, denn vor einigen Monaten war ich ihr bei jeder Begegnung fast unter den Rock gekrabbelt.

Mit einem Nicken verabschiedete ich mich und ging zu den Aufzügen.

In der fünften Etage angekommen, steuerte ich direkt in das Büro meines Freundes, der mich bereits von Weitem erblickte und grinste.

»Hey Mann, wurde aber auch Zeit«, sagte er und umarmte mich kurz. »Du kannst mich nicht noch einmal so lange alleine lassen, so viel steht fest. Komm, der Kaffee ist fertig.«

Er wandte sich ab und ich folgte ihm. Leider konnte ich keinen meiner anderen Freunde ausmachen. Wahrscheinlich befanden sie sich alle im Einsatz.

Vielleicht sollte ich die Jungs demnächst auf ein Bier einladen. Immerhin hatte ich sie seit Monaten nicht mehr gesehen.

Im Büro nahm ich auf der Sofaecke Platz. »Es tut gut, wieder hier zu sein. Berlin ist toll, aber nicht zu vergleichen mit New York.«

Eine Zeit lang hatte ich tatsächlich darüber nachgedacht, mein Leben in den Staaten hinter mir zulassen, um bei Leora zu bleiben. Derzeit schien mir dieser Gedanke absurd, so wie sich die Dinge entwickelten.

»Erzähl mir von deiner Kleinen«, sagte er und sah mich eindringlich an.

»Was willst du wissen?«, fragte ich.

»Zum Beispiel, wie es ihr nach dem Überfall ergangen ist. Wie hat sie es aufgenommen?«

Gute Frage. Wenn ich darauf eine Antwort hätte, würde es mir wahrscheinlich besser gehen. Hatte ich aber nicht.

Niemand wusste genau, wie sie sich fühlte oder damit umging. Nach dem Angriff hatte sie sich verändert. Und das war eine Tatsache, die nicht nur mir aufgefallen war.

»Leora ist keine Frau, die über ihre Emotionen spricht, mein Freund«, versuchte ich zu erklären. »Es ist schwierig, an sie heranzukommen. Manchmal verzweifele sogar ich an ihr. Ich glaube, sie ist der einzige Mensch, der mich auf die Palme bringen kann.«

Innerlich schmunzelte ich ein wenig, wenn ich über das vergangene Jahr nachgrübelte. Viel dachte ich darüber nach, wie wir uns kennengelernt hatten. Als sie in mich hineingelaufen war und ich sie seither nicht mehr aus dem Kopf bekommen hatte. Nachdem ich mich mit Händen und Füßen gegen meine Empfindungen gewehrt hatte und am Ende, trotz allem, gescheitert war.

Auch wurde mir mehr und mehr bewusst, wie sehr sie sich verändert hatte. Anfänglich war sie in meinen Augen eine Eiskönigin gewesen und heute war sie die atemberaubendste Frau der Welt – natürlich nur für mich.

Ich hatte niemals damit gerechnet, dass sie irgendwann so sanft werden könnte. Diese Eigenschaft sprach ich ihr wirklich ab, aber sie überraschte mich ja immerzu.

»Oh Mann! Dich hat es aber ganz schön erwischt, Boss! So habe ich dich noch nie erlebt. Diese Frau muss ich unbedingt kennenlernen. So viel steht fest«, sagte er lachend und ich stimmte mit ein. Wie gut er mich doch kannte.

»Das wirst du, Ben«, versprach ich. »Wo ist das Paket aus Deutschland?«

Er griff unter seinen Tisch und holte einen versiegelten Karton hervor, den ich entgegennahm. Dann verabschiedete ich mich und ging in mein Büro, stellte ihn auf den Schreibtisch und wollte gerade die Schere zücken, um das Siegel zu durchtrennen, als mein Handy klingelte.

»Hey Sam, was gibt es?«

»Ähm Boss?«, fragte er hörbar schmunzelnd. »Vielleicht solltest du hierher kommen. Deine Kleine will sich absetzen. Wir sind am Flughafen. Sie scheint sich ein Ticket kaufen zu wollen.«

Mit Daumen und Zeigefinger massierte ich die Stelle zwischen meinen Augen. Ich würde sie umbringen. Ganz sicher!

»Halte sie auf, verdammt! Wo ist Sean?«, rief ich und machte mich bereits auf den Weg nach draußen.

»Der ist damit beschäftigt, Sophie davon zu überzeugen, dich nicht abzustechen.«

Egal, wie krampfhaft er versuchte sich sein Lachen zu verkneifen, er schaffte es nicht annähernd. Lustig fand ich die Situation ganz und gar nicht, sondern war stinksauer. Nur weil wir einen Streit gehabt hatten, wollte sie verschwinden? Das würde ich ihr zeigen, sobald wir in meinem Haus waren.

»Halte sie einfach auf!«, rief ich erneut.

»Kannst du mir vielleicht auch mal verraten, wie ich das anstellen soll? Sie ist eine erwachsene Frau!«

»Das ist mir scheißegal. Halt sie einfach auf. Ich bin bereits auf dem Weg.« Damit beendete ich das Gespräch und trat aufs Gaspedal.

Einige Minuten später kam ich am Airport an und konnte tatsächlich Sean ausmachen, und neben ihm Sophie, die mich mit verengten Augen anfunkelte. Herrje. Nicht witzig.

»Später, Sophie!«, sagte ich und hob meine Hand. »Nicht jetzt. Wo ist sie?«

Mein Bruder deutete auf einen Schalter, an dem sie stand, und Sam, der auf sie einredete. Als er mich sah, fing er an zu lachen.

»Honey, es war mir eine Freude, dich kennenzulernen.

Ich hoffe, wir sehen uns bald wieder«, flüsterte er ihr zu und starrte mich an. »Ich mag dein Mädchen. Sie ist toll.«

Mit einem finsteren Blick brachte ich ihn zum Schweigen, was ihn nur noch mehr anheizte zu lachen. Er wandte sich ab und verschwand in der Menschenmenge.

»Würdest du vielleicht erst einmal mit mir sprechen, bevor du erneut wegläufst?«, fragte ich im ruhigen Ton.

»Nein!«, war ihre ganze Antwort.

»Leora, ich schwöre bei allem, was mir heilig ist: Ich werde dich über meine Schulter werfen und dich hier heraustragen. Du wirst nicht davonlaufen, nur weil dir etwas nicht passt«, versprach ich und war entschlossen, es durchzuziehen.

»Lass mich in Ruhe und geh weg!«, zischte sie.

»Wenn du jetzt nicht mit mir kommst und das vernünftig mit mir klärst, werde ich tun, wovon ich gerade gesprochen habe. Das ist mein voller Ernst!«

»Lass mich doch bitte gehen«, seufzte sie.

Sie senkte ihren Kopf und schien verzweifelt zu sein. Wenn ich nur gewusst hätte, wie es in ihrem Innersten aussah.

Langsam reichte es mir, dass sie ständig vor Schwierigkeiten weglief. Für mich war klar, dass ich sie nicht fortlassen konnte, denn ein Leben ohne sie kam für mich eindeutig nicht infrage. Es konnte nicht so schwer sein, eine Lösung für uns zu finden. Ich war mir mehr als sicher, dass sie mich ebenfalls liebte, nur waren wir beide zu stolz, es auszusprechen.

»Das kann ich nicht!«, flüsterte ich deswegen.

Mit aufgerissenen Augen sah sie mich nun endlich an. In meinem Gesicht musste sie erkannt haben, dass ich alles tun würde, um sie zurück in mein Haus zu bringen.

Sie war Aufmerksamkeit nicht gewohnt und tat alles dafür, sie nicht zu erhalten. Daher schaute sie sich in der Masse um, schnaubte, wandte sich ab und ging zum Ausgang. Kopfschüttelnd folgte ich ihr.

Als wir zu Hause angekommen waren, ging sie direkt in ihr Zimmer. Anstatt ihr hinterherzugehen, setzte ich mich erst einmal auf die Couch. Wir brauchten Zeit, uns zu beruhigen.

Wenigstens hatte ich sie wieder hier und ich musste es schaffen, mich mit ihr zu versöhnen. Also blieb uns nichts anderes übrig, als die Situation wie Erwachsene zu besprechen. Was sicherlich nicht einfach werden würde.

Doch ich konnte sie nicht gehen lassen. Das stand nicht zur Debatte. Egal, wie ich es machen würde ... sie durfte mich nicht verlassen.

Niemals!

Kapitel 17

Leora

Wieso ließ ich das alles bloß mit mir machen? Bevor Jay in mein Leben getreten war, hatte ich jeden verfluchten Tag über mich bestimmen können. Und nun saß ich in dieser wunderschönen Villa fest. Was mich irritierte, war, dass es Sophie augenscheinlich blendend zu gehen schien. Keine Heultiraden, keine schlechte Laune – nichts war zu sehen von der Frau, die mir weinend im Café gegenübergesessen hatte. Sie genoss anscheinend die Zeit mit Sean und Sam.

Sam! Er war ein wirklich netter Typ und mir außerordentlich sympathisch! Vielleicht sollte ich ihn näher kennenlernen? Na klar!

Am Flughafen hatte er erwähnt, dass sein Chef manchmal ein Arschloch sein konnte, im Großen und Ganzen aber ein feiner Kerl sei. Dass ich mir die Zeit nehmen sollte, ihn besser kennenzulernen. Obwohl er von unserem Streit keinen Schimmer hatte, gab er von vornherein seinem Boss die Schuld. Was ich wiederum toll fand. Nur kannte ich die Wahrheit. Immer wieder versuchte ich ihn von mir zu stoßen, um ihn dann erneut an mich heranzulassen. Wahrscheinlich lag es an meiner Angst, dass Dominik sein Versprechen tatsächlich einlösen würde. Auf der anderen Seite musste ich mir so langsam eingestehen, dass ich ohne ihn nicht mehr leben wollte.

Egal, wie die Konsequenzen aussehen mochten, es war mir nicht mehr möglich, ohne ihn zu sein. Am Flughafen war ich fest entschlossen gewesen, abzufliegen. Hätte er mich nicht aufgehalten, wäre ich gegangen, ohne zurückzublicken. Ein für alle Mal! Dem war aber nicht so und auf eine Höhlenmenschnummer konnte ich verzichten. Auf jeden Fall hatte ich ihm seine Drohung abgenommen. Allerdings wollte ich nicht umgehend mit ihm reden, dazu war ich noch nicht bereit. Er hatte mich verletzt und das war etwas, was ich zu verhindern versucht hatte. Anscheinend war ich nicht sonderlich erfolgreich gewesen.

Nach einigen Stunden wurde mir klar, dass es vor diesem Gespräch, welches wir dringend führen mussten, keine Fluchtmöglichkeiten gab. Schließlich waren wir erwachsen und vielleicht – nur vielleicht – benahm ich mich etwas kindisch. Dahingegen war sein Verhalten auch nicht viel besser. Langsam öffnete ich die Tür und lauschte. Zu hören war – außer meinem knurrenden Magen – rein gar nichts. Immerhin hatte ich noch nichts gegessen, geschweige denn getrunken. Leise wagte ich mich die Treppe hinunter und linste um die Ecke Richtung Küche. Mit hängenden Schultern ging ich auf sie zu, als ich hinter mir eine Stimme vernahm. Seine.

»Du musst hier nicht herumschleichen!«

Erschrocken drehte ich mich um und verlor das Gleichgewicht, schaffte es allerdings, mich im letzten Augenblick abzustützen. »Das tue ich gar nicht«, entgegnete ich. »Wollte dich nur nicht stören.«

»Wie kommst du darauf, dass du mich störst?«, fragte er und kam langsam auf mich zu.

Da ich seine Nähe derzeit nicht ertragen konnte, wich ich zurück. Als Antwort auf seine Frage zuckte ich lediglich mit den Achseln, denn ich wusste noch nicht einmal, warum ich das gesagt hatte.

»Meinst du nicht, wir sollten das klären?«

Erneut ließ ich die Schultern zucken und stieß gleichzeitig mit dem Rücken gegen eine verschlossene Tür. Immerhin hatte ich keine Augen im Hinterkopf. Bevor die Möglichkeit bestand zu reagieren, war er auch schon direkt vor mir. Seine Hände stützte er rechts und links neben meinem Kopf ab. Flucht unmöglich. Sein Geruch stieg mir in die Nase und mein Hirn vernebelte sich. Eine Prise von Aftershave, Bier und Jay.

»Ich will nicht mit dir streiten, Baby«, wisperte er an meinen Lippen. »Aber so kann es nicht weitergehen!«

»Ich weiß«, war alles, was ich sagen konnte.

»Komm, lass uns etwas essen, okay?«

»Okay!«, flüsterte ich und sah ihn auch weiterhin nicht an.

In der Küche hatte er bereits gekocht, und ich war überrascht, dass er dazu überhaupt fähig war. Anscheinend wusste ich nicht viel von ihm. Er füllte uns die Teller auf und mein Magen dankte es ihm von ganzem Herzen. Umgehend fing ich an zu essen und wäre fast in Ohnmacht gefallen, so gut schmeckte seine Lasagne. Offenbar war ich ausgehungert, sodass ich nach der Hälfte aufgeben musste, sonst hätte ich ihm wohl vor die Füße gekotzt.

»Warum willst du nicht, dass ich gehe?«, schoss es aus meinem Mund, bevor ich über die Worte nachdenken konnte.

Innerlich gab ich mir einen Tritt in den Hintern, denn eigentlich wollte ich darauf gar keine Antwort.

»Ist das nicht offensichtlich?«, fragte er und erwiderte meinen Blick.

»Nicht wirklich!«, konterte ich, wandte mich ab und brachte meinen Teller zur Spüle. Unfähig, seinem Blick länger standzuhalten.

»Baby, komm bitte zu mir«, sagte er und hielt mir seine Hand entgegen, die ich zögerlich ergriff. Er zog mich zwischen seine Beine und legte mir seine Arme um die Taille.

»Ich möchte nicht, dass du gehst, weil ich dich bei mir haben will«, erklärte er. »Du bist aufregend und ich verbringe gerne Zeit mit dir.«

Damit umschloss er mein Gesicht mit seinen Fingern und küsste mich. Ohne darüber nachzudenken, griff ich in seinen Nacken und zog ihn näher zu mir. Ein kleines Stöhnen entwich ihm, was mich noch weiter anstachelte. Anscheinend gab es keinen Weg zurück. Für mich stand fest, dass ich ihn wollte. Für immer! Langsam löste ich mich von ihm, nahm seine Hände und zog ihn in mein Zimmer. Sanft drehte ich ihn mit dem Rücken zum Bett, stieß ihm sachte gegen die Brust, sodass er auf der Bettkante zum Sitzen kam. Erneut stellte ich mich zwischen seine Beine, streichelte sein Gesicht, beugte mich zu ihm herunter und küsste ihn. Als er versuchte mich anzufassen, unterbrach ich den Kuss und trat einen Schritt zurück.

»Komm her!«, befahl er heiser. Doch ich schüttelte den Kopf und fing an, mich gemächlich zu entkleiden. Zuerst streifte ich meine Bluse ab und Sekunden später meine Hose. Nur noch mit Dessous bekleidet stand ich vor ihm und ging langsam auf ihn zu. Wieder küsste ich ihn mit allem, was mir zur Verfügung stand – zeigte ihm alles, was ich nicht aussprechen konnte. Er wollte etwas sagen, allerdings legte ich ihm einen Finger auf die Lippen und schüttelte erneut den Kopf.

Vor ihm stehend verschränkte ich meine Arme hinter dem Rücken, öffnete den Verschluss meines BHs, schlüpfte aus den Trägern und ließ ihn fallen. Mit seinen Fingern griff er an den Saum meines Höschens und zog es langsam herunter. Als ich nackt war, verdunkelten sich seine Augen, und ich wollte nur noch eines: ihn spüren. Also entledigte ich ihn seines Shirts, ging in die Hocke und machte mich an seiner Hose zu schaffen. Immer wenn er mich anfassen wollte, schob ich seine Hände von mir weg. Er legte sich auf den Rücken, hob sein Becken, sodass ich ihm die Jeans inklusive Shorts herunterziehen konnte. Danach betrachtete ich ihn und bemerkte, wie meine Feuchtigkeit an meinen Schenkeln hinabsickerte. Nie zuvor war ich bei einem Mann so erregt gewesen. Mit einer Hand berührte ich seine Schultern und drückte ihn leicht zurück. Vorsichtig kletterte ich auf seinen Schoss und nahm rittlings auf ihm Platz. Seine Erektion war deutlich sichtbar und vor allem spürte ich sie an meiner Mitte.

Langsam küsste ich über sein Kinn, seinen Hals, über seine Brust und schließlich zu seinem Schwanz. Mit meinen Fingern streichelte ich stetig auf und ab. Als ich den Kopf hob, um Jay anzusehen, waren seine Augen geschlossen. Es war mir nicht mehr möglich zu gehen, und ich musste einen Weg finden, mit ihm zusammenbleiben zu können. Darüber wollte ich mir im Augenblick allerdings keine Gedanken machen. Auch als ich über seinen Schaft leckte, sagte er kein Wort, lediglich sein Stöhnen konnte ich vernehmen. Immer wieder ließ ich meine Zunge auf und ab gleiten, bis ich ihn ganz in den Mund nahm. Ich drückte fester zu und erhöhte mein Tempo. Schließlich merkte ich, dass er seinem Höhepunkt näherkam und ließ von ihm ab. Er gab einen frustrierten Laut von sich und funkelte mich an.

Ohne ihn aus den Augen zu lassen, nahm ich auf ihm Platz, griff nach seiner Erektion und führte sie in mich ein. Dieses Gefühl war kaum auszuhalten. Mit kreisendem Becken fing ich an, mich zu bewegen. Erneut wollte er mich anfassen, doch ich schnappte mir seine Arme, beugte mich vor, um sie ihm über den Kopf zu legen. Er öffnete sein Mund, als wollte er etwas sagen, sofort schüttelte ich den Kopf, und er verstummte. Ich setzte mich aufrecht und setzte meinen Rhythmus fort. Diesmal ging es nicht ums Ficken und gefickt werden – diesmal ging es um Liebe machen. Es war für mich wichtig, herauszufinden, ob ich dazu noch in der Lage war.

Allem Anschein nach war ich es, auch wenn mein Herz dabei schmerzte. Die Erinnerungen, die an die Oberfläche wollten, verbannte ich vehement.

In diesem Augenblick wollte ich an schöne Dinge denken und nicht an welche, die gewesen waren oder noch geschehen konnten. Innerlich spürte ich die wachsende Spannung, aber ich bewegte mich weiterhin ruhig. Meinen Kopf warf ich in den Nacken und schloss die Augen. Dieses Gefühl musste ich auskosten. Eine Träne rann aus meinem Augenwinkel über meine Wange. Mit meinen Fingern krallte ich mich in meinen Haaren fest und schrie seinen Namen, als ich explodierte. Jay folgte mir fast gleichzeitig. Abgestützt mit meinen Händen auf seiner Brust sah ich ihn schwer atmend an.

»Ich werde bei dir bleiben«, flüsterte ich und war mir der Bedeutung meiner Worte bewusst. Es war ein Eingeständnis, welches ich seit sechs Jahren niemandem mehr gegeben hatte.

Eines war mir in diesem Moment klar geworden – egal was passieren würde, mit ihm an meiner Seite würde ich jeden Kampf gewinnen!

Kapitel 18

Jay

Am nächsten Morgen, als ich aufwachte, war sie – wie immer – nicht da! Kopfschüttelnd erhob ich mich, zog meine Short an und wollte mich umgehend auf die Suche nach ihr begeben, als plötzlich die Tür aufging und mein Baby mit einem gefüllten Tablett bewaffnet vor mir stand.

Sie biss sich auf die Lippen und versuchte es waagerecht zu halten. Schmunzelnd ging ich auf sie zu, um es ihr aus der Hand zu nehmen, doch sie weigerte sich, es mir zu überlassen.

»Das sollte eine Überraschung sein«, schmollte sie. »Du solltest noch gar nicht aufstehen.«

Sofort warf ich mich zurück auf die Matratze, zog die Decke über meinen Körper und rieb mir über die Lider, als sei ich soeben erst wach geworden.

»Oh Baby. Frühstück für mich?«, tat ich überrascht und sie verdrehte die Augen. Allerdings konnte sie sich ein Grinsen nicht verkneifen.

Niemals hätte ich damit gerechnet, eine solche Aufmerksamkeit von ihr zu bekommen.

»Witzig«, knurrte sie und ich prustete los. Nachdem sie das Tablett auf ihrer Seite des Bettes abgestellt hatte, packte ich blitzschnell ihre Taille und hob sie auf mich.

»Danke Baby«, flüsterte ich an ihren Lippen und gab ihr einen zärtlichen Kuss. »Weißt du, was ich mir das nächste Mal wünschen würde?«

»Was denn?«, wisperte sie.

»Dass du ihn meinem Armen liegst, wenn ich aufwache.«

»Okay!«, erwiderte sie und küsste mich. Schließlich löste sie sich von mir und wollte von mir herunterkrabbeln, aber ich zog sie wieder zurück, sodass sie rittlings auf meinem Schoss zum Sitzen kam.

»So gefällt es mir besser«, sagte ich und griff nach einer Tasse heißem Kaffee. Leora schnappte sich die andere und trank einen Schluck. Ohne sie aus den Augen zu lassen, genoss ich diese Atmosphäre.

Nach ihrer gestrigen Verführung sah ich sie in einem völlig anderen Licht. Keine Spur mehr von der Eiskönigin aus Berlin.

Sie war alles, was ich wollte, und niemand würde sie mir jemals wieder wegnehmen.

Mir war bewusst, dass noch ein langer Weg vor uns stand. Was mich umgehauen hatte, waren ihre Worte. »Ich werde bei dir bleiben!« Es waren zwar nicht die, die ich mir so sehr wünschte, allerdings kamen sie denen sehr nahe.

Anscheinend hatte sie eine Entscheidung getroffen, und ich würde daran nicht rütteln, denn es war genau das, was ich wollte. Niemals durfte sie verschwinden.

Innerlich machte sich ein ungutes Gefühl in mir breit, wenn ich an die ganzen Lügen dachte, die ich ihr aufgetischt hatte.

Aber was hatte ich für eine Wahl? Hätte ich ihr von Dominik erzählen sollen oder ihr erklären, was in Rumänien wirklich geschehen war? Nein, denn ich war mir sicher:

Sollte sie das herausbekommen, würde sie versuchen unterzutauchen. Das konnte ich nicht zulassen.

Ich musste sie beschützen und einen Weg finden, diesen Bastard auszuschalten. Mehr noch: Am liebsten würde ich ihr diesen Hurensohn auf dem Silbertablett servieren. Diese Gedanken schüttelte ich vorerst ab.

»Baby?«

»Hm?«, fragte sie nachdenklich.

»Ich würde gerne meine Jungs in zwei Tagen zum Grillen hierher einladen«, fing ich langsam an. »Hättest du damit ein Problem?«

Natürlich wusste ich, dass Leora sich unter vielen Menschen unwohl fühlte. Nur drei meiner Freunde lebten in Beziehungen und der Rest war alleinstehend. Wenn sie noch nicht bereit dazu war, musste ich das akzeptieren.

»Deine Seal-Brüder?«, flüsterte sie.

Innerlich war ich erstarrt. Wie kam sie darauf, dass es meine Seal Brüder waren, von denen ich sprach? Konnte sie sich wieder erinnern? Ich war mir sicher, ihr von meiner Zeit in der Navy berichtet zu haben, aber ich hatte ihr nichts davon erklärt, wie ich meinen Dienst quittierte, und auch nicht, dass meine Leute mir gefolgt waren. Vielleicht hatte Sophie sie darüber aufgeklärt? Allerdings wollte ich das Thema nicht intensivieren. Vorerst!

»Ja!«, antwortete ich daher knapp.

»Es ist dein Haus. Das musst du entscheiden!«, erwiderte sie kleinlaut.

»Das ist mir bewusst«, konterte ich grinsend. »Aber ich möchte, dass du dich wohlfühlst!« Sie sah einen Moment in Richtung Fenster und legte ihre Stirn in Falten. Bevor ich noch etwas sagen konnte, sah sie mich erneut an.

»Du hast sie lange nicht gesehen«, murmelte sie. »Sie haben dich sicherlich auch vermisst. Wenn ich dir also bei den Vorbereitungen helfen kann, mache ich das.«

Ich nahm ihr die Tasse aus der Hand, stellte sie mit meiner zusammen zurück auf das Tablett, zog sie an mich und küsste sie. Sie schlang ihre Arme um meinen Nacken und erwiderte es.

Nach einer weiteren Stunde standen wir endlich auf, duschten und gingen in die Küche. Dort notierten wir, was wir für den Samstag benötigten. Da ich Leora nicht alleine lassen wollte, vielleicht aus Sorge, dass sie es sich wieder anders überlegen würde, rief ich Ben an und teilte ihm mit, dass ich nicht ins Büro kommen würde. Gleichzeitig lud ich ihn zum Grillen ein, mit der Bitte, auch den übrigen Bescheid zu geben.

Dann schrieb ich Sean eine Nachricht, in der ich ihn fragte, ob er und Sophie nicht Lust hätten, mit uns einkaufen zu gehen. Dieser war sofort einverstanden und wir verabredeten uns.

Als wir mein Haus verließen und ich Sophie erblickte, hatte sich ihr Gesichtsausdruck noch nicht wieder beruhigt.

Mit einem Lächeln ging ich auf sie zu und schloss sie in eine Umarmung. Im ersten Augenblick war sie wie erstarrt, erwiderte diese Sekunden später aber schnaubend.

»Wenn du sie noch ein einziges Mal verletzt, reiße ich dir die Eier ab, ist das klar?«, flüsterte sie mir ins Ohr.

Mit einem Grinsen nickte ich ihr zu und wandte mich an Leo, die wieder einmal vor sich hinstarrte. Ich nahm ihre Hand und zog sie zu meinem Wagen. Sean fuhr mit seinem und nahm Sophie mit.

»Es sieht offiziell bei euch aus!«, hörte ich meinen Bruder neben mir.

»Sie hat gesagt, sie will bei mir bleiben«, erwiderte ich und sah zu Leora, die sich mit Sophie in der Obstabteilung aufhielt.

»Ich freue mich für dich, Bro«, sagte er und klopfte mir auf die Schulter.

»Danke«, grinste ich ihn an. »Aber erzähl mal! Was läuft da eigentlich zwischen dir und Sophie?«

Mit einer hochgezogenen Augenbraue betrachtete ich ihn, der lachend den Kopf schüttelte. Immerhin war ich nicht blind. Es war eindeutig, dass sie etwas füreinander empfanden, doch niemand von ihnen gab es zu. Beide taten die ganze Zeit so, als wären sie Geschwister.

»Nichts Mann. Wir sind nur Freunde!«

Aha. Na ja, wenn er sich das gerne einreden wollte!

Immerzu beobachtete ich, wie sie sich ansahen. Sophie achtete nur darauf, nicht erwischt zu werden, aber zwischendurch bemerkte ich es. Meinem Bruder ging es nicht anders, deswegen ließ ich das Thema fallen. Sie mussten es selber herausfinden.

»Hast du dir die Akte bereits angesehen?«, fragte Sean mich und ich suchte schnell mit den Augen nach Leora, die sich allerdings nicht in meiner unmittelbaren Nähe aufhielt. Mit finsterem Blick betrachtete ich ihn.

»Geht es noch ein bisschen lauter?«, knurrte ich.

»Sie steht einige Meter von uns weg«, entgegnete er. »Ich schwöre bei Gott, Bro. Wenn sie das herausbekommt, wird dir die Scheiße um die Ohren fliegen.«

»Das ist mir bewusst«, seufzte ich.

Schließlich hatte ich keine Ahnung, wie ich es ihr beibringen sollte. Immerhin war eine ganze Weile vergangen, seit dem Vorfall in Rumänien. Jeden verdammten Tag betete ich, dass sie es niemals herausfinden beziehungsweise Sophie ihr nichts davon erzählen würde.

Sie würde mich, ohne mit der Wimper zu zucken, verlassen, und ich könnte nichts dagegen tun. Deswegen nahm ich mir vor, die Unterlagen schnellstmöglich zu studieren und mir Gedanken darüber zu machen, wie ich diesen Scheißkerl aufspüren könnte.

»Das Einzige, was wir machen werden – ist ihn finden und eliminieren!«, fügte ich hinzu. »Dieses Mal will ich das BKA nicht involvieren. Das ist ganz allein meine Angelegenheit.«

»Wir, Bruder!«, entgegnete Sean.

Ich nickte ihm zu, und bevor ich auf die Frauen zugehen wollte, klingelte mein Telefon. Die Nummer war mir unbekannt, ich nahm das Gespräch dennoch entgegen.

»Kingston!«

»Mr. Kingston«, vernahm ich eine raue männliche Stimme. »Mein Name ist Rudolf. Ich bin der Sicherheitschef des Appartementkomplexes Ihrer Wohnung in Grunewald. Sie baten um Rückruf.«

»Das ist richtig«, knurrte ich. »Bereits vor mehreren Wochen, Herr Rudolf.«

»Das ist mir bekannt, allerdings konnte ich es nicht früher in die Tat umsetzen. Was kann ich für Sie tun?«

»Sicherlich haben Sie von dem Übergriff in meiner Wohnung 619 vor einiger Zeit erfahren«, sagte ich leise. »In der Lobby befinden sich Kameras. Mir ist wichtig zu wissen, wie es dazu kommen konnte.«

»Das ist einer der Gründe dafür, dass ich mich nicht früher melden konnte«, erklärte er. »Natürlich habe ich von dem Überfall erfahren und mich sofort an die Aufnahmen begeben. Dabei ist herausgekommen, dass eine Empfangsmitarbeiterin involviert war. Sie hat die Männer hereingelassen.«

»Wer war es?«, zischte ich, denn in mir wallte erneut der Zorn auf. Ich hatte es gewusst. Anders wäre dieser Akt nicht möglich gewesen. »Und vor allem, was gedenken Sie, zu unternehmen?«

»Die Mitarbeiterin hieß Monika«, antwortete er ruhig. »Und handeln können wir leider nicht mehr.«

Diese Person kannte ich. Anfänglich hatte ich sogar mit ihr geflirtet. Das Miststück! Dafür würde sie bluten. »Wie soll ich das verstehen, Sie können nichts tun?«

»Weil Frau Juksen tot ist!«

»Wie?«, war alles, was ich noch wissen musste.

»Sie ist einem Gewaltverbrechen zum Opfer gefallen.«

Plötzlich wurde mir schlecht. Mein Bauchgefühl sagte mir bereits, wie sie umgekommen und wer genau dafür verantwortlich war.

»Ist Ihnen etwas über die Todesursache bekannt, Herr Rudolf?«

»Ich habe erfahren, dass ihr die Kehle durchgeschnitten und mehrmals auf sie eingestochen wurde.«

Mehr Antworten benötigte ich nicht.

Dominik.

Dieser Pisser brachte alle in Leoras unmittelbarer Nähe um. Alle, die ihr schadeten oder die sie glücklich machten. Sie hatte einfach keine Chance.

Und wieder einmal fragte ich mich, wie der Bastard das alles herausgefunden hatte. Er musste ein Genie sein oder er hatte die richtigen Insiderinformationen. Darauf konnte ich nur keine Antwort finden. Ich musste die Akte studieren, und zwar dringend.

Die wenigen Indizien, die ich hatte, halfen mir nicht bei der beschissenen Suche nach diesem Bastard.

»Danke für die Auskunft, Herr Rudolf.«

Nachdem ich das Gespräch beendet hatte, klärte ich meinen Bruder über die Sachlage auf.

Immer darauf bedacht, Leora nicht aus den Augen zu lassen, die allerdings vollkommen auf das Einkaufen konzentriert zu sein schien.

»Wir müssen etwas unternehmen«, knurrte Sean.

»Ich weiß«, erwiderte ich, ohne den Blick von meinem Mädchen zu nehmen. »Und das werden wir auch. Ich werde mir Samstag die Papiere von Ben mitbringen lassen. Es wird Zeit, zu erfahren, was genau passiert ist.«

Sean nickte mir zu und wir gingen zu unseren Frauen. Diese waren damit beschäftigt, alles für verschiedene Salate zu besorgen.

Meinen Einwand, dass das Grünzeug völlig überflüssig war, schluckte ich herunter. Sollten sie ihr Hasenfutter ruhig vorbereiten. Meine Freunde brauchten Fleisch und Brot. Das blättrige Etwas würden die Jungs höchstwahrscheinlich ignorieren oder sich gar darüber lustig machen.

Schließlich stellte ich mich hinter Leo und schlang meine Arme um sie.

»Was hast du?«, fragte sie und versuchte sich in meinem Griff umzudrehen. Doch ich hinderte sie daran. Für einen kleinen Augenblick wollte ich sie einfach nur festhalten.

»Gar nichts. Ich habe dich nur vermisst!«, antwortete ich und küsste ihre Schläfe, bevor ich mich von ihr losmachte. Mit einem argwöhnischen Blick taxierte sie mich, sagte aber nichts weiter und begab sich erneut zu ihrer Freundin.

Nach dem Einkauf fuhren wir zurück zu meinem Haus. Am Abend wollten Sean und ich mit den Mädels etwas unternehmen und entschieden uns, sie zum Essen einzuladen.

»Baby, bist du so weit?«, rief ich von der unteren Etage nach oben. Umgehend hörte ich ihre Tür, die sich öffnete, und herunter kam meine absolute Traumfrau.

Im letzten Jahr war mein Mädchen ziemlich schmal geworden. Früher hätte ich mich womöglich darüber gefreut, allerdings vermisste ich ihre Kurven. Sie war nicht dünn, aber eben – um einiges schlanker. Nie hätte ich gedacht, dass mein Geschmack sich diesbezüglich so wandeln würde.

Nur leider fiel mir auch auf, dass sie dabei nicht besonders gesund aussah. Selten aß sie, und wenn sie es tat, dann handelte es sich um Portiönchen – kaum der Rede wert.

Ich nahm mir vor, mich in den kommenden Wochen darum zu kümmern. Denn ich wollte, dass es ihr gut ging. So gut, wie es eben möglich war.

Sie hatte ein silberfarbenes Trägerkleid angezogen, das unter ihrem Busen eng anlag und flatternd auseinanderging. Es reichte ihr bis zu den Knien. Dazu trug sie schwarze High Heels. Ihre Haare hatte sie offen, was ich unbeschreiblich liebte. Allein ihr Anblick ließ mich umgehend steinhart werden.

Als sie vor mir stand, zog ich sie sofort in meine Arme. Sie legte ihren Kopf in den Nacken, um mich ansehen zu können, und ich verliebte mich in diesem Augenblick noch einmal in sie, obwohl das unmöglich war.

Nachdem ich meine Hand auf ihrem Rücken platziert hatte, streichelte ich über den weichen Stoff auf und ab.

»Du siehst anbetungswürdig aus«, flüsterte ich und gab ihr einen Kuss auf die Lippen. »Allerdings ist es draußen etwas frisch, willst du dir nicht lieber eine Jacke überziehen?«

Zugegeben, meine Abneigung gegen irgendeinen Lüstling, der ihren traumhaften Körper deutlich zu sehen bekäme, erwähnte ich hierbei nicht.

»Ich wollte meine Strickjacke mitnehmen«, wisperte sie.

»Sehr gut«, sagte ich und küsste sie erneut. Dieses Mal legte sie ihre Arme um meinen Nacken, sodass ich sie etwas näher an mich heranziehen konnte, und öffnete ihren Mund. Es gab für mich nichts Schöneres, als diese Frau zu küssen oder gar mit ihr zu schlafen.

»Sollen wir vielleicht zu Hause bleiben?«, fragte ich sie heiser.

Leora lachte auf. »Nein!« Dann löste sie sich von mir und schlüpfte an mir vorbei. Mit einem frustrierten Schnauben folgte ich ihr.

Sie machte mich wahnsinnig.

»Das war richtig lecker. Ich habe schon seit Ewigkeiten nicht mehr so gut gegessen«, schwärmte Sophie, die ihren Teller nach kurzer Zeit leergeputzt hatte – eher als wir Männer, wohlgemerkt. Und wir aßen bereits schnell.

Sehr beeindruckend, wenn man bedachte, wie dünn sie war. Denn ich hatte mich die letzten Monate immer wieder gefragt, wie sie es anstellte, so einen Body zu halten, wenn ich sie andauernd kauen sah. Und sie aß nicht sonderlich gesund, eher im Gegenteil. Vor allem liebte sie Schokolade und das in ungesunden Mengen. Vielleicht hatte sie einfach einen beneidenswerten Verbrennungsmechanismus.

»Ja, wir gehen seit Jahren hier essen«, klärte Sean sie auf. »Hier gibt es die besten Steaks weit und breit.«

Leora war an diesem Abend ziemlich still gewesen. Immer wieder starrte sie vor sich hin oder schien in ihren Gedanken verloren zu sein. Wenn ich ihr bloß helfen könnte. Nur redete sie nie mit mir, sodass ich die Möglichkeit dazu nicht bekam. Bedrängen wollte ich sie nicht, denn ich wusste, wie stur sie sein konnte.

»Baby, bist du auch zufrieden?«, sprach ich sie an und bemerkte, wie sie in ihrem Essen herumstocherte und kaum etwas zu sich nahm. Als hätte ich sie aus einer anderen Welt geholt, schreckte sie auf.

»Wie bitte?«

»Ich wollte wissen, ob es dir auch schmeckt. Du hast fast gar nichts gegessen.«

»Oh«, flüsterte sie. »Es ist toll. Ich habe nur keinen großen Hunger.«

Auch wenn sie mit einem Lächeln im Gesicht redete, glaubte ich ihr kein Wort. Langsam machte ich mir ernsthaft Sorgen.

Sollte ich mit Sophie darüber sprechen? Leo hatte sich dermaßen verändert, dass ich keine Ahnung hatte, wie ich mit ihr umgehen sollte.

Als wir fertig waren, erhoben wir uns allesamt und Sean und ich gingen zur Theke, um die Rechnung zu begleichen. Es war eine lange Diskussion daraus geworden, wer diese übernehmen sollte, vor allem Sophie hatte mit allen Mitteln verhindern wollen, eingeladen zu werden. Mir war vor geraumer Zeit aufgefallen, dass sie es nicht besonders mochte, wenn jemand für sie zahlte. Warum das so war, wusste ich nicht.

Da wir auf den Kellner warten mussten, drehte ich mich zu den Frauen um, die mittlerweile am Ausgang standen. Nur nicht alleine.

Zwei Männer versperrten ihnen den Weg und quatschen auf sie ein.

Ohne darüber nachzudenken, setzte ich mich in Bewegung und steuerte direkt auf sie zu. Bevor ich sie erreichen konnte, sah ich, wie Sophie ausholte, einem der beiden eine schallende Ohrfeige verpasste und fluchte, dass sogar mir schwindelig wurde. Als ich bei ihnen stand, waren die Kerle bereits verschwunden.

»Alles in Ordnung?«, frage ich die Schlägerbraut.

»Ja!«, sagte sie und schüttelte ihre Hand. »Ich musste nur kurz etwas klären.«

Leora sah auf den Boden. Mit zwei Fingern hob ich ihren Kopf und war überrascht. Sie versuchte sich tatsächlich das Lachen zu verkneifen und hatte bereits Tränen in den Augen.

»Hör auf zu lachen«, fluchte Sophie.

Das tat sie natürlich nicht, sondern flüchtete sich in meine Arme und lachte still an meiner Brust; ich bemerkte es an dem Zittern ihres Körpers.

»Das ist nicht witzig«, schmunzelte jetzt auch Sophie.

»Und ob!«, sagte Leora immer noch an mich gelehnt.

Nun kam auch Sean mit einem fragenden Gesichtsausdruck auf uns zu. Kurz zuckte ich mit den Schultern, denn mir war noch nicht klar, was genau hier vor sich gegangen war.

Schließlich verließen wir das Restaurant und machten uns auf zu den Autos. Noch immer versuchte Leora, ihr Lachen zu unterdrücken, und Sophie schimpfte weiter.

»Okay«, schnaubte ich. »Klärt uns auf!«

Plötzlich löste Leora sich von mir und prustete los. Dabei hielt sie sich ihren Bauch fest und ging in die Knie. Sogar Sophie stimmte mit ein, obwohl sie gerade noch vor sich hin geschimpft hatte.

Mein Bruder und ich sahen uns an und verstanden die Welt nicht mehr.

»Die beiden Kerle von vorhin«, fing Sophie lachend an zu erzählen. »Sie haben uns nach euren Nummern gefragt.« Erschrocken betrachteten wir die beiden. »Als ich erwähnt habe, dass ihr vergeben seid, wurden die richtig sauer. Der eine meinte sogar, dass ihr nicht wissen würdet, was euch entgeht. Und dann hat er gesagt, dass wir euch schließlich nicht in den Arsch ficken könnten. Die aber schon! Das hatte zur Folge, dass ich ihm eine geballert habe.«

Oh Gott!

Leora bekam sich gar nicht mehr ein und ging schon fast in die Hocke. Sean und ich fanden das gar nicht so lustig, mussten aber bei den lachenden Mädchen grinsen. Langsam ging ich auf Leora zu und stellte mich mit verschränkten Armen vor sie.

»Und du findest das also lustig?«, entrüstete ich mich gespielt.

Mehr als ein Nicken brachte sie nicht zustande, denn es setzte mittlerweile das Hicksen ein. Sie wich einige Schritte von mir zurück und beobachtete mich genau.

»Sie wollte ihnen deine Handynummer sogar geben. Nur um eure Reaktion darauf zu erfahren«, petzte Sophie und Leora sah mit aufgerissen Augen ihre Freundin an.

»So war es nicht ganz«, hickste sie und sah nun mich wieder an.

»Du wolltest also einem Wildfremden meine Nummer geben?«, fragte ich und ging gemächlich auf sie zu. Sie wich immer wieder zurück und schüttelte den Kopf.

»Niemals!«, schrie sie, wandte sich ab und rannte los.

Natürlich war es keine Frage, dass ich sie umgehend zu packen bekam. Schnell drehte ich sie um und hob sie hoch. Sofort schlang sie ihre Arme um meinen Hals und grinste mich an. Sie sah so glücklich aus und ich liebte diesen Ausdruck. Ich nahm mir vor, ihn öfter in ihr Gesicht zu zaubern.

»Du weißt, dass ich dir das nicht einfach so durchgehen lassen kann, oder?«

»Aber ich habe doch gar nichts gemacht«, erwiderte sie unschuldig.

»Aber du wolltest.«

»Habe ich aber nicht«, konterte sie zuckersüß.

»Das klären wir zu Hause!«, versprach ich, gab ihr einen Kuss auf die Nasenspitze und ließ sie herunter. Danach griff ich nach ihrer Hand und schlenderte mit ihr zurück zu den anderen.

»Judas«, grinste sie Sophie an, die nur ein breites Grinsen für ihre Freundin übrig hatte. Sean legte seinen Arm um Sophie, was diese ohne zu zögern zuließ.

Leora sah zu mir herauf und nun war ich es, der lächelte. Die beiden gaben ein schönes Paar ab. Vielleicht bekamen es sogar sie hin.

Wir verabschiedeten uns von Sophie und Sean und fuhren auf mein Anwesen. Leora öffnete ihre Beifahrertür und stieg aus. Bevor sie sich zur Tür aufmachte, stand ich bereits vor ihr und warf sie über meine Schulter. Kurz schrie sie auf und krallte sich an meinem Jackett fest.

»Jay, bitte lass mich runter!«, rief sie. »Ich hätte das niemals gemacht. Ganz ehrlich nicht.«

Kommentarlos ging ich ins Haus, trat die Tür mit einem Fuß hinter uns zu, schaltete die Alarmanlage scharf und stampfte die Treppen hoch, direkt in mein Schlafzimmer.

Dieses Mal ließ ich sie sachte herunter und baute mich anschließend vor ihr auf. Allem Anschein nach konnte ich diese Frau nicht wirklich einschüchtern, denn sie lachte nur kurz auf.

Sehr frustrierend.

Zu meiner Überraschung sprang sie an mir hoch, ich fing sie auf und sie schlang ihre Beine um meine Hüfte. Immer wieder verteilte sie Küsse auf meinem Gesicht und lachte dabei.

»Verzeihst du mir?«, sagte sie zwischen jedem Kuss.

»Jederzeit«, schmunzelte ich.

Mit dem Rücken drückte ich sie gegen eine Wand und öffnete meine Hose. Es war keine Zeit für ein Vorspiel, denn ich musste sie umgehend spüren. Mit einem Ruck beförderte ich ihr Höschen zur Seite und führte meinen Schwanz in ihre feuchte Mitte ein. Ich ließ sie etwas hinab, sodass sie mich vollends aufnehmen konnte. Sie schrie und krallte sich an meinen Schultern fest. Fortwährend stieß ich in sie hinein.

»Oh, Baby. Du fühlst dich so gut an. Ich bin süchtig nach dir«, sagte ich heiser.

»Jay, oh Gott!«

Dieses Mal dauerte es nicht lange, bis sie explodierte und meinen Namen laut hinausschrie und ich ihr folgte.

Der Sex mit ihr war atemberaubend und ich konnte einfach nicht genug von ihr bekommen.

Eine Weile blieben wir so stehen, weil ich mich noch nicht von ihr lösen wollte. Ihr schien es nicht anders zu gehen, denn sie streichelte immer wieder mit ihren Fingern über meine Wangen.

Mir wurde absolut bewusst, dass ich mein restliches Leben mit dieser Frau verbringen wollte. Um dies zu erreichen, müsste ich meine Freunde instruieren. Sie würden mir helfen, den Einzigen auszuschalten, der dies verhindern könnte. Die Zeit würde kommen.

Ich konnte warten.

Kapitel 19

Leora

War ich wirklich glücklich? Das Lachen fiel mir leicht, der Sex mit ihm war unbeschreiblich und Zeit mit ihm zu verbringen, war alles, was ich mir je erträumt hatte.

Nur schrie mein Unterbewusstsein immer lauter, dass ich vorsichtig sein sollte. Allerdings schob ich diesen Gedanken ständig von mir und genoss die Momente, die ich mit Jay zusammen sein durfte.

Immerhin liebte ich ihn und war davon überzeugt, dass auch er mich nach wie vor ebenfalls lieben würde. Das bewies er mir bei so vielen Anlässen. Er war so aufmerksam und liebevoll, dass teilweise mein Herz vor Liebe fast platzte.

Die zwei homosexuellen Kerle waren das Highlight meines Lebens gewesen. Wahrscheinlich hatte ich nie zuvor derart gelacht.

Natürlich wollte ich den beiden nicht Jays Nummer geben, obwohl ich tatsächlich vorübergehend darüber nachgedacht hatte, alleine schon wegen der möglichen Reaktion. Es war wirklich witzig gewesen.

Nachdem wir uns beruhigt hatten, berührte ich noch immer mit dem Rücken die Wand und stand ich kurz davor, die drei Wörter laut auszusprechen.

Als ich den Mund öffnete, kam nur leider nichts heraus.

Vielleicht war ich noch nicht so weit oder ich hatte zu viel Angst. Ich wusste es nicht.

Eines war mir aber klar, ich würde ihn nicht aufgeben. Auch ein Dominik konnte daran nichts ändern. Bevor das geschehen würde, müsste er mich umbringen. Auf der anderen Seite war ich mir hundertprozentig sicher gewesen, dass er es eines Tages versuchen würde.

»Bist du glücklich?«, sprudelten die Wörter aus meinem Mund. In Jays Nähe arbeitete mein Gehirn nicht richtig. Meine Lippen bewegten sich, ohne dass ich sie aufhalten konnte. Vielleicht sollte ich mal ein ernstes Wörtchen mit mir selber reden.

Über diesen Gedanken verdrehte ich innerlich die Augen.

»Ja«, antwortete er knapp. »Und du?«

»Ja«, flüsterte ich in sein Ohr und spürte, wie er erneut hart wurde. Er ließ mich runter und drehte mich um.

Mit einer routinierten Bewegung hob er meinen Rock hoch. Daraufhin entledigte er sich seiner Hose und seines Hemdes und platzierte sich hinter mir. Endlich sah ich wieder klar und verspannte mich.

Oh Gott! Bitte nicht!

Bilder aus meiner Vergangenheit schossen mir in den Kopf und mein Körper fing an zu zittern. Ich versuchte sie abzuschütteln, schließlich handelte es sich hierbei um Jay und nicht um ihn.

Nur bekam ich mich nicht unter Kontrolle. Meine Lippen bebten und meine Augen füllten sich mit Tränen.

»Nicht so«, flüsterte ich. »Bitte, tu mir das nicht an!«

Die Tränen rannen über meine Wangen und meine Knie wurden weich. Nur mit Mühe konnte ich mich aufrecht halten.

»Baby?«, hörte ich Jay hinter mir. »Ich werde nichts tun, was du nicht willst. Versprochen!«

Langsam zog er mich von der Wand, drehte mich um und hob mich auf seine Arme. Mir war das unsagbar peinlich, allerdings konnte ich es nicht aufhalten. Sanft ließ er mich auf die Matratze nieder und legte sich neben mich.

Genau so, wie nach meinem Zusammenbruch, als ich aus dem Krankenhaus entlassen wurde. Er kesselte mich mit seinem Körper ein und beschützte mich. Es schien mir unmöglich zu sein, mich zu beruhigen, denn die Bilder waren unentwegt zugegen. Immer wieder sah ich, was Dominik mir angetan hatte.

Irgendwann musste ich eingeschlafen sein, denn als ich aufwachte, dämmerte es draußen, und der Wecker zeigte fünf Uhr in der Früh an. Erneut schloss ich die Augen, vergebens.

Vorsichtig löste ich mich aus seinem Klammergriff, ohne ihn wach zu machen. Schnell ging ich in das angrenzende Zimmer, wo noch immer meine Sachen waren, sprang kurz unter die Dusche und zog mich an.

In der Küche bereitete ich mir einen Kaffee zu. Da ich den Code der Alarmanlage nicht kannte und nicht wusste, ob diese schrillen würde, wenn ich die Tür öffnete, nahm ich mir einen Hocker und stellte ihn vor das große Terrassenfenster. Vielleicht würde ich Jay später danach fragen, denn ich hätte in diesem Augenblick sehr gerne draußen gesessen, um dem Gesang der Vögel zu lauschen.

Am morgigen Tag würde das Grillfest stattfinden und ich seine Freunde kennenlernen. Sam hatte ich bereits ins Herz geschlossen, nur bei John war ich mir nicht sicher. Irgendetwas an seiner Aura jagte mir einen Schauer über den Rücken. Wie er mich manchmal betrachtete, gefiel mir nicht. Keine Ahnung, warum das so war, und ich würde auch mit Jay nicht darüber sprechen, immerhin war er sein Freund.

Plötzlich spürte ich Hände, die sich um meine Taille legten, und ich erschrak.

»Hey, was machst du so früh hier unten?«, fragte er mich leise.

»Ich konnte nicht mehr schlafen und ich wollte dich nicht wecken«, antwortete ich, lehnte meinen Kopf an seine Brust und schloss für einen Moment die Lider.

»Ich bin schon wieder aufgewacht und du warst nicht da!«

Stimmt, dachte ich mir, denn ich hatte ganz vergessen, dass er sich das gewünscht hatte. Wenn ich ehrlich war, konnte ich mich nicht daran erinnern, jemals den Morgen gemeinsam im Bett mit ihm verbracht zu haben. Entweder ich verschwand oder er.

Also löste ich mich von ihm, rutschte von dem Hocker herunter und stellte meine Tasse auf die Anrichte.

»Komm«, sagte ich und streckte ihm meine Hand entgegen, die er sofort ergriff.

Wir schlenderten die Treppe hinauf, direkt in sein Schlafzimmer und legten uns hin. Wortlos kuschelte ich mich in seine Arme und vergrub mein Gesicht an seinem Hals. Es war schon sehr lange her, dass ich mich so sicher gefühlt hatte, und daher kostete ich den Augenblick aus.

»Darf ich dich etwas fragen?«, flüsterte er und ich spannte meinen Körper an. Ich hatte bereits am gestrigen Abend geahnt, dass er mich auf mein Verhalten ansprechen würde. Wie ich darauf reagieren würde, wusste ich nicht. In einem nur war ich mir sicher: Niemals würde ich darauf wahrheitsgemäß antworten. Das konnte ich nicht. Trotz allem nickte ich und hielt den Atem an.

»Bis heute habe ich nicht erfahren, was Jenna dir zu Weihnachten geschenkt hat. Und ich würde es gerne wissen!«

Ein hysterisches Lachen entfuhr mir und gleichzeitig stieß ich die aufgestaute Luft heraus. Damit hatte ich jetzt nicht gerechnet, und wenn ich ehrlich war, spürte ich, dass er mich insgeheim etwas anderes hatte fragen wollen. Anscheinend hatte er sich im letzten Moment anders entschieden. Immerhin wusste ich, was Jenna ihm alles erzählt hatte. Er war ein Seal und nicht von gestern. Sicherlich konnte er sich einiges zusammenreimen, nur bisher hatte er mich nicht darauf angesprochen. Vielleicht ging er auch davon aus, dass ich es bislang noch nicht erfahren hatte.

»Unanständige Dinge«, antwortete ich schmunzelnd.

»Mhhh. Interessant«, schnurrte er. »Klär mich auf!«

Oh Gott wie peinlich!

»Sextoys«, erwiderte ich knapp und hoffte, dass er nicht weiter nachbohren würde. Leider war das ganz und gar nicht sein Naturell. An seiner Brust vernahm ich ein Zittern, was so viel hieß, dass er lachte.

»Aha! Was genau?«, hakte er nach und erstickte bald an seinem Lachen.

»Einen Jamaica-Hammer-Vibrator, Nippelklemmen, eine Minipeitsche, Liebeskugeln und eine riesen Packung Kondome, natürlich in XXL, sowie einen String mit integriertem Vibrator«, beantwortete ich wahrheitsgemäß und bemerkte, wie mein Gesicht glühte.

Himmel!

Sachte schob er mich etwas von sich, um mir in die Augen zu blicken. Der Schalk saß ihm anscheinend im Nacken. Das konnte ich genau sehen.

Mistkerl!

»Was hast du mit den Dingen vor?«, fragte er grinsend.

Ich verdrehte die Augen und kuschelte mich wieder an ihn. Er drückte mich fest an sich und ich genoss die Zweisamkeit.

»Gar nichts«, murmelte ich. »Ich werde sie wegschmeißen.« Genau das hatte ich vor. Weihnachten war es noch witzig gewesen, aber seitdem ich den Kontakt zu ihr abgebrochen hatte, wollte ich nichts mehr haben, was mich an sie erinnerte.

»Du und Jenna, habt ihr euch gestritten?«, fragte er plötzlich und mir war klar, was er herausfinden wollte. Allerdings war ich noch nicht in der Lage, mit ihm darüber zu sprechen. Denn ich wusste, dass es nicht einfach werden würde.

»Eigentlich nicht. Wir brauchen nur etwas Abstand voneinander!«, versuchte ich zu erklären. Jay ging darauf nicht weiter ein, wofür ich dankbar war.

Irgendwann mussten wir tatsächlich eingeschlafen sein, denn als wir wach wurden, zeigte der Wecker bereits elf Uhr.

So lange hatte ich schon seit Ewigkeiten nicht mehr geschlafen und fühlte mich auch völlig erschlagen. Als ich zu dem Mann neben mir sah, erkannte ich, dass er mich beobachtete.

»Hey, Kleines«, flüsterte er und gab mir einen Kuss auf die Stirn. »Was hältst du von einem faulen Tag auf der Couch vor dem Fernseher?«

Das hörte sich für mich nach einem guten Plan an.

»Okay«, antwortete ich.

Wie vorgeschlagen, lagen wir den ganzen Freitag nur auf dem Sofa und sahen in die Glotze. Zwischendurch schliefen wir ein und standen nur auf, wenn wir auf die Toilette mussten und uns etwas zu trinken oder zu essen holten.

Gegen Mitternacht begaben wir uns ins Bett und liebten uns die ganze Nacht. Vier Orgasmen später schlief ich erschöpft ein.

Am nächsten Morgen wurde ich wach und mir war schlecht. Richtig übel. Plötzlich wurde das Gefühl so schlimm, dass ich aufsprang und ins Bad rannte. Gerade so schaffte ich es noch die Klobrille zu heben, bevor ich mich übergab. Als ich fertig war, zog ich ab und ließ mich auf den kalten Fliesen nieder. Schnell nahm ich mir etwas Papier und wischte damit meinen Mund ab.

Ekelig!

Hatte ich gestern zu viel gegessen? Immerhin hatte ich die letzten Monate erheblich wenig zu mir genommen und am Vortag Popcorn, Schokolade und Weingummi in mich hineingestopft. Daran musste es gelegen haben, anders konnte ich es mir nicht erklären.

Heute würde ich außer Salat lieber nichts essen, damit sich mein Magen wieder beruhigen konnte. Nachdem ich mich erholt hatte, erhob ich mich, schlenderte zurück ins Schlafzimmer, wo Jay noch schlief, und huschte in meines. Dort putzte ich mir die Zähne, duschte und zog mich an. Dann ging ich in die Küche, wo ich mir einen Kaffee zubereitete und schon einmal mit den Schnibbelarbeiten für die Salate begann.

Erneut wurde mir schlecht und ich ließ alles fallen, lief zur Toilette und übergab mich ein nächstes Mal.

Himmel, was war denn nur los?

Abermals schlich ich in das Gästezimmer, um mir die Zähne zu putzen. ›Vielleicht sollte ich die Zahnbürste direkt mit nach unten nehmen?‹, überlegte ich, verwarf jedoch den Gedanken. Irgendwann musste es ja vorbei sein. Als ich aus meinem Raum trat, kam mir Jay entgegen.

»Du warst wieder nicht da, als ich aufgewacht bin«, schmollte er gespielt. Er kam zu mir und umarmte mich.

»Mir war etwas übel. Deswegen bin ich aufgestanden.«

»Geht es dir besser?«, fragte er besorgt und ich nickte. Kurz küsste er mich, und wir gingen zusammen in die Küche, wo ich mich von Neuem an das Kleinschneiden machte.

Währenddessen setzte er sich mit seinem Kaffee an den Tisch und beobachtete mich.

»Weißt du eigentlich, wie schön du bist?«, sagte er ernst.

Ohne mich zu ihm zu wenden, schüttelte ich den Kopf. Komplimente waren noch nie etwas für mich gewesen, denn ich konnte nicht damit umgehen.

Mein Aussehen empfand ich als Durchschnitt, aber ganz gewiss nicht als schön – wenn er mich allerdings so sehen wollte, bitte schön.

Nach einigen Stunden kamen Sean und Sophie und wir fingen alle gemeinsam an, die Vorbereitungen für den Abend zu treffen.

Je näher es auf acht rückte, desto nervöser wurde ich. Fremde Menschen waren auch weiterhin nichts für mich, ich würde für Jay aber versuchen, mich zusammenzureißen. Es handelte sich immerhin um eine Art Familie, und ich würde ihm das nicht kaputtmachen, nur weil ich jedem misstraute, den ich nicht kannte.

Nachdem wir mit allem fertig waren, verschwanden meine Freundin und ich in meinem Zimmer.

»Du siehst so verdammt glücklich aus, Süße«, seufzte Sophie.

»Das bin ich auch. Kaum zu glauben, oder?«, antwortete ich und wandte mich ihr zu. »Sag mal! Was läuft da eigentlich zwischen dir und Sean?«

Sie sah mich traurig an und zuckte mit den Schultern. »Ich habe keine Ahnung. Ich mag ihn und bin davon überzeugt, dass er mich auch mag. Aber er ist absolut Gentleman. Er fasst mich nie an oder kommt mir mal näher. Im Gegenteil. Er behandelt mich wie eine kleine Schwester. Das ist frustrierend.«

Oh, oh. Hatte meine Freundin sich ebenfalls verliebt?

»Willst du denn mehr?«, fragte ich mit erhobener Augenbraue.

Wieder Schulterzucken. »Keine Ahnung. Vielleicht. Ach was weiß ich.«

»Wenn du darüber reden willst, dann komm zu mir, okay?«

Sie nickte und ich beendete das Thema. Schließlich wusste ich, wann sie bereit war, mit mir zu sprechen und wann nicht. Sie würde auf mich zukommen, wenn sie etwas loswerden wollte. So lange konnte ich warten.

Ich entschied mich für ein Shirt in Schwarz, welches mir einseitig über die Schulter fiel, und eine enge blaue Jeans. Dazu Ballerinas und meine Haare knotete ich zu einem Pferdeschwanz. Sophie trug ebenfalls Jeans und ein Trägerhemd in Silber. Wir wollten uns nicht zu sehr in Schale schmeißen, sondern einfach nur nett aussehen, schließlich handelte es sich um einen lockeren Abend.

Nachdem wir fertig waren, gingen wir zurück zu Sean und Jay, als es auch schon an der Eingangstür klingelte.

Kurz schloss ich die Augen, atmete einmal tief ein, straffte die Schultern und legte mein Mir-geht-es-toll-Lächeln auf. Diesen Abend würde ich überstehen.

Für Jay.

Kapitel 20

Jay

Es tat gut, meine Jungs wiederzusehen. Mir war gar nicht bewusst gewesen, wie sehr ich sie vermisst hatte. Leider konnten nicht alle kommen, denn drei waren im Dauereinsatz. Aber Ben, Sam, John, Ty und seine Frau Sydney, sowie Simon und seine Frau Rachel hatten es geschafft.

Nach und nach machte ich sie allesamt mit Leora und Sophie bekannt, wobei ich bemerkte, wie sehr mein Mädchen sich bemühte, entspannt zu wirken. Nur bei Sam war sie lockerer, denn ihn kannte sie bereits. Auch gegenüber Sydney und Rachel schien sie sehr verhalten zu sein.

»Ben, das ist Leora Restma«, stellte ich sie nun meinem besten Freund vor. »Baby, das ist Ben.« Er streckte ihr die Hand entgegen, die sie zögerlich ergriff, während sie versuchte zu lächeln.

»Freut mich, Leora. Ich habe schon eine Menge von dir gehört«, sagte Ben ruhig. Immerhin war er einer von denen, die über den Überfall informiert waren. Daher war ich ihm für seine zurückhaltende Art sehr dankbar.

»Freut mich auch«, erwiderte sie. Ihre Stimme war leicht zittrig und ich hoffte, dass sie sich entspannen könnte, wenn sie erst merkte, was für tolle Jungs das waren.

Die Zeit würde ich ihr geben.

Das Fleisch lag auf dem Grill. Wir Männer standen zusammen und unterhielten uns über die Vorkommnisse während meiner Abwesenheit. Immerzu linste ich zu meiner Kleinen, die mit den anderen Frauen und ihrer Freundin etwas abseitsstand und nur mit Zuhören beschäftigt war. Hin und wieder nickte sie oder lächelte verhalten.

»Sie scheint ein tolles Mädchen zu sein, Boss«, hörte ich Ty neben mir sagen. »Sie ist irgendwie anders, aber auf eine positive Weise.«

»Da hast du recht, mein Freund«, antwortete ich und sah erneut zu ihr.

»Aber weißt du, was sonderbar an ihr ist?«, schaltete sich nun Sam ein. »Sie scheint alles und jeden im Blick zu haben. Immer wachsam. Das ist mir bereits aufgefallen, als ich sie beschützt habe. So etwas habe ich in der Form noch nie gesehen.«

»Ich weiß. Sie ist überaus vorsichtig«, erwiderte ich. Allerdings ging ich nicht weiter darauf ein. Meiner Meinung nach hatte Sam mein Mädchen viel zu sehr beobachtet. Vielleicht einen Deut zu intensiv. Und wie er mit ihr umging, gefiel mir nicht sonderlich. Er sollte bloß die Griffel von meiner Kleinen lassen!

›Eifersucht ist eine ganz böse Erfindung!‹

Nachdem Essen räumten wir zusammen die Tische ab und zündeten die Fackeln an. Währenddessen suchte ich mit meinem Blick nach Leora, konnte sie allerdings nirgends ausmachen. Also ging ich zu Sophie, die mit den anderen beiden Frauen zusammenstand.

»Hey Süße, wo ist Leora?«

»Sie ist zum See gegangen. Ich schätze, sie braucht etwas Abstand«, antwortete sie und wandte sich ab.

Bevor ich mich auf den Weg zu ihr begab, schnappte ich mir ein Bier. Wie Sophie gesagt hatte, saß sie auf der Hollywoodschaukel, ihre Füße an sich gezogen und starrte auf das Wasser. Eine Weile betrachtete ich sie aus sicherer Entfernung.

An einem Tag war sie so glücklich, dass sie mich in eine wunderbare Welt mitriss, und am anderen sah sie unglaublich verloren aus. Die Traurigkeit, die ich nunmehr ihn ihrem Gesicht ausmachen konnte, brach mir fast das Herz.

Natürlich brauchte ich bloß einen Blick in die Akten werfen, um mehr über ihre Vergangenheit zu erfahren, nur fühlte es sich mittlerweile wie ein Verrat ihr gegenüber an.

Doch ich musste diesen Bastard finden! An seine scheiß Visage konnte ich mich nur noch dunkel erinnern. Seine Stimme allerdings würde ich unter tausenden wiedererkennen. Schließlich musste ich wissen, wer sich mit mir anlegen wollte. Zusätzlich hatte er die Frau, die ich liebte, zu zerstören versucht und vor, sein Werk zu vollenden. Egal, wie viel es mich kosten würde – dies würde ich zu verhindern wissen.

Langsam schlenderte ich auf sie zu und stellte mich neben sie.

»Was machst du hier so alleine?«

»Ich wollte einfach nur etwas Ruhe«, flüsterte sie.

»Darf ich mich zu dir setzen?«, fragte ich ruhig.

»Natürlich«, erwiderte sie. »Schließlich ist es deine Schaukel.«

Wäre es nach mir gegangen, hätte ihr ab sofort mein gesamter Besitz gehört. Sie hätte alles von mir haben können. Mein Herz besaß sie bereits.

»Geht es dir gut?«

»Klar«, antwortete sie knapp.

Als ich sie ansah, betrachtete sie weiterhin das Wasser, als sei es der Ruhepol, den sie im Augenblick so dringend benötigte. Vielleicht war ich zurzeit der Störfaktor.

Jeder musste sich hin und wieder eine Auszeit nehmen und die sollte jedem gewährt werden. Bei ihr fiel es mir schwer, denn am liebsten hätte ich sie immerzu bei mir gehabt.

»Darf ich dich etwas fragen?«, erkundigte sie sich leise.

»Natürlich, Baby. Alles, was du willst!«

Sie sah mich an. »Hast du Träume oder Wünsche, die du dir noch erfüllen willst?«

»Sicher«, antwortete ich. Mir war nicht klar, worauf sie hinauswollte.

»Ich weiß, dass Jenna mit dir gesprochen hat«, flüsterte sie. »Willst du nur aus diesem Grund mit mir zusammen sein? Weil du Mitleid hast?«

Mit allem hatte ich gerechnet, aber ganz sicher nicht damit.

Sie betrachtete mich misstrauisch, und ich wusste im ersten Moment nicht, ob ich sie schütteln oder umarmen sollte.

Kapierte sie es denn noch immer nicht?

»Ich ahnte bereits, dass du es erfahren hast«, stellte ich fest. »Warum sollte ich Mitleid haben, Baby? Das verstehe ich nicht. Du scheinst mich kein bisschen zu kennen.«

Zorn flammte in mir auf. War sie tatsächlich so blind?

Mit einem Ruck zog ich sie auf meinen Schoss, nahm ihr Gesicht zwischen meine Hände und sah sie eindringlich an.

»Denkst du tatsächlich so über mich?«, fragte ich streng.

»Nein!«, flüsterte sie mit zittriger Stimme.

»Gut«, seufzte ich. »Denn ich liebe dich verdammt noch mal!« Jetzt war es raus, ohne dass ich es aufhalten konnte.

Mit erschrockenem Ausdruck starrte sie mich an. Allem Anschein nach wusste sie es wirklich nicht oder wollte es nicht wahrhaben.

»Jay ... ich ... ich kann ...« Sie löste sich von mir, rutschte von meinem Schoss und rannte auf das Haus zu.

War ich wahrhaftig so ein Idiot? Wieso hatte ich das laut ausgesprochen?

»Das Gespräch scheint ja mal wieder prächtig gelaufen zu sein.« Sophie räusperte sich hinter mir und nahm ebenfalls auf der Schaukel Platz.

»Ich habe ihr gestanden, dass ich sie liebe.«

»Hat sie anscheinend nicht besonders gut aufgenommen, hmmh?«, stellte sie fest.

»Anscheinend nicht«, knurrte ich und starrte weiterhin auf den See.

»Weißt du?«, flüsterte sie. »Du bist der erste Mensch seit sechs Jahren, der an sie herankommt. Das ist faszinierend. Anfangs habt ihr euch gehasst und jetzt liebt ihr euch. Eines weiß ich ganz genau – meine Freundin liebt dich mehr als irgendjemanden vor dir.«

Ihre Worte taten gut, allerdings würde ich es wahrscheinlich erst glauben, wenn ich es noch einmal aus Leoras Mund gehört hatte. Aber das würde wohl nicht passieren.

»Wir waren immer die besten Freundinnen. Wir sind zusammen aufgewachsen, wusstest du das?«, fragte sie und ich schüttelte den Kopf. »Unsere Mütter waren seit unserer Geburt befreundet und von da an waren wir wie Schwestern. Wir waren die glücklichsten Typen der Welt. Manchmal dachten wir, dass sie uns sogar zu Füßen liegen würde.« Bei der Erinnerung lachte sie kurz auf.

»Was vor sechs Jahren passiert ist, hat alles verändert. Ich würde dir gerne deine Fragen beantworten, aber das kann ich nicht. Nicht weil ich es nicht möchte, sondern weil ich schlichtweg nicht jedes Detail kenne.«

Für einen kurzen Moment unterbrach sie sich und ich schwieg. Sie sollte sich die Zeit nehmen, die sie benötigte. Denn ich wusste, dass sie bereit war, mir einige Dinge zu erzählen.

»Dominik war ein guter Freund von Raiko. Er war sympathisch, gut aussehend und immer zuvorkommend. Natürlich bemerkten wir nach einer Weile, dass er Leora attraktiv fand. Nur ihr selber fiel es nicht auf. Wie immer. Irgendwann machte er ihr eine Liebeserklärung, die sie freundlich zurückwies. Immerhin war sie mit Raiko verlobt und liebte ihn. Eine ganze Weile verschwand er von der Bildfläche und wir machten uns darüber keine weiteren Gedanken. Er schien es akzeptiert zu haben. Warum auch nicht? Er hatte sich zwar verliebt, aber es wurde nun einmal nicht erwidert. Als Raiko starb, glaubte ich wirklich, dass wir Leora neben ihm begraben müssten. Niemals hätte ich gedacht, sie würde das überstehen. Die beiden waren so unsagbar glücklich gewesen. Sie wollte keinen sehen und mit niemandem sprechen. Die Einzigen, die zu ihr durften, waren Jenna, ihre Eltern und ich.«

Für eine Weile schwieg sie, und ich bemerkte, wie sie sich zwischendurch die Tränen aus dem Gesicht wischte.

Gerne hätte ich sie in den Arm genommen, nur konnte ich mir ausmalen, dass das in diesem Moment wohl genau das Falsche gewesen wäre.

»Zuerst hat Dominik mich entführt und in den Wald verschleppt. Stunden später rief er Leora an und meinte, er hätte mich in einem Gebüsch gefunden. Anscheinend hätte ich mir etwas angetan und er wüsste nicht, was er tun sollte. Mit dieser Lügengeschichte schaffte er es, sie zu sich zu lotsen. Nur weil sie mich retten wollte, durchlebte sie einen Albtraum.« Sie lachte auf, nur dieses Mal klang es kalt. »Nach dem ersten Tag sagte er zu ihr, wie sehr er sie doch lieben würde und dass Raiko nur jemand war, der zwischen ihnen gestanden hatte. Damit er mit ihr zusammen sein konnte, hätte er ihn umgebracht.« Wieder holte sie tief Luft und ich konnte ihre zittrige Stimme vernehmen.

Ohne etwas zu sagen, griff ich ihre Hand und drückte sie. Sie sollte wissen, dass ich für sie da war.

»Weil er glaubte, dass ich ihn und Leora auch auseinanderbringen wollte, schnitt er mir die Hälfte meines Gesichts auf. Ich dachte damals, dass ich das nicht überleben würde. Leora fand eine Möglichkeit, Dominik abzulenken. Schließlich flohen wir. Wir rannten um unser Leben. Ich war verzweifelt bemüht, meine Wange zusammenzuhalten und bekam zu spät Leoras Kreischen mit. Als ich sah, wie er sie zu Boden warf und mich angrinste, wollte ich zu ihr laufen, ich schwöre es, Jay! Doch bevor ich sie erreichte, schrie sie, dass ich abhauen und Hilfe holen sollte. Und ich rannte. Ich ließ sie zurück, Jay – ich ließ sie einfach zurück!«

Immer wieder drückte ich ihre Hand und starrte auf das Wasser. Ich wollte sie nicht bedrängen. Es schien, als hätte sie noch nie darüber gesprochen. Dass sie es mir erzählte, zeugte von großem Vertrauen.

»Irgendwie schaffte ich es ins Krankenhaus«, fuhr sie fort. »Dort wurde ich sofort operiert, da meine Gesichtshälfte entzwei war. Nach der OP war ich drei Tage bewusstlos. Als ich aufwachte, beschrieb ich der Polizei sofort die Stelle, wo wir festgehalten worden waren. Aber sie waren nicht mehr da. Also habe ich mich vorzeitig entlassen. Jenna und ich stellten einen Suchtrupp aus all unseren Freunden und Bekannten zusammen. Darunter auch ihre Eltern und meine Mutter. Am vierten Tag schaltete sich das BKA ein. Der Leiter hieß Trinsten. Wir suchten täglich von morgens bis abends den Wald ab – konnten sie nur leider nicht finden. Ihre Eltern machten sich abends beziehungsweise nachts auf die Suche nach ihr. Sie wollten nicht aufgeben. Am siebten Tag verschwanden auch Peter und Janett. Es war zum Verzweifeln. Am neunten Tag waren Trinsten und ich gemeinsam unterwegs und fanden die beiden am Fluss. Sie waren tot. Er hatte sie übel zugerichtet.«

Die Geschichte war schrecklich. Wenn ich mir vorstellte, was er mit Leora zwei Wochen lang getan hatte, wallte der Zorn in mir auf. Allerdings beherrschte ich mich, denn sie sollte das erzählen, wozu sie bereit war.

»Meine Mutter kam damit überhaupt nicht zurecht«, sprach sie weiter. »Doch ich konnte mich nicht um sie kümmern, denn wir mussten Leora finden. Es gab für mich nichts Wichtigeres. Nach fünfzehn Tagen machten Jenna, Trinsten und ich uns erneut auf die Suche. Trinsten ging mit mir und Jenna zog alleine los. Nach drei Stunden bekam ich einen Anruf von ihr. Sie schrie immer wieder in das Telefon, dass sie Leora am Flussbett gefunden hätte und sie tot sei.

Wir liefen, so schnell wir konnten. Trinsten rief umgehend einen Krankenwagen. Als wir bei Jenna ankamen, lag Leora mit dem Gesicht nach unten im Wasser. Jen traute sich nur, dieses aus dem See heraus zu halten. Sie war nackt. Ihr Körper, oh Gott, Jay, es war so schrecklich! Überall waren Schnittwunden, sie blutete an jeder Stelle. Als Trinsten sie umdrehte, war Leora nicht mehr zu erkennen. Er hatte sie dermaßen zugerichtet, und es schien, als wäre alles gebrochen. Ihr ganzer Körper war zerstört. Wenn du glaubst, sie hätte nach dem Überfall von Michael übel ausgesehen, dann täuscht du dich gewaltig.«

Sophie schloss ihren Mund und weinte still vor sich hin. Langsam ließ ich ihre Hand los und zog sie in meine Arme. Immer wieder streichelte ich ihren Kopf.

»Ihr seid zwei wahnsinnig starke Frauen«, flüsterte ich. Sie löste sich von mir und sah mir in die Augen.

»Geh zu ihr«, sagte sie mit fester Stimme. »Zwing sie, dir zuzuhören. Sie liebt dich, deswegen wird sie es zulassen. Das weiß ich. Gib nicht auf. Sie braucht dich.«

Damit stand sie auf, gab mir einen Kuss auf die Wange, wandte sich ab und verschwand.

Einige Minuten saß ich noch in meiner Position und trank mein schales Bier.

Die Geschichte von Sophie machte mich fassungslos. So wie es schien, hatte diese wohl auch nur an der Oberschicht gekratzt. Obwohl sie anscheinend selber genug erlebt hatte, denn irgendetwas hatte sie mir verschwiegen. Wahrscheinlich war ihr gar nicht aufgefallen, welche Aussage sie soeben gemacht hatte. Denn auch sie hatte sich einige Stunden allein in seiner Gewalt befunden.

Die Geschehnisse der zwei Wochen alleine mit diesem Hurensohn hatte Leo niemandem anvertraut. Vielleicht war das auch nicht mehr nötig.

Kurz schloss ich die Augen und dachte an das Bild. Insgeheim konnte ich mir denken, was dieses kranke Schwein ihr angetan hatte. Vor allem wenn ich an die Situation denken musste, als ich sie von hinten nehmen wollte.

Langsam erhob ich mich und schlenderte auf das Haus zu. Meine Gäste schienen bereits verschwunden zu sein. Offenbar war ich ein miserabler Gastgeber. Aber das würde ich ein anderes Mal klären. Nur Sophie und Sean saßen noch auf der Terrasse und unterhielten sich. Mit einem Nicken gab ich ihr zu verstehen, welcher mein nächster Schritt sein würde.

Zu meinem Mädchen!

Leise stieg ich die Treppen hinauf und klopfte an ihre Tür, bevor ich sie öffnete. Dort war sie allerdings nicht. Vielleicht war sie in meines geflüchtet? Als ich, ohne mich bemerkbar zu machen, den Raum betrat, blieb ich erstarrt im Türrahmen stehen.

Leora saß auf meinem Bett, ihr Gesicht voller Tränen und starrte auf das Bild, welches Dominik mir hinterlassen hatte.

Verdammte Scheiße!

Kapitel 21

Leora

Nachdem er mir die wundervollsten drei Wörter gestanden hatte, war ich wie vor den Kopf geschlagen. Seit Wochen – ach was, seit Monaten – wünschte ich mir insgeheim, dass er sie mir sagen würde. Nun tat er es und was machte ich? Ich rannte davon wie ein kleiner Teenager. Wie gerne hätte ich es ihm gleichgetan! Es lag mir bereits auf der Zunge, nur konnte ich es nicht aussprechen.

Als ich an Sophie vorbeirauschte, sah sie mich verwirrt an. Mit einer erhobenen Hand bedeutete ich ihr, dass wir später reden würden. In diesem Augenblick benötigte ich dringend etwas Zeit für mich. In meinem Zimmer angekommen setzte ich mich auf das Bett und heulte wie ein Baby.

Himmel!

Immerhin war ich Mitte zwanzig und keine zwölf mehr. Außerdem war ich mir sicher, dass ich es mit Jay versuchen wollte – scheiß auf alle Konsequenzen. Allem Anschein nach hatte es in meinem Kopf nicht ganz mit der Umsetzung funktioniert. Irgendwie musste ich mich bei ihm entschuldigen – die Angelegenheit zwischen uns wieder in Ordnung bringen.

Mit gestrafften Schultern begab ich mich in seinen Schlafbereich und schaute mich um.

Männer liebten es, wenn ihre Frauen deren Shirts beziehungsweise Kleidung trugen, mit nichts darunter als nackter Haut. Vielleicht könnte ich in einem seiner Hemden auf ihn warten? Egal, wie er darauf reagieren würde, ich würde es hinnehmen. Ohne darüber nachzudenken, wühlte ich in seinem Schrank und zog ein weißes hervor. Dann entledigte ich mich meiner Sachen und schlüpfte hinein. Dazu würde ich mir eine seiner Shorts schnappen. Diese Idee fand ich gut und zog die Schublade der Kommode auf, um eine schöne herauszuholen. Immerhin wollte ich sexy auf ihn wirken. Doch meine Hände spürten nicht nur Stoff, sondern dazwischen ein Bild. Normalerweise war ich nicht neugierig, aber ich nahm es und erstarrte, kaum dass ich einen Blick darauf geworfen hatte. Woher zum Teufel ...?

Meine Körper fing unweigerlich zu zittern an und meinen Beinen traute ich nicht mehr über den Weg. Ohne mein geistiges Zutun wankte ich zurück, stieß mit meinen Kniekehlen an die Bettkante und ließ mich nieder. Es war eine der Aufnahmen, die Dominik von mir geschossen hatte. Unzählige mehr mussten sich noch in seinem Besitz befinden.

Dieses war anfänglich fotografiert worden. Daran konnte ich mich noch genau erinnern. An jenem Tag hatte er mich das erste Mal vergewaltigt und mir danach den Innenschenkel aufgeschnitten, weil ich dabei geschrien hatte. Bestrafung war seine oberste Priorität! Die letzten sechs Jahre hatte ich versucht, diese zwei Wochen aus meinem Leben zu löschen. Niemals hätte ich gedacht, dass mich jemals wieder ein Mann so berühren dürfte, wie es Jay tat. Und jetzt fand ich dieses Bild von mir in einer seiner Schubladen! Jenna hatte ihm nur die Dinge erzählt, die sie wusste, und das war nicht viel. Auch Sophie kannte keine Details aus dieser Zeit.

Bislang hatte ich sie niemandem verraten.

Nur der kranke Bastard und ich wussten darüber Bescheid. Also woher hatte Jay das Bild? Mein Kopf schwirrte und mir wurde schwindelig. In Sekundenbruchteilen wurde mir erneut übel und ich rannte in das Bad, kniete mich vor die Toilette und übergab mich. Meine Tränen liefen wie ein Wasserfall und ich fühlte mich schmutzig, ausgenutzt, belogen und betrogen.

Mein Herz brach in diesem Moment, und ich kam nicht umhin zu denken, dass es nie – niemals wieder heilen würde.

Der Mann, den ich über die Maßen liebte, hatte mich hintergangen. Das hätte ich ihm nicht zugetraut. Nachdem ich mir den Mund ausgespült hatte, ging ich zurück zum Bett und nahm wieder die Aufnahme. Auch wenn ich es gewollt hätte, ich konnte sie nicht beiseitelegen. Wenn ich in mein Gesicht darauf sah, erkannte ich den Tod. So wie ich mich vor der Zeit mit Jay gefühlt hatte. Aber er hatte mich dazu gebracht, hin und wieder vergessen zu können, und jetzt? Jetzt fühlte ich mich schlimmer als jemals zuvor.

Von Anfang an hätte ich auf mein Gefühl hören müssen. Allerdings hatte ich es nicht getan und musste nun mit den Konsequenzen leben. War es für mich wichtig zu erfahren, woher er es hatte? Warum er es besaß? Nein! Schließlich drehte ich das Bild herum und fand Jays gesamten Namen darauf. Die Handschrift erkannte ich sofort.

Dominik!

Oh Gott! Kannte Jay ihn etwa? Spielten sie ein gemeinsames Spiel? Hatte er sich an mich herangemacht, um mich letztendlich zu brechen? Ein Schluchzen konnte ich nicht unterdrücken und schüttelte mich bereits. Dann hörte ich ein Geräusch direkt vor mir und hob den Kopf. Da stand er in seiner ganzen Pracht und starrte mich an!

Seinem Gesichtsausdruck nach zu urteilen, wusste er ganz genau, was ich in der Hand hielt. Bis zum letzten Augenblick hatte ich noch gehofft, es wäre alles ein schrecklicher Irrtum, doch so war es anscheinend nicht.

»Leora, lass es mich erklären!«, sagte er ruhig, schloss die Tür und trat langsam auf mich zu. Sofort stand ich auf und wich zurück. Immer wieder schüttelte ich den Kopf, denn ich wollte und brauchte in diesem Moment keine Begründung. Egal, was er zu sagen hatte, es war nicht mehr wichtig.

»Du bist ein Lügner. Geh weg!«

»Ich kann es dir erklären«, erwiderte er und kam erneut auf mich zu. Meine Hände hielt ich in die Höhe, um ihn zurückzuhalten.

»Du brauchst gar nichts sagen«, flüsterte ich. »Ich will jetzt in mein Zimmer! Du kannst dich weiter an dem Bild aufgeilen.«

»Aufgeilen?«, echote er erschrocken. »Du glaubst, es macht mich an, dich so zu sehen? Kennst du mich denn kein bisschen? Wenn du mich erklären lassen würd...«,

»NEIN«, schrie ich. »Lass mich bloß in Ruhe! Du bist das Allerletzte und ich will dich nie wieder sehen. ICH HASSE DICH!«

Ich wollte an ihm vorbei, traute mich jedoch nicht, einen Schritt zu gehen. Zuviel Angst hatte ich davor, er könnte mich festhalten – mich berühren.

»Verdammt Leora!«, rief er. »Er hat es für mich in Rumänien zurückgelassen, weil er mich damit verletzen wollte. Ich habe es dir nicht gesagt, um dich zu beschützen. Warum glaubst du, bist du hier bei mir? WEIL ICH DICH NICHT VERLIEREN WILL, VERDAMMT NOCH MAL!«

Mit aufgerissenen Augen starrte ich ihn an.

Er hatte Kontakt mit Dominik gehabt? In Rumänien? Dort hatte Michael sich aufgehalten und dort war er umgebracht worden. Umgehend erinnerte ich mich an den Entlassungstag in der Klinik.

»Wer hat Michael getötet?«, fragte ich schließlich.

»Dominik«, antwortete er knapp.

»Und du standest mit ihm in Kontakt?«, hakte ich weiter nach.

Es war nun doch Zeit, die Wahrheit zu erfahren. Nichtsdestotrotz war in mir soeben etwas gestorben und ich spürte es genau. Niemals wieder würde ich Jay vertrauen können, niemals wieder könnte ich mit ihm zusammen sein.

»Er hat mich angerufen, kurz bevor der Zugriff auf Sterov erfolgen sollte«, erklärte er.

Erneut ging die Tür auf und Sophie wie auch Sean betraten den Raum. Wundervoll! Dann konnte ich jetzt mit allen abrechnen.

»Und du, Sophie?«, knurrte ich. »Geht es dir seelisch wieder besser oder benötigst du noch eine Weile Abstand von Berlin?« Dann sah ich zu Sean. »Du wusstest es auch und hast mich ebenfalls belogen. Ihr alle habt mich belogen. DAS WERDE ICH EUCH NIEMALS VERZEIHEN!«

»Wir wollten das nicht«, flüsterte meine Freundin unter Tränen. »Es war wichtig, dich in Sicherheit zu bringen. Und ich muss gestehen, dass ich Angst hatte. Du wärst sofort wieder geflohen und ich wollte nicht mehr weglaufen. Sean und Jay können uns helfen und werden es auch tun.«

Langsam beruhigte ich mich wieder, allerdings nur zum Schein. Innerlich fühlte ich eine Kälte, die ich vor Jahren das letzte Mal gespürt hatte. Als wäre ich tot. Nein falsch – nicht als wäre ... nunmehr war ich tatsächlich seelisch gestorben.

»Ich bin fertig mit euch. Mit euch allen. Wagt es nicht noch einmal, in meine Nähe zu kommen«, sagte ich so kalt, wie ich es nur konnte.

»Babe«, mischte sich jetzt auch Sean ein. »Wir wussten nicht, wie wir dir das sagen sollten. Es war auch für uns eine schwierige Situation.«

»NENN MICH NIE WIEDER SO«, brüllte ich. »Ich bin nicht dein Babe. Ich bin gar nichts von dir!«

Es war mir nicht möglich, meine Wut im Zaun zu halten, ich hieß sie allerdings willkommen. Immerhin war ich nicht dieses weinerliche Mädchen, das aus mir geworden war. Niemals würde ich mich wieder so einlullen lassen.

»Jetzt beruhige dich!«, sagte Jay laut. »Du warst auch nicht ehrlich. Was ist mit deinen Erinnerungslücken, Baby? Scheint alles wieder zu funktionieren. Die einzige Frage, die ich mir stelle: Seit wann?«

Er verglich ja wohl nicht meine Lüge die Amnesie betreffend mit der jetzigen Situation? Sie hatten mich unter falschen Voraussetzungen nach Amerika gelotst. Sogar der BKA-Beamte schien in der Sache mitgewirkt zu haben. Alle waren involviert gewesen und hatten mich belogen. Gott, ich war so dumm!

»Das ist doch jetzt nicht wirklich dein Ernst, oder?« Hysterisch lachte ich auf. »Ja, ich habe meine Erinnerungen wieder zurück. Einen Tag nachdem ich aufgewacht bin. Bist du jetzt zufrieden?«

»Niemals wollte ich dir wehtun!«, wisperte Jay.

Ich hob meinen Blick. »Mir kann nur von Menschen wehgetan werden, die mir einiges bedeuten«, entgegnete ich kalt. »Und bei dir ist das nicht der Fall.«

»Du konntest mir noch nie etwas vormachen«, knurrte er.

»Du musst die Scheiße nicht alleine durchziehen.«

»Ach nein?«, lachte ich erneut auf. »Wie willst du mir denn helfen? DU KANNST MIR NICHT HELFEN: NIEMAND KANN DAS!«

»Doch, verflucht«, entgegnete er noch lauter. »Alle wollen dir helfen. Aber du verkriechst dich seit Jahren und wartest nur darauf, dass er dich findet.«

Mit diesen Worten hatte ich nicht gerechnet, und ich musste zugeben, dass sie mich trafen. Anscheinend wollte er mich damit auch verletzen.

»DU HAST ÜBERHAUPT KEINE AHNUNG, WOVON DU REDEST«, brüllte ich. »Damals hätte ich Hilfe gebraucht. Vor sechs verfickten Jahren hätte ich jemanden gebraucht, der mich beschützt. Doch es war keiner mehr übrig, WEIL SIE ALLE MEINETWEGEN GESTORBEN SIND.«

»Es war nicht deine Schuld«, wisperte Sophie.

»Wirklich nicht?«, rief ich. »Er hat sie alle getötet, weil er mich wollte. Sogar deine Mutter hat sich wegen der ganzen Geschichte das Leben genommen. Wir sind doch gerade bei der Ehrlichkeit, Sophie. Sag uns doch endlich mal, was damals wirklich passiert ist? Ich weiß bis heute nicht, was dir geschehen ist oder was mit Suzanne passiert ist. WEIL DU GENAUSO WENIG DEINE SCHEISS FRESSE AUFMACHST WIE ICH! Fünf Menschen hat er abgeschlachtet, die ich liebte. FÜNF!«

»ES IST NICHT DEINE SCHULD, VERDAMMT NOCH MAL. KAPIER DAS ENDLICH«, schrie jetzt auch Sophie. »Warum sollte ich dir irgendetwas erzählen, wenn du selbst nicht in der Lage dazu bist? Ich will einfach nur vergessen und diese schrecklichen Stunden mit ihm aus meinem scheiß Gedächtnis streichen.

Ich bin nicht so stark wie du, sondern schwach, das ist mir schon immer bewusst gewesen. Aber ich habe das alles so verdammt satt!« Der Zorn vernebelte mein Hirn und ich konnte schon fast nicht mehr atmen. Auch ihre Worte wollten nicht zu mir durchdringen. Mein Körper war warm, doch innerlich kühlte ich sekündlich mehr aus. »Jeden verdammten Tag habe ich ihn angebettelt, mich endlich umzubringen. JEDEN TAG!« Ich war wie von Sinnen. »Doch er lachte mich nur aus. Haarklein erzählte er mir, wie er Raiko getötet hat. Weißt du, was er mit mir gemacht hat, als du fliehen konntest? NEIN? SOLL ICH ES DIR SAGEN?«

Sophie starrte mich an, und ich erkannte keine Gefühlsregung, aber das war mir scheißegal. »Warum antwortest du nicht? Ach jetzt willst du es nicht mehr wissen? Du hast doch so oft gefragt! Also hör dir den Dreck an!«, fauchte ich sie an. »Nachdem du fliehen konntest, hat er mich das erste Mal vergewaltigt und mir danach den Innenschenkel aufgeschnitten, WEIL ICH GESCHRIEN HABE. An jeden folgenden Tag fügte er mir einen weiteren auf dem Rücken zu. WILLST DU MAL ZÄHLEN? Es sind dreizehn. Als ihm meine Eltern in die Falle getappt sind, hat er mich vor ihren Augen vergewaltigt. Und nur weil ich geweint habe, hat er meine Mama umgebracht. Damit ich meinen Dad nicht auch noch verliere, musste ich ihn ANFLEHEN, MICH ZU FICKEN. Danach hat er ihm trotzdem die Kehle durchgeschnitten. VOR MEINEN AUGEN!«

Kaum ging mir auf, was ich gesagt hatte, schloss ich den Mund. Oh Gott! Was hatte ich getan? Ich hatte es erzählt! Wie hatte ich nur so die Kontrolle verlieren können? Kopfschüttelnd schritt ich zurück, bis ich mit dem Rücken an die Wand stieß.

Ich beugte mich vor und stützte mich mit meinen Händen auf den Knien ab. Ohne darüber nachzudenken, hatte ich alles herausgeschrien. Das Geheimnis, welches ich so viele Jahre gehütet hatte, war nun keines mehr. In diesem Augenblick hätte mir nur geholfen, einfach tot umzufallen.

Es sollte ein Ende haben, denn ich hielt es nicht mehr aus. Dieser Druck in mir wich und übrig blieb nur die Kälte. Nichts war mehr vorhanden, ich war leer. Niemals hätte ich mit nach Amerika gehen dürfen und noch weniger hätte ich mich auf Jay einlassen sollen. Mein erster Impuls hatte mich damals angeschrien, ihm aus dem Weg zu gehen, ich konnte aber wie immer nicht hören. Nun musste ich es schaffen, mich zusammenzuhalten – irgendwie. Ab sofort war ich alleine und das war auch gut so. Es gab niemanden, den ich an meiner Seite haben wollte. Nie wieder würde ich zulassen, dass man mich verletzte. Sobald ich wieder in Berlin wäre, würde ich umgehend meine Angelegenheiten klären und in ein anderes Land gehen. ALLEINE!

»Wie konntest du fliehen?«, fragte Sean plötzlich und holte mich aus meiner eigenen kleinen Welt zurück. Langsam hob ich meinen Kopf und betrachtete ihn verwirrt. Hatte er denn noch nicht genug gehört. Wollte er wirklich alles wissen? Kein Problem, schließlich war ich gerade so richtig gesprächig.

»Nachdem er mich halb totgeschlagen hatte, weil ich böse war, löste er meine Fesseln. Daraufhin fiel ich auf den Boden und rührte mich nicht mehr. Vor mir lag ein Eisenstab, den ich mir griff. Als er mir den Rücken zuwandte, stand ich auf, zog es ihm über den Kopf und rannte los. Alles, woran ich dachte zu glauben, verfluchte ich, als ich aus dem Koma erwachte.

Gott konnte mich doch nicht so sehr hassen, dass er mich nicht wollte! Bevor ich auch nur B sagen konnte, wurde mir mitgeteilt, dass ich schwere innere Verletzungen davon getragen hatte und zu 99,9 Prozent niemals Kinder bekommen könnte. So, nun kennt ihr mein Geheimnis! Seid ihr jetzt alle zufrieden? Ja? Dann lasst mich ab sofort in Ruhe!«

Mit schnellen Schritten versuchte ich, an Jay vorbeizugehen. Bevor ich es zu Tür hinausschaffte, packte er mich am Arm. Blitzschnell riss ich mich los, prallte an die Wand und funkelte ihn an.

»Fass mich nie wieder an!«, zischte ich durch zusammengebissene Zähne, verschwand aus dem Zimmer und begab mich in meines. Am nächsten Morgen würde ich meine Sachen packen und gehen. Ihn und alle anderen hinter mir lassen.

Für immer!

Kapitel 22

Jay

»Es wäre jetzt sinnvoll, Bro, wenn du Sophie hier wegbringst!«, sagte ich erstaunlich nüchtern. Ohne ein Wort packte er das zur Statue erstarrte Mädchen und verschwand aus meinem Haus. Langsam ließ ich mich auf die Matratze nieder und starrte vor mich hin. Es war von mir nicht geplant gewesen, sie dermaßen zu reizen. Andererseits schien es mir die einzige Möglichkeit, dass sie endlich redete. Irgendwann wäre sie an ihrem Geheimnis erstickt oder hätte sich womöglich etwas angetan.

Während meiner Zeit als Soldat hatte ich einiges erlebt.

Doch was ich soeben erfahren hatte, brach mir das Herz. Ihr Blick war tot, ihre Stimme eisig und ihre Seele fort.

Keine Spur war mehr von der leidenschaftlichen und liebevollen Leora zu sehen. Eines war mir klar, sie würde versuchen, am nächsten Morgen zu fliehen, und ich hatte keinen Plan, wie ich es verhindern konnte. Nichts wollte mir einfallen. Gab ich mir die Schuld an dem Ausbruch? Natürlich, denn ich hatte sie angelogen. Nichtsdestotrotz war sie ebenfalls nicht ehrlich zu mir gewesen. Die Vortäuschung ihrer Erinnerungslücken. Nachdem sie mich gefragt hatte, ob es sich bei meinen Freunden um die Seal-Brüder handelte, hatte ich bereits den ersten Verdacht gehabt.

Allerdings konnte ich mir nicht hundert Prozent sicher sein, ob ich es in der Klinik nicht erwähnt hatte. Als ich sie jedoch auf Jennas Weihnachtsgeschenk ansprach und sie ohne Umschweife erklärte, was sich in der Schachtel befunden hatte, war es mir klar geworden. Auf dieses Thema war ich nur aus einem einzigen Grund nicht weiter eingegangen: Ich wollte, dass sie mir von sich aus die Wahrheit erzählte. Nur hatte sie sich mir nicht anvertraut. Also, warum hatte sie das getan?

Sicher war es nichts im Vergleich zu meinem Verrat, allerdings war es mein Ernst, als ich sagte, dass ich ihr niemals wehtun wollte. Nichts stand mehr in meiner Absicht, als Leora zu beschützen. Anscheinend hatte ich sie diesmal für immer verloren! Auf dem Boden lag das Bild, welches ich aufhob und zerriss. So etwas benötigte ich nicht, denn es war in meinem Gedächtnis eingebrannt.

Eine ganze Weile lag ich auf meinem Bett und dachte über das nach, was sie uns vorhin erzählt hatte. Es änderte nichts an meinen Gefühlen für sie. Ja, sie hatte Schlimmes erlebt und ja, es würde eine schwere Zeit werden, dennoch war ich bereit, diesen Kampf aufzunehmen. Meine innere Unruhe brachte mich um den Verstand, sodass ich aufstand und die Treppen langsam abwärtsging. Zuerst überlegte ich mir, was ich als Nächstes tun sollte.

In der Küche bereitete ich mir einen Kaffee zu und nahm vor der Eingangstür auf dem Boden Platz.

Sie würde nicht gehen, bevor ich nicht alles Menschenmögliche versucht hätte.

Am Morgen gegen acht kam sie die Stufen herunter, in ihrer rechten Hand ein Koffer, und blieb vor mir stehen.

»Ich will nicht, dass du gehst«, flüsterte ich heiser.

»Geh mir aus dem Weg«, befahl sie im gleichen Ton wie gestern.

»Das kann ich nicht!«

»Du hast nicht die Befugnis mich hier festzuhalten. Ich habe einen freien Willen und möchte sofort dieses verschissene Haus verlassen! Lass mich sofort gehen!«, fauchte sie.

»Ich will nicht, dass du mich verlässt. Bitte rede nur mit mir«, sagte ich mit gefestigter Stimme.

»Worüber?« Sie lachte auf. »Jetzt kennst du doch alle schmutzigen Details. Also, was möchtest du noch wissen? Ich helfe, wo ich kann.«

»Hör auf damit!«, knurrte ich. »Verdammt, ich weiß genauso wenig wie du, was ich machen soll! Du bist einfach in mein Leben getreten und hast es auf den Kopf gestellt. Was sollte ich deiner Meinung nach tun?«

»Es war nicht von mir geplant, dein Leben so ins Chaos zu stürzen«, sagte sie ruhig. »War unbeabsichtigt. Für den Rest kannst du dich bei deinen Onkeln bedanken. Die haben dir das angetan, nicht ich. Und jetzt geh mir aus dem Weg!«

Anscheinend kam ich auf diese Weise nicht weiter. Sie sah mich zwar an, aber in ihrem Blick war nichts mehr zu erkennen. Mein Baby war nicht mehr vorhanden. Hatte ich sie tatsächlich zerstört? Ich musste es irgendwie schaffen, zu ihr durchzudringen.

»Ich will noch einmal die Worte aus deinem Mund hören«, sagte ich schließlich.

»Was für Worte?«, fragte sie irritiert.

»Dass du mich liebst!« Erschrocken sah sie mich an und schüttelte den Kopf. Ihre Stirn legte sich in Falten, als würde sie nachdenken.

»Kann mich nicht erinnern, es jemals erwähnt zu haben«, antwortete sie kalt.

»Verarsch mich nicht!«, fauchte ich. »Als ich dich gefunden habe, hast du es zwei Mal ausgesprochen. Im Bett in Berlin hast du es ebenfalls gesagt, auch wenn du danach so getan hast, als würdest du schlafen.«

Immer wieder bewegte sich ihr Kopf hin und her. Nunmehr sammelten sich Tränen in ihren Augen, die sie vehement zurückzudrängen versuchte. In diesem Moment wusste ich, dass ich sie noch nicht ganz verloren hatte. Wenn ich so weitermachte, würde ich ihre Fassade zum Einstürzen bringen. Viel fehlte nicht mehr. Sie liebte mich, und wenn sie etwas Gegenteiliges behauptete, log sie.

»Jay, was willst du noch von mir?«, seufzte sie.

»Sag es!«, knurrte ich.

»Ich werde es nicht aussprechen, weil es gelogen wäre«, sagte sie und ich wäre fast zusammengezuckt. Doch ich hielt mich in der Waagerechten. Sie log. Ihr ganzer Körper verriet sie. Seit Monaten konnte sie mir nichts mehr vormachen.

Langsam erhob ich mich, ging allerdings nicht auf sie zu, sondern sah sie nur an. »Ich liebe dich, Leora. Liebst du mich auch?«

Sie wandte sich ab und suchte augenscheinlich eine Fluchtmöglichkeit.

»Beantworte meine Frage«, forderte ich streng.

Endlich drehte sie sich wieder zu mir um. »Nein. Ich liebe dich nicht. Zufrieden? Dann lass mich jetzt gehen.« Eine Träne löste sich aus ihrem Augenwinkel.

»VERDAMMT, SAG MIR DIE WAHRHEIT«, rief ich, sie zuckte zusammen und starrte mich mit aufgerissenen Augen an.

Blitzschnell wandte sie sich ab, ließ ihre Taschen fallen und rannte durch die Terrassentür hindurch auf die Wiese. Sofort folgte ich ihr, bekam sie an der Schulter zu packen, und zwang sie somit, stehen zu bleiben. Sie versuchte sich aus meinem Griff zu winden, sodass ich gezwungen war, sie mit beiden Armen zu halten.

»LASS MICH SOFORT LOS!«, schrie sie. Unsanft schüttelte ich sie und sie beruhigte sich. Sie sah mich nicht an, sondern an mir vorbei.

»SAG MIR JETZT DIE WAHRHEIT«, rief ich zurück und nun endlich erwiderte sie meinen Blick – ihre Wangen bedeckt von der salzigen Flüssigkeit.

»Du hast mich tief verletzt. Ich fühle mich zerrissen innen und außen. Es erscheint mir unmöglich damit umzugehen.«

Das waren nicht die Worte, die ich hören wollte und doch hatte sie mir diese unterschwellig zu verstehen gegeben. Gestern hatte sie gesagt, dass nur Menschen sie verletzen konnten, die ihr etwas bedeuten würden. Das war ein Zugeständnis, wenn auch ein minimales.

»Ich weiß«, wisperte ich. »Mir lag nichts ferner, als dir wehzutun. Meine Entscheidung habe ich getroffen, weil ich dich beschützen wollte. Es gab für mich keinen anderen Ausweg, als dir die Geschichte vorzuenthalten. Bitte verzeih mir! Ab sofort keine Lügen mehr. Niemals!«

»Lass mich bitte los«, flüsterte sie und ich kam ihrem Wunsch nach.

Langsam wich sie einige Schritte zurück. Immer wieder schüttelte sie ihren Kopf.

»Baby, darf ich dich in den Arm nehmen?«

»Nein. Bitte berühr mich nicht. Das würde ich jetzt nicht überleben«, wisperte sie und schlug sich die Hände vor das Gesicht. Gleichzeitig gaben ihre Beine nach und sie landete auf dem Boden. Ihr ganzer Körper zitterte und sie weinte. Es sah so aus, als hätte sie noch nie so dermaßen losgelassen. Sie war ein gefallener Engel und ich wusste, dass nur ich imstande war, sie wieder emporzuheben. Weil sie mich liebte. Auch wenn sie nicht in den Arm genommen werden wollte, konnte ich sie nicht so alleine auf dem Boden kauern lassen, also kniete ich mich vor sie. Minuten später legte ich meine Arme um sie, zog sie an mich, was sie widerstandslos zuließ. Nach einer Weile griff sie um mich und verschränkte ihre Finger hinter meinem Rücken.

Wie lange wir so verweilten, konnte ich nicht sagen, aber es fühlte sich wie eine Ewigkeit an. Irgendwann löste sie sich etwas von mir und sah zu mir herauf. Unsere Blicke trafen sich und ich war verloren.

»Ich möchte, dass du mir die ganze Wahrheit erzählst«, flüsterte sie und ich nickte.

Wir erhoben uns und begaben uns zurück ins Haus, wo sie in der Küche Platz nahm, währenddessen ich uns einen Tee zubereitete. Schließlich ließ ich mich ihr gegenüber nieder. Wie versprochen erzählte ich ihr alles. Von Rumänien bis zu dem, was ich auf den Monitoren beobachten konnte, sowie die Geschichte des Hünen. Weiterhin erwähnte ich die Angelegenheit mit der Empfangsdame Monika, und wie Sterov hineingelangt war. Von ihrem Tod berichtete ich ihr ebenfalls. Eine kurze Zeit schwiegen wir, bis ich ihr schlussendlich von dem Telefonat zwischen mir in diesem kranken Bastard erzählte.

Sie wollte es sich unbedingt anhören, und auch wenn ich dagegen war, spielte ich es ihr vor. Dabei brach sie erneut in Tränen aus und flehte Gott an, sie endlich in Ruhe zu lassen.

›Wie viel kann eine so wunderbare Frau noch ertragen?‹, fragte ich mich.

Allerhand schien es nicht mehr zu sein. Dass sie überhaupt zu so einer Person geworden war, erschien mir wie ein Wunder.

»Ich muss dir noch etwas sagen.«

Misstrauisch betrachtete sie mich und nickte ganz knapp.

»Vom BKA liegt mir deine Akte vor«, sagte ich ruhig und Leora riss ihre Augen auf und wollte sofort eine Anmerkung machen, als ich schon weitersprach. »Warte. Lass mich bitte ausreden. Ich habe sie noch nicht gesichtet. Nur mit deinem Einverständnis werde ich sie studieren. Ich brauche dringend mehr Details über ... Dominik.« Den Namen konnte ich nur durch zusammengepresste Zähne zischen.

Plötzlich wurde sie bleich im Gesicht, sprang vom Hocker und rannte ins Bad. Verwirrt ging ich hier hinterher und vernahm von der Tür aus, dass sie sich übergab.

Diese Reaktion überraschte mich, nach den ganzen Informationen, die sie soeben von mir erhalten hatte, nun wirklich nicht. Gerne hätte ich sie ihr erspart, aber sie hatte immerhin ein Recht dazu, alles zu erfahren. Das war mir mittlerweile klar geworden. Für mich stand fest, dass ich sie niemals wieder anlügen würde.

»Kann ich etwas für dich tun?«, fragte ich besorgt.

Schon öffnete sich die Tür, und war immer noch leichenblass. Sie schüttelte den Kopf und hielt ihre Hand vor den Mund. Schnell griff sie nach ihrer Tasche und lief die Treppen hoch.

Kurze Zeit später erschien sie erneut in der Küche.

»Alles in Ordnung?«

»Ja«, antwortete sie leise. »Vielleicht habe ich mir den Magen verdorben. Keine Ahnung!«

Weiter gingen wir nicht darauf ein, sondern unterhielten uns tatsächlich über ihre Vergangenheit. Sie erzählte mir sogar von ihren Eltern und wie sie mit ihnen Weihnachten verbracht hatte. Es war schön zu hören, wie sie aufgewachsen war. Sie sprach von Jenna und Sophie und welche Pläne sie immer gehabt hatten.

»Willst du auch mal mit Jenna sprechen?«, fragte ich vorsichtig.

»Vielleicht«, antwortete sie und sah dabei gedankenverloren aus dem Fenster.

»Sie hat es mir gesagt, weil sie dich so sehr liebt. Es lag keine böse Absicht dahinter, das musst du mir glauben«, versuchte ich ihr zu erklären.

»Ich weiß«, erwiderte sie knapp und ich atmete auf.

Sie würde Jenna wieder verzeihen und auch Sophie, das fühlte ich. Es schien, als würde sie langsam verstehen, dass Menschen in ihrem Umfeld existierten, die sie liebten.

»Ich gebe dir mein Einverständnis, die Akte für deine Recherchen zu lesen«, flüsterte sie plötzlich und ich schloss für einen Moment die Augen. »Was geschieht jetzt?«

»Wie meinst du das?«

»Was genau hast du vor? Ich meine, mit ihm! Hast du einen Plan?«, fragte sie misstrauisch.

»Ja«, antwortete ich knapp.

Sie seufzte. »Verrätst du mir auch, wie der aussieht?«

»Suchen ... finden ... ausschalten!«, war alles, was ich dazu zu sagen hatte.

Kapitel 23

Leora

Einige Tage nach dem Desaster nahm ich mein Handy und schrieb Sophie. Schließlich hatte ich viel mit Jay gesprochen und dabei waren mir einige Dinge klar geworden. Mit meiner unberechenbaren Art konnte ich nicht mein Leben lang weitermachen und immer wieder die Menschen vor den Kopf stoßen, die fortwährend an meiner Seite gewesen waren. Gut, es war nicht schön, unter welchem Vorwand sie mich nach Amerika gelotst hatte, aber mir wurde klar, dass sie anders keine Chance gehabt hätte. Einfach schien ich nicht zu sein, was mir mittlerweile ebenfalls bewusst geworden war. Meine Freundin stimmte einer Verabredung zu. Nur bat mich Jay, diese nicht außerhalb seines Anwesens stattfinden zu lassen, sondern das Treffen auf seine Terrasse zu verlegen. Solange wie die Unterhaltung andauerte, würde er sich bei seinem Bruder einnisten. Dafür war ich ihm dankbar und willigte ein.

Nachdem sie erschienen war, bereiteten wir uns einen Kaffee zu und gingen schweigend zu der Hollywoodschaukel, nahmen dort Platz und starrten eine Zeit lang auf den See.

»Es tut mir wirklich leid«, fing sie an.

»Ich weiß«, antwortete ich. Schließlich war es eine schwierige Situation für uns beide.

Es hatte sich in den letzten Monaten so viel verändert, dass ich davon überhaupt nichts mitbekommen hatte. Vielleicht hatte ich auch versucht, es wie immer zu verdrängen. »Lass uns nur bitte ab sofort ehrlich zueinander sein. Keine Lügen mehr, okay?«

Meine Freundin nickte, stellte ihren Becher auf den Boden und umarmte mich, was ich erwiderte.

»Sean und Jay arbeiten an einem Plan«, gestand sie mir. Sie konnte nicht ahnen, dass ich darüber im Bilde war. Jay hatte sich an sein Versprechen gehalten und mich über alles in Kenntnis gesetzt. Einige Dinge wollte ich überhaupt nicht wissen, was ich ihm dann auch gesagt hatte. Täglich war er intensiv mit der Akte beschäftigt. Nur ich wollte nicht hineinsehen, denn die Bilder waren sowieso ständig in meinem Kopf. Immer wieder betrachtete er die Aufnahme von Dominik, als würde er sich sein Gesicht in sich aufsaugen. Die Fotos, die von mir in der Klinik aufgenommen worden waren, hatten ihn dermaßen schockiert, dass er ein riesiges Loch in eine Wand im Eingangsbereich getreten hatte. Sofort hatte ich mich zurückgezogen, um ihm seine Ruhe zu geben.

Ich war nicht in der Lage, lange und ausschweifend über Dominik zu reden. Also übernahm das Sophie. Sie kannte ihn immerhin genauso gut wie ich. Aber wenn sie über ihn sprach, veränderte sich ihr ganzes Wesen. Ich konnte nur ahnen, warum das so war, und das hatte nicht nur mit mir zu tun.

Auch nach einigen Tagen war es mir nicht möglich, mich von Jay berühren zu lassen. Sobald er mir auch nur zu nahe kam, zuckte ich zusammen. Widersprüchlich daran war, dass ich ihn vermisste.

»Ich mache mir Sorgen um Jay und Sean«, gestand ich.

»Jay hat mich gefragt, ob er seine Freunde mit einbeziehen darf.«

Immer wenn er mit seinem Bruder über den Unterlagen brütete, machte ich mir Gedanken. Schließlich hatte ich sie in diese Situation gebracht und nunmehr waren sie gezwungen zu handeln. Auch wenn Jay immer wieder versuchte, mich vom Gegenteil zu überzeugen, wusste ich, dass alles nur meinetwegen geschehen würde.

Als er mich um die Erlaubnis bat, seine Leute über alles zu informieren, musste ich zuerst schlucken. Schließlich hatte ich mein Geheimnis jahrelang behütet und nun sollten fremde Menschen davon erfahren? Lange dachte ich darüber nach und gab letztendlich mein Okay. Immerhin bemühte sich Jay, mich zu schützen und Dominik gleichzeitig zu finden. Auf keinen Fall wollte ich, dass er ihn alleine suchte, denn ich wusste, wie gefährlich dieses Schwein sein konnte. Ja, Jay und seine Leute waren Seals. Nur war Dominik für mich seit Jahren ein unbesiegbares Monster. Was mir allerdings enorm zusetzte, war Jays Sicherheit. Der Gedanke, Dominik könnte ihm etwas antun, brachte mich fast um. Gesagt hatte ich es ihm nicht, aber meine Angst schnürte mir regelrecht die Kehle zu.

Sophie und ich redeten noch eine ganze Weile über Gott und die Welt. Auch sie sprach mich auf Jenna an. Also versprach ich, mich so bald wie möglich mit ihr in Verbindung zu setzen, um die Sache zu klären. Wenn ich Jay, Sean und Sophie vergeben konnte, dann auch Jenna. Sie hatte es aus Freundschaft und Liebe zu mir getan. Und dies verstand ich mittlerweile.

Nach einigen Stunden verabschiedeten wir uns und sie verschwand. In der Küche bereitete ich mir etwas zu essen zu, denn ich verspürte seit Stunden Heißhunger.

Allerdings musste ich zugeben, dass meine Übelkeit nicht im Geringsten nachgelassen hatte. Sie war ständig zugegen. Vielleicht vertrug ich das Wasser oder das Essen in diesem Land nicht. Anders konnte ich es mir nicht mehr erklären. Wie auch immer. Einen Bagel musste ich zu mir nehmen. Hinter mir machte ich ein Geräusch aus und wusste, dass es sich dabei um den Hausbesitzer handelte. Er stellte sich neben mich und fing an, sich ebenfalls einen zu machen.

»Habt ihr alles klären können?«, fragte er mich.

»Ja, wir haben uns ausgesprochen!«

»Sehr gut«, sagte er, zwinkerte mir zu und begab sich ins Wohnzimmer. Über sein Verhalten wunderte ich mich nicht, denn ich war selber daran schuld. Er hatte mir mehrmals gesagt, dass er mich lieben würde, und ich es bislang nicht erwidern können. In meinem Kopf schrien die drei verdammten Worte mich regelmäßig an, nur aussprechen konnte ich sie nicht. Wenn ich mich nicht langsam in den Griff bekommen würde, könnte ich ihn verlieren. Mit meinem Bagel in der Hand folgte ich ihm, nahm im Sessel und nicht neben ihm Platz und starrte in den Fernseher.

Mittlerweile waren wir schon seit vier Wochen in New York. Seit der Auseinandersetzung vor knapp drei Wochen lief alles normal. So normal, wie es eben laufen konnte. Nur dass Jay mich nicht mehr anfasste, küsste, geschweige denn mit mir intim wurde. Jetzt, wo er alles wusste, konnte ich ihn sogar verstehen und doch vermisste ich ihn. Von Anfang an hatte ich befürchtet, dass er sich vor mir ekeln würde. Das würde ich wahrscheinlich auch an seiner Stelle. Eines musste ich zugeben: Seit ich mich ausgesprochen hatte, ging es mir seelisch wirklich besser.

Ein gewisser Druck war von mir abgefallen und die Enge in meiner Brust hatte erheblich nachgelassen. Natürlich hatte ich nach wie vor Bedenken wegen Dominik, doch war ich mir sicher, dass Jay, Sean und die anderen versuchen würden, Sophie und mich zu beschützen. Meine Übelkeit war allgegenwärtig, nur machte ich mir deswegen keine Gedanken mehr. Was mich mittlerweile wütend machte, war Jays Art. Nun war er es, der mir aus dem Weg ging. Vielleicht wollte er mich nicht mehr, allerdings musste er mich nicht behandeln wie einen Krankheitserreger. In letzter Zeit entpuppte ich mich als ziemlich launisch, versuchte aber mich am Riemen zu reißen.

Am heutigen Tag war er wieder mal im Büro und ich saß alleine in seinem großen Haus. Sophie, die mit mir den Nachmittag verbracht hatte, war bereits weg.

Gegen sechs am Abend hörte ich hinter mir eine Tür aufgehen und zufallen. Der Mann des Hauses war zurückgekehrt. Den ganzen Tag hatte ich mich in Rage geredet, sodass ich ihm am liebsten umgehend an die Gurgel gesprungen wäre. Auch hatte ich mir überlegt, meine Sachen zu packen und zu Sean zu ziehen.

»Hey, ich habe Besuch mitgebracht«, hörte ich Dopibär sagen. Ja, richtig gelesen – ab sofort nannte ich ihn bei seinem ursprünglichen Namen, denn ich hatte die Schnauze gestrichen voll.

Langsam drehte ich mich um und sah Testomen mit Sam im Schlepptau näherkommen. Sam beugte sich zu mir herab und gab mir einen Kuss auf die Wange.

»Hey Mäuschen, wie sieht es aus?«, sagte er zuckersüß.

»Gut und bei dir?«, erwiderte ich mit einem verschmitzten Lächeln.

Sollte Mr. Universum ruhig sehen, dass es mir scheißegal war. Vielleicht würde ich auch mit zu Sam gehen. Ich sollte ihn mal fragen! Später.

»Wie war dein Tag?«, fragte Mr. Ich-Fass-Dich-Nie-Wieder-An Kingston und nahm neben mir Platz.

Mit finsterem Blick betrachtete ich ihn. »Super. Absolut ereignisreich. Erst habe ich ausgeschlafen und mich angezogen. Seitdem sitze ich in deinem Garten und starre Löcher in die Luft. Einfach himmlisch. Und deiner?«

»Morgen bleibe ich zu Hause und wir unternehmen etwas, okay?«, gab er genervt zurück.

»Gib dir keine Mühe«, zischte ich ihn an und wandte mich an Sam. »Ich habe eine Frage an dich, Sam!«

»Klar. Schieß los!«, antwortete er und trank einen Schluck Bier.

»Hast du noch ein Zimmer in deinem Haus frei, das ich für die Dauer meines Aufenthaltes beziehen könnte?«, fragte ich lächelnd. Allem Anschein nach hatte keiner der beiden Männer mit meiner Frage gerechnet und Sam verschluckte sich sogar.

»Ich würde bei dir sofort ja sagen, Honey«, antwortete er leichthin. »Nur weiß ich, dass ich dann meinen Job los bin und wahrscheinlich im Krankenhaus lande.«

»Sam, entschuldigst du uns für einen Moment«, knurrte Dopibär, packte mich am Oberarm, zog mich aus meinem Stuhl und schleifte mich förmlich hinter sich her.

»Kein Stress. Ich finde den Weg nach draußen alleine, Boss«, hörte ich Sam lachend rufen.

Währenddessen zog mich Mr. Universum die Treppen nach oben, direkt in sein Schlafzimmer.

AHA!

Mit dem Fuß stieß er die Tür hinter uns zu.

»Warum tust du das?«, knurrte er.

»Hier geht es nicht darum, was ich tue«, konterte ich, »sondern was du in letzter Zeit abziehst!«

»Was ziehe ich deiner Meinung nach ab?«

»Hör auf mich zu verarschen, Jay«, fauchte ich. »Ich weiß, dass du mich nicht mehr hier haben willst. Du kannst es überhaupt nicht erwarten, Abstand zwischen uns zu bringen. Aber weißt du was?« Resigniert warf ich meine Hände in die Luft. »Ich verstehe dich sogar. Ich würde mich auch nicht mehr anfassen wollen, wenn ich du wäre. Das ist nicht das, was mich fertigmacht. Nur dass du mich in deiner Nähe nicht mehr ertragen kannst.«

»Wie bitte?«, sagte er gefährlich leise. »Hast du jetzt völlig den Verstand verloren? Hörst du dir eigentlich manchmal selber zu? Du treibst mich in den Wahnsinn, weißt du das?«

»Du gehst mir aus dem Weg«, flüsterte ich. »Du berührst mich nicht mehr, du küsst mich nicht mehr. Du ekelst dich vor mir!«

Er fuhr sich mit den Händen über den Kopf und schüttelte diesen, als sei ich total irre. Hatte ich irgendetwas verpasst? Immerhin ignoriert er mich seit Wochen. Ohne ein weiteres Wort stand er plötzlich vor mir, packte meinen Hintern und hob mich hoch. Auf seiner Kommode setzte er mich ab, nachdem er sie mit einer Handbewegung leer gefegt hatte.

Seine Finger vergruben sich in meinem Haar und mit seinem Daumen streichelte er mir die verräterischen Tränen von der Wange. »Wie kommst du nur immer auf so einen Scheiß?«, fragte er mich direkt an meinen Lippen. »Habe ich dir nicht mehrmals gesagt, wie sehr ich die liebe? Baby, ich könnte mich nie vor dir ekeln. Ich bin dir aus dem Weg gegangen, um dir Zeit zu geben.

Du hast viel erlebt und die letzten Wochen erst mit der Verarbeitung angefangen. Ich wollte dich nicht bedrängen. Mir ist es doch ebenso schwergefallen, okay?«

Gut, so weit hatte ich nicht gedacht. Schließlich war ich es nicht gewohnt, in dieser Form Aufmerksamkeit zu bekommen.

»Okay«, wisperte ich.

Langsam zog er mich an sich und legte seine Lippen auf meine. Umgehend öffnete ich den Mund und hieß seine Zunge willkommen.

Seine Hände stahlen sich auf meinen Rücken, und meine fanden seinen Nacken. So nah, wie ich ihm kommen wollte, war es nicht möglich. Mit einem Ruck entledigte er sich seines Shirts und seiner Hose, griff den Saum meiner Bluse und schälte sie mir ab. Mein BH folgte umgehend. Da ich mich für die Terrasse nicht schick machen musste, trug ich eine einfache Shorts mit Gummizug. Er hob mich kurz an und zog sie mir inklusive Höschen über meinen Hintern, setzte mich ab und streifte alles zusammen über meine Knöchel.

Sanft spreizte er meine Beine und küsste sich von meinem Mund aus abwärts. Als er an meiner Mitte anlangte, teilte er mit zwei Fingern meine Schamlippen und leckte mich. Scharf zog ich die Luft ein und schloss die Augen. Abwechselnd leckte und saugte er, bis ich einen Finger spürte, der sich in mich schob. Dieses Gefühl war so intensiv, dass ich fast explodierte. Es schien, als sei ich völlig ausgehungert – als hätte ich eine Ewigkeit keinen Sex gehabt. So war es schließlich auch!

Die Spannung in mir stieg an, und als er den zweiten Finger in meine Mitte einführte, zersprang ich umgehend und schrie auf.

»Du schmeckst so gut, Baby. Ich habe dich so vermisst.«

Jay küsste mich und ich konnte mich selber kosten. Es war verrucht, aber auch irre verführerisch. Gleichzeitig drang er in mich ein und ich dachte, ich würde im Himmel sein. Es fühlte sich an, als sei er noch größer, noch länger geworden.

»Baby, verdammt du bist so eng«, rief er und bewegte sich schneller in mir. Mit meinen Nägeln krallte ich mich in seinen Hintern und feuerte ihn so an, sein Tempo weiter zu erhöhen.

Die Kommode war sicherlich nicht für eine solche Situation konstruiert worden und ich hoffte, dass sie unter uns nicht zusammenkrachen würde. Erneut spürte ich meinen Höhepunkt näherkommen, verkrampfte und detonierte in tausend kleine Stückchen. Jay folgte mir auf dem Fuße und brüllte so laut, dass ich befürchten musste, einen Tinnitus zu bekommen. Ohne sich aus mir herauszuziehen, hob er mich ein Stück hoch und brachte uns zum Bett. Er schwebte über mir und noch immer füllte er mich aus.

Irgendwann glitt er dennoch aus mir heraus und legte sich neben mich. Zwischen meinen Schenkeln brannte es, und zwar nicht, weil es zu viel gewesen war, sondern weil ich mehr brauchte. Sanft strich ich an seinem Glied auf und ab und dieses zeigte sich außerordentlich willig.

»Baby, was ist denn heute los mit dir? Gib mir eine Mi... Oh Gott«, rief er und griff in meine Haare.

Meine Zunge ließ ich sachte über seinen Schaft kreisen und brachte ihn dazu, erneut hart zu werden. Ohne weitere Gedanken, nahm ich rittlings auf ihm Platz, packte seinen Schwanz und führte ihn in mich ein. Ich warf den Kopf in den Nacken und genoss Jays Berührungen. Er setzte sich auf, dirigierte mit seinen Händen meine kreisenden Bewegungen und leckte an meiner Knospe. Als er hineinbiss, schrie ich, denn ich bemerkte, dass ich ihn intensiver fühlte.

Plötzlich dreht er uns um, sodass ich auf dem Rücken lag. Ganz langsam bewegte er sich in mir.

Wir hatten jetzt keinen harten Fick, stattdessen machten wir Liebe. Ich sah ihm in die Augen, und bevor ich darüber nachdenken konnte, öffnete sich mein Mund. »Ich liebe dich über alles.«

In seinen Bewegungen hielt er inne und erwiderte meinen Blick. Ohne etwas zu sagen, beugte er sich herunter und küsste mich. Als er den Kuss unterbrach, sah er mich wieder an, packte meine Handgelenke, hob sie über meinen Kopf und hielt mich so gefangen. Er wurde nicht schneller, sondern blieb im gleichen Takt und ließ mich dabei nicht aus den Augen.

Wir kamen gleichzeitig und brüllten förmlich.

Jay brach auf mir zusammen. »Ich liebe dich auch, Baby. Mehr als du jemals ahnen wirst.« Bei diesen Worten schloss ich die Lider.

Am nächsten Morgen wachte ich in seinen Armen auf und betrachtete den Mann neben mir. Plötzlich wurde mir speiübel. Vorsichtig machte ich mich von ihm los, stand auf und rannte zur Toilette und übergab mich. Nachdem ich fertig war, setze mich auf den kalten Boden und erstarrte bei dem Gedanken, der mir durch den Kopf schoss.

Nein, das konnte nicht sein! Das war unmöglich, oder?

War ich vielleicht schwanger?

Kapitel 24

Jay

Wenn sie so weitermachen würde, brächte sie mich irgendwann um. So viel stand fest. Diese Frau war anscheinend unersättlich geworden. Die letzte Nacht war der absolute Hammer gewesen. Als ich am nächsten Morgen wach wurde, lag sie – wie immer – nicht neben mir. Ob sie es jemals schaffen würde, liegen zu bleiben? Im selben Moment hörte ich die Badezimmertür aufgehen und da stand sie! Allerdings schien sie ziemlich blass zu sein. Langsam machte ich mir wegen ihrer Magenprobleme wirklich Sorgen.

»War dir schon wieder schlecht?«, fragte ich und sie nickte. Mit schnellen Schritten kam sie auf das Bett zu und schlüpfte unter die Decke, um sich anschließend in meine Arme zu kuscheln. So bedürftig war sie noch nie gewesen, sodass ich sie verwirrt an mich drückte. Fortwährend streichelte ich ihren Rücken oder gab ihr einen Kuss auf die Stirn.

»Sollen wir eventuell mal einen Arzt konsultieren, Baby?«

»Mal sehen. Vielleicht geht es auch bald vorbei!«, flüsterte sie.

»Ich kenne einen guten und lass dir die Kontaktdaten hier. Wenn du willst, ruf ihn an und sag, dass du von mir kommst, okay?«

»Okay!«, wisperte sie. Eine ganze Weile lagen wir noch in dieser Position zusammen und schwiegen.

»Was möchtest du heute machen?«, fragte ich sie schließlich.

»Ich weiß nicht. Hast du eine Idee?«

»Was hältst du davon, wenn wir New York unsicher machen? Irgendwo schön essen gehen, danach shoppen und vielleicht ins Kino?«, schlug ich vor.

»Hört sich super an.«

Anscheinend war sie nicht in der Stimmung, sich zu unterhalten, was vollkommen in Ordnung für mich war.

Irgendwann standen wir auf, duschten und machten uns fertig. Wir nahmen uns jeweils einen Coffee-to-go und gingen gemütlich zum Auto. In der Stadt parkte ich in der Tiefgarage meiner Firma, weil ich ihr zeigen wollte, wo ich arbeitete. Von dort aus konnten wir zu Fuß in die Mall.

»Hi Laura, darf ich dir Leora Restma vorstellen? Leora, das ist Laura Seltmare. Sie ist seit vier Jahren für mich tätig.« Die beiden reichten sich die Hände.

»Hi, Frau Restma, freut mich Sie kennenzulernen.«

Mehr als ein »Hi« erwiderte mein Mädchen nicht. Allem Anschein nach beruhte die Freude nicht auf Gegenseitigkeit.

Innerlich musste ich lachen und zog sie weiter zu den Aufzügen. Oben angekommen gingen wir direkt zu Sam, der Leora – wieder einmal – mit diesem besonderen Ausdruck im Gesicht betrachtete. Das müsste ich ihm wohl austreiben.

»Hey, Mäuschen«, rief er ihr zu, und als er vor ihr stand, gab er ihr einen Kuss auf die Wange. »Hey, Boss.« Mit funkelnden Augen wollte ich ihn zum Schweigen bringen, allerdings lachte er nur. War klar! Natürlich war mir bewusst, dass er das extra machte, um mich zu provozieren. Wahrscheinlich besaß ich eine ziemlich eifersüchtige Neigung.

Bei dieser Frau war das auch durchaus angebracht. Sie sah atemberaubend aus und war sich dessen nicht bewusst.

»Hi Sam, schön dich zu sehen«, sagte sie leise und lächelte ihn an. So wie es aussah, spielte ich auf verlorenem Posten, denn die beiden mochten sich augenscheinlich.

Was tatsächlich von Vorteil war, denn Sam war einer der Wenigen, denen ich Leora anvertrauen würde, wäre ich verhindert.

Sam zwinkerte ihr erneut zu und folgte uns zu Bens Büro. Konzentriert saß dieser an seinem Schreibtisch und schien über irgendetwas zu grübeln. Ohne anzuklopfen, betraten wir es.

»Tu nicht so, als würdest du arbeiten«, zog ich ihn schmunzelnd auf.

Er hob den Kopf und seine Stirn legte sich in Falten. Als er jedoch Leora sah, bekam er sich schnell in den Griff, stand auf und umarmte sie kurz, was sie erwiderte. Ich musste zugeben, dass ich darüber überrascht war, aber gleichzeitig unglaublich froh.

»Hey, du Schöne«, sagte er. »Mir bricht es das Herz, dass du dich für ihn entschieden hast, aber ich werde es überleben!«

»Lass die Griffel von meiner Frau«, fuhr ich ihn gespielt an und erst dann fiel mir auf, was ich soeben von mir gegeben hatte. Mein Freund sah mich mit hochgezogener Augenbraue an, und Leora fing an zu lachen, was sich ein wenig hysterisch anhörte. Das verstand ich sogar. Himmel!

»Ähm, Boss, kann ich kurz mit dir etwas besprechen?«, fragte er mich und ich nickte ihm zu. »Unter vier Augen, wenn möglich.«

»Können wir das verschieben? Ich wollte Leora heute herumführen!«

»Ja. Macht ruhig. Wenn es euch nicht stört, sehe ich mich ein bisschen um und ihr könnt in Ruhe sprechen«, sagte sie und schenkte mir ein Lächeln. Umgehend beugte ich mich zu ihr und gab ihr einen Kuss auf den Mund.

»Danke, Baby!«

»Komm, Mäuschen, ich führe dich rum!«, bot Sam an und streckte ihr seine Hand entgegen, die sie sofort ergriff.

»Ich glaube, ich muss Sam im Auge behalten«, sagte ich mehr zu mir selber und hörte hinter mir meinen Freund lachen. Schließlich wandte ich mich ihm zu und nahm auf dem Sofa Platz.

»Was gibt es so Dringendes?«

»Zuerst möchte ich dir eine Frage stellen!«, sprach er mit fester Stimme. »Hast du die Stellungnahmen von Leora und Sophie aus der Akte genommen oder sie irgendwo liegen gelassen?«

»Nein!«, antwortete ich umgehend. »Wie kommst du darauf?«

»Ich wollte sie mir heute erneut vornehmen, weil ich dachte, wir hätten vielleicht etwas übersehen. Aber ich kann ihre Aussagen nicht finden. Sie sind spurlos verschwunden.«

Langsam erhob ich mich, ging zu ihm und schnappte mir die Unterlagen. Immer wieder blätterte ich sie durch, stellte allerdings ebenfalls fest, dass dieser Abschnitt fehlte. Anschließend verließ ich den Raum, um in meinen zu gehen.

Auf meinem Schreibtisch suchte ich alles genauestens durch, fand jedoch auch dort nichts. Sofort zog ich mein Handy hervor und rief Sean an. Aber er teilte mir mit, dass er keinerlei Papiere entwendet hätte. Zurück bei Ben, sah ich ihn an. »Wo hattest du die Akte?«, fragte ich.

»Wenn wir sie nicht durchgesehen haben, entweder in deinem oder meinem Safe«, erwiderte er.

Mit verschränkten Armen wandte ich mich zur Glastür und starrte in das Großraumbüro. Dort saß Leora mit Sam zusammen und lachte über irgendetwas, was er gesagt hatte.

»Okay«, knurrte ich. »Ab sofort nimmst du sie mit zu dir nach Hause. Wenn ich sie brauche, hole ich sie mir. Wer hat die Kombi zu deinem Safe?«

»Nur du, Sam, John, Brian und Sean«, antwortete er. »Glaubst du wirklich, einer unserer Jungs hat damit zu tun? Scheiße Boss, wir sind Seals!«

Brian kam nicht infrage, da er sich in einem Auslandseinsatz befand. Gleichzeitig wollte ich auch nicht glauben, dass einer meiner anderen Freunde etwas dergleichen tun würde. Dennoch war ich mir nicht hundertprozentig sicher gewesen.

»Wir sind Ex-Seals«, verbesserte ich ihn. »Vergiss das nicht. Zu Hause werde ich mich auch noch mal auf die Suche begeben. Alles kann möglich sein. Sollte dies nicht der Fall sein, mein Freund, sag mir, was ich denken soll?«

»Tja. Ich habe keinen blassen Schimmer!«, gab er zurück.

›Genauso wenig wie ich‹, dachte ich.

Nachdem ich mit Ben gesprochen hatte, krallte ich mir mein Mädchen aus den Fängen dieses anderen Mannes und ging gemächlich mit ihr in Richtung Stadt.

»Ist mit dir alles in Ordnung?«, fragte sie mich besorgt.

»Ja, Baby. Es fehlen nur Unterlagen und wir können sie nicht finden. Wenn wir zu Hause sind, muss ich noch einmal schauen.«

Sie nickte mir zu, ohne weiter darauf einzugehen. Darüber war ich froh, denn damit brauchte ich ihr nicht die ganze Wahrheit sagen. Das würde ich erst daheim ansprechen und sie über die Situation aufklären. Immerhin mussten wir weiterhin vorsichtig sein.

Die Recherchen liefen auf Hochtouren, aber der Kerl war anscheinend nicht dumm. Seine Spuren hatte er gut verwischt, aber meine Leute würden nicht aufgeben.

Nachdem wir einkaufen und im Kino waren, schien sie erschöpft zu sein, sodass ich mich entschied, sie nach Hause zu bringen. In der Tiefgarage steuerten wir auf meinen Wagen zu. Wir stiegen ein und fuhren los. Am Haus angekommen, schrillte die Alarmanlage.

»Du bleibst im Auto! Verriegele die Türen!«

Sofort sprang ich raus und sah auch schon Sean auf mich zurennen.

»Was ist los?«, fragte er.

»Lass uns nachsehen, dann wissen wir es«, sagte ich und zog meine Waffe. Langsam öffnete ich die Tür und wir gingen systematisch vor. Zuerst sicherten wir die untere Etage und schlichen die Treppe hinauf. Nachdem wir jedes Zimmer überprüft hatten, sicherten wir unsere Kanonen und steckten sie weg.

»Vielleicht ein Fehlalarm?«, fragte Sean.

Ich schüttelte den Kopf. »Das glaube ich nicht, Bro!«

»Wer hat Zugang zu deinem Haus und kennt den Code?«

»Das ist es ja«, antwortete ich. »Gestern habe ich die Kennung manuell geändert. Darüber habe ich keinen in Kenntnis gesetzt. Bis dahin kannten ihn fünf Personen, mich eingeschlossen!«

»Wer kannte ihn?«

»Du, Ben, Sam und John«, zählte ich auf.

Erneut tauchten zwei Namen auf! War das nur Zufall oder hatte ich einen Verräter in den eigenen Reihen?

Kapitel 25

Leora

»Herzlichen Glückwunsch, Frau Restma! Sie sind schwanger«, rief die Gynäkologin fröhlich und mir wurde schlecht.

»Oh«, war alles, was ich sagen konnte.

»Freuen Sie sich, Frau Restma«, zwitscherte sie. »Sie sind in der sechsten Woche. Wir sollten einen neuen Termin für den nächsten Monat vereinbaren.«

Ohne weiter darauf einzugehen, drückte sie mir einen Zettel mit einem neuen Datum in die Hand sowie ein Ultraschallbild, worauf nur ein Punkt sichtbar war.

Auf der Straße atmete ich durch. Sophie und ich waren zusammen in die Mall gefahren, um etwas essen zu gehen. Sean hatte es sich nicht nehmen lassen, uns zu begleiten. Schnell tippte ich eine Nachricht an Sean, dass ich fertig sei. Wenige Minuten musste ich warten, da waren sie auch schon da.

»Und?«, fragte meine Freundin und sah mich eindringlich an.

»Nichts«, erwiderte ich. »Alles im grünen Bereich.« Dann lächelte ich sie an und bedeutete ihr mit meinem Gesichtsausdruck, dass wir später reden würden.

Sie kannte mich besser als sonst jemand, deswegen nickte sie nur, und wir gingen weiter. Irgendwann war ich völlig am Ende und bat Sean, mich zu Jay zu bringen. Was er natürlich sofort tat. Vor dem Anwesen fragte ich Sophie, ob sie noch ein Weilchen bei mir bleiben würde, und sie stimmte sofort zu.

Umgehend gingen wir auf die Terrasse, Richtung See und nahmen in unserer Schaukel Platz. Lange Zeit schwiegen wir, denn ich war mit der ganzen Sache vollkommen überfordert.

»Ich bin schwanger«, platzte es aus mir heraus.

»Was?«, rief sie.

»Du hast richtig gehört.«

»Wie?«, frage sie irritiert und ich sah sie spöttisch an. Sie verdrehte die Augen und schnaubte. »Das Wie ist mir schon klar. Aber du hattest doch gesagt, du könntest nicht!«

Die Ärzte hatten nach meiner Entführung derart schwere innere Verletzungen festgestellt, dass es für mich unwahrscheinlich, ja sogar fast ausgeschlossen war, jemals schwanger zu werden.

Nun saß ich hier mit einem Bild in der Hand, auf dem mein ungeborenes Kind zu sehen war. Ohne weiter drauf einzugehen, gab ich es meiner Freundin, die es mit zittrigen Fingern entgegennahm.

»Weißt du schon, wie weit du bist?«, fragte sie mit Blick auf die Aufnahme.

»In der sechsten Woche«, antwortete ich knapp. »Ich kann es ihm nicht sagen, Sophie. Er wird mich hassen. Seinerzeit hatte ich ihm gesagt, dass ich nicht schwanger werden könnte und es deswegen kein Problem sei, ohne Gummi miteinander zu schlafen. OH GOTT! Bin ich tatsächlich so naiv?«

Innerlich schüttelte ich mich, denn ich war vollkommen am Ende.

Erst vor Kurzem hatte ich angefangen, meine Vergangenheit aufzuarbeiten. Zwischen Jay und mir lief es mittlerweile richtig gut, und ich konnte, ohne darüber nachzudenken, gestehen, dass ich wirklich glücklich war. Aber was würde er nun von mir denken?

»Und was wäre, wenn er sich freuen würde?«, gab sie zu bedenken. »Du musst es ihm sagen.«

»Ich kann nicht. Noch nicht. Gib mir etwas Zeit, damit ich es verdauen kann, okay?«

»Okay«, sagte sie und wir starrten wieder auf den See.

Weitere zwei Wochen später und mit täglicher Übelkeit am Morgen war ich vollkommen erledigt. Der Sex mit Jay wurde immer mehr zum Rausch, denn ich konnte mich in seiner Gegenwart kaum noch beherrschen. Sobald er sich in meiner Nähe befand, wurde ich umgehend feucht und besprang ihn fast. Nicht dass ihm das etwas ausgemacht hätte, doch so langsam wurde es mir unangenehm. Im Internet hatte ich herausfinden können, dass es vielen Schwangeren so erging, und dass es ganz normal zu sein schien.

Zwei Tage darauf griff ich mein Handy und wählte Jens Nummer. Es wurde Zeit, einige Dinge in meinem Leben zu klären. Sie fehlt mir mit jedem Tag mehr und ich wollte sie gerne sehen. Nach dem zweiten Klingeln nahm sie an.

»Hi«, flüsterte sie.

»Hi«, tat ich es ihr gleich. »Wie geht es dir?«

»Ganz okay. Du fehlst mir«, hörte ich sie schniefen. »Leo, es tut mir so leid. Aber ich habe es nur zu deinem Besten gemacht. Ich wollte dich nicht verlieren.«

Mein Herz zog sich zusammen, und eine Träne löste sich aus meinem Augenwinkel.

»Ich weiß«, wisperte ich. »Jen, ich vermisse dich wahnsinnig. Es wäre schön, wenn wir die ganze Scheiße vergessen und neu beginnen würden. Was meinst du?«

»Das wäre wunderbar«, krächzte sie. »Ich würde dich gerne sehen. Vielleicht könnte ich ein paar Tage Urlaub einreichen. Mittlerweile habe ich eine Vertretung. Was hältst du davon?« Umgehend stimmte ich zu.

Weitere zwei Tage danach bekam ich eine Info von Jenna, dass sie für den kommenden Tag einen Flug gebucht hatte und für fünf Tage alleine kommen würde. Dies hatten wir natürlich Jay zu verdanken und dafür liebte ich ihn sogar noch mehr.

Sofort schrieb ich Sophie und teilte ihr die Neuigkeit mit. Auch sie freute sich maßlos, denn sie vermisste unsere Freundin genauso sehr wie diese uns.

Am darauffolgenden Tag fuhren Jay, Sophie, Sean und ich zum Flughafen. Bevor ich sie sehen konnte, hörte ich sie schon schreien. Ich warf meinen Kopf in den Nacken und lachte laut auf. Das konnte nur sie! Kein anderer hatte so einen Laut drauf. Wir drei rannten aufeinander zu und umarmten uns. Und natürlich weinten wir alle! Im Gegensatz zu den anderen hatte ich eine Entschuldigung. Schließlich war ich schwanger. Hormone und so!

Jenna quartierte sich in Jays Haus ein und wir verbrachten die nächsten fünf Tage überwiegend unter uns.

Wir redeten viel über das Geschehene und auch Jenna erzählte ich die ganze Wahrheit. Ich weiß nicht, wie lange sie in meinen Armen lag und weinte, doch diese Zeit benötigte sie, das war mir klar. Nur Sophie hielt sich mit ihrer Geschichte nach wie vor zurück. Zwingen wollte ich sie nicht, doch eines Tages würde ich auch ihr Geheimnis erfahren. Und egal, wie schrecklich es sein würde, ich würde ihr helfen.

Mittlerweile konnte ich über mein Erlebtes reden, nicht mit jedem – allerdings mit meinen Freunden und Jay, und es schien eine Heilung in meinem Inneren stattzufinden.

Reden half, auch wenn ich immer vom Gegenteil überzeugt gewesen war. Auch versuchte ich zu glauben, dass die Menschen, die gestorben waren, es nicht meinetwegen tun mussten. Nur Dominik trug die Schuld daran und nicht ich.

Es würde noch eine ganze Weile dauern, bis ich es vollends verinnerlichen würde, aber ich war auf dem besten Weg dorthin.

Am vierten und letzten Tag machten wir es uns bei Jay gemütlich und auch seine Freunde waren zugegen. Mit Sam lachte ich viel und Jay spielte den eifersüchtigen Freund.

Hin und wieder betrachtete ich ihn und fragte mich immerzu, wie er wohl darauf reagieren würde, wenn er von einem Baby erfahren würde, von seinem – von unserem.

Mittlerweile hatte ich mich an den Gedanken gewöhnt und fand ihn nicht mehr ganz so schrecklich wie zu Beginn.

›Es könnte ein Neuanfang sein‹, dachte ich mir.

Auf der anderen Seite wäre dahin gehend mein Kind nicht auch in Gefahr? Eines war mir umgehend klar gewesen, ich musste es Jay sagen. Was er daraus machen würde, konnte ich nicht ahnen, allerdings hatten wir vereinbart, nicht mehr zu lügen.

Die letzten vier Wochen hatte ich damit erst einmal selber zurechtkommen müssen, und glaubte, es geschafft zu haben. Sollte Jay sich gegen das Kind und demnach auch gegen mich entscheiden, hatte ich noch Sophie und Jen, die mich unterstützen würden. Denn Jenna freute sich maßlos über den Neuankömmling und war bereits gedanklich mit den Klamotten beschäftigt, die sie kaufen würde.

Mein Baby hätte zumindest die coolsten Patentanten der Welt.

Es wurde Zeit, Jen zum Flughafen zu bringen, denn ihr Aufenthalt war bereits vorbei. Wir versprachen, dass wir uns alsbald wiedersehen würden, bevor wir uns verabschiedeten. Nachdem von Jenna nichts mehr zu sehen war, fuhren wir wieder nach Hause.

Im Schlafzimmer zog Jay sich aus und ich stand mit dem Rücken angelehnt an der Kommode. An *der* Kommode!

»Wir müssen reden«, sagte ich und versuchte, so gelassen wie möglich zu klingen.

»Okay ...« Er dehnte das Wort und entledigte sich dabei weiter seiner Sachen. »Was gibt es denn?«

»Magst du Kinder?« Man konnte nicht behaupten, dass ich feige war. NIEMALS!

»Klar mag ich Kinder«, antwortete er und sah mich mit hochgezogener Augenbraue an. »Warum?«

Gleichzeitig nahm er auf dem Bettrand Platz und schenkte mir seine ungeteilte Aufmerksamkeit. Nun fiel mir auf, dass es für mich eindeutig einfacher gewesen wäre, hätte er sich weiter mit irgendwelchen anderen Dingen beschäftigt.

»Weil ich schwanger bin«, sagte ich knapp. Jetzt war es raus und zurücknehmen konnte ich es nicht mehr. Es lag ganz bei ihm, darauf zu reagieren. Es gab nur Ja oder Nein.

Lange starrte er mich an, ohne ein Wort zu sagen. Seinem Blick hielt ich stand und wusste nicht, was nun auf mich zukommen würde. Zu meiner Überraschung streckte er mir seine Hand entgegen.

»Komm her!« Mit zaghaften Schritten ging ich auf ihn zu und umschloss sie mit meiner. Sofort zog er mich auf seinen Schoss.

Schließlich umfasste er mein Gesicht und küsste mich leidenschaftlich. Umgehend erwiderte ich es, schlang meine Arme um seinen Hals und seufzte in seinen Mund.

»Ob du es mir glaubst oder nicht«, flüsterte er an meinen Lippen. »Ich freue mich. Auch wenn ich damit gerne noch gewartet hätte. Aber ich freue mich, Baby.«

Erneut küsste er mich, bevor er meinen Kopf auf seine Schulter bettete und mir immerzu über den Rücken streichelte.

»Wie weit bist du?«, fragte er.

»In der neunten Woche.«

Plötzlich fiel mir das Bild ein. Schnell löste ich mich von ihm und ging zu meiner Tasche. Dort fischte ich es heraus und hielt es ihm hin. Er nahm es entgegen und zog mich dabei erneut auf seine Oberschenkel. Lange betrachtete er es und in seinem Gesicht veränderte sich etwas.

»Das ist unser Baby«, wisperte er mit Ehrfurcht und mir schossen die Tränen in die Augen.

Na wunderbar!

»Ich liebe dich«, sagte er und sah mich direkt an.

»Ich liebe dich auch!«

Wir lagen noch nicht ganz im Bett, da läutete mein Handy. Wieder stieg ich heraus und ignorierte das Grummeln von Jay. Auf dem Display erschien Jenna.

»Hey, Jen«, fragte ich schläfrig.

»Jen?«, hörte ich eine kalte männliche Stimme. »Die ist gerade nicht abkömmlich. Du bist also zu ihm nach New York gegangen. Du brichst die Regeln, meine Honigblüte.« Blitzschnell drehte ich mich zu Jay und wollte ihm ein Zeichen geben. »Solltest du dich in irgendeiner Form bemerkbar machen, meine Perle, ist deine Freundin tot.

Du weißt, ich fackle nicht lange. Immerhin würde sie einen Mann und einen kleinen Sohn hinterlassen.«

Mit geschlossenen Augen atmete ich tief durch und Jay betrachtete mich mit gerunzelter Stirn. Ich deutete auf das Telefon und formte mit meinem Mund das Wort ›Jenna‹. Er nickte und ich verließ den Raum.

»Was willst du?«, zischte ich.

»Was will ich wohl?«, sagte er und mir lief ein Schauer über den Rücken. »Nur dich! Immer nur dich!«

»Wann und wo?«, fragte ich nüchtern.

Er lachte auf. Allerdings beruhigte er sich schnell und teilte mir mit, dass er mir die Adresse zuschicken würde.

»Ich warne dich, meine Perle«, sagte er scharf. »Sollte ich annehmen, dass du nicht alleine erscheinst, ist sie tot. So wie die anderen und das würde auch wieder auf dein Konto gehen. Sei pünktlich morgen um zwei dort. Ich freue mich auf dich.«

Immerhin verspürte ich keine Angst. Der Tag der Abrechnung war gekommen. Und diesmal würde ich mich nicht unterkriegen lassen!

Jetzt musste ich kämpfen für mich, für Jay – für unser Baby!

Kapitel 26

Jay

»Ist alles in Ordnung mit Jenna?«, erkundigte ich mich, als Leora sich neben mich legte. Sofort zog ich sie in meine Arme und drückte sie fest an mich.

»Du zitterst. Alles gut?«, fragte ich erneut und schob sie etwas von mir weg, damit ich ihr ins Gesicht sehen konnte.

Diesmal schien es verschlossen, denn ich konnte nichts erkennen. ›Seltsam‹, dachte ich. Diesen Ausdruck hatte ich schon eine ganze Weile nicht mehr gesehen.

»Alles gut. Jennas Flieger hatte Verspätung und sie wollte nur noch mal ›Hallo‹ sagen. Und ich zittere nur, weil mir etwas kalt ist. Aber gleich wird es besser.«

Erneut kuschelte sie sich an mich.

Nach kurzer Zeit vernahm ich ihr gleichmäßiges Atmen und streichelte ihr weiter über den Rücken. Sie war schwanger und ich würde bald Vater werden.

Auch wenn ich tatsächlich gerne noch etwas gewartet hätte, freute ich mich über die Maßen. Die Frau, die ich liebte, trug mein Kind unter ihrem Herzen und ich hätte nicht glücklicher sein können. Manchmal war das Leben gut zu mir.

Das Einzige, was mein Glück noch schmälerte, war Dominik. Nach wie vor hatten wir keine heiße Spur und noch immer hatte ich den Verräter in meinen Reihen nicht entlarven können. Schließlich kamen nur zwei in Betracht. Sam und John.

Bis auf John waren wir alle gemeinsam durch die Höllenwoche gegangen. Er stieß erst später zu uns. Anfänglich war er ein ruhiger, aber fähiger Mann. Nach und nach fasste er Vertrauen und wurde zugänglicher. Immerhin hatte er seither an unserer Seite gekämpft und seine Loyalität mehr als einmal unter Beweis gestellt.

Und dennoch wollte mein Herz nicht glauben, das Sam der Verräter war. Er hatte mir mehr als einmal das Leben gerettet und sich für mich sogar eine Kugel eingefangen.

Warum würde er mich nun hintergehen wollen? Seinerzeit war er einer der Ersten gewesen, der mir gefolgt war, als ich die Navy verlassen hatte, und er war derjenige, der mir in meiner dunkelsten Zeit in den Arsch getreten hatte. Natürlich neben meinen Onkeln, Ben und Sean. Für Sam würde ich meine Hand ins Feuer legen, genauso wie für Ben und meinem Bruder.

Aber was hätte John für einen Grund? Soweit ich wusste, hatte er keine Familie – wir waren die Einzige, die er besaß.

Mein Gehirn arbeitete in einer Tour und kam auf keinen gemeinsamen Nenner.

Irgendwann musste ich eingeschlafen sein. Als ich am nächsten Morgen aufwachte, lag sie tatsächlich in meinem Arm und beobachtete mich durch halb geschlossene Lider.

Mir fiel auf, dass sie von Tag zu Tag schöner wurde und ich sie von Minute zu Minute mehr liebte, obwohl das gar nicht möglich sein konnte.

Sie beugte sich vor und gab mir einen leidenschaftlichen Kuss, den ich umgehend erwiderte. Mir blieb fast die Luft weg, so küsste sie mich.

Mit ihrer Hand wanderte sie abwärts und streichelte meine harte Erektion, sodass ich in ihren Mund stöhnte.

Als sie mich berührte, war es so zärtlich, dass ich Mühe hatte, nicht sofort abzuspritzen. Langsam glitt sie auf und ab und ich musste die Augen schließen, um dieses Gefühl zu genießen. Nun ließ ich meine Finger zu ihrer Mitte wandern und stellte sofort fest, dass sie bereit für mich war. Sachte drängte ich sie auf den Rücken und schob mich über sie.

»Bitte Jay, ich muss dich spüren. Jetzt!«, flüsterte sie an meinen Lippen.

Ihr Wort war mir Befehl und ich glitt vorsichtig in sie hinein. Mit kreisendem Becken fing ich an, mich in ihr zu bewegen. Sie fühlte sich so gut an, dass ich mir nicht mehr denken konnte, überhaupt einmal eine andere Frau begehrt zu haben.

Niemals wieder wollte ich eine andere, nur sie. Sie war alles für mich und würde es immer bleiben. Mein Gesicht nahm sie zwischen ihre Hände und sie erwiderte meinen Blick.

Irgendetwas war anders, nur schaffte ich es nicht auszumachen, was es war! Bevor ich mir ernsthafte Gedanken machen konnte, explodierte sie und ich folgte umgehend.

Als wir uns beruhigt hatten, kuschelte sie sich sofort wieder an mich und streichelte meine Brust. Anscheinend waren es ihre Hormone, die sie so anhänglich machten. Allerdings genoss ich es in jedem Augenblick.

Es war anders, als noch vor Monaten, ja sogar vor Wochen. Sie schien sich vollends auf mich eingelassen zu haben – denn sie vertraute mir.

Sie löste sich von mir, griff nach meiner Hand und zog mich hinter sich aus dem Bett in Richtung Bad. Dort stellte sie das Wasser in der Dusche an, ohne mich ein einziges Mal loszulassen. Gesprochen hatte sie bislang noch nicht, aber das war für mich vollkommen in Ordnung.

Schließlich nahm sie mich mit unter das warme Wasser und fing an, mich einzuseifen. Immer wieder stahl ich mir einen Kuss, den sie genauso gierig erwiderte.

Als sie ihre Lieblingsstelle an mir einseifte, wurde ich natürlich umgehend steinhart. Diese Frau schaffte es, aus mir eine wandelnde Dauererektion zu machen.

Mit ihrer Duschcreme bewaffnet schäumte ich sie ein. Für ihre Brüste ließ mir außergewöhnlich viel Zeit, denn sie waren ein Traum. Andauernd zupfte ich an ihren rosa Knospen und kniff leicht zu. Mittlerweile stand sie mit dem Rücken an den Fliesen und streckte mir ihren Oberkörper entgegen.

»Ich will schon wieder, Baby. Anscheinend bekomme ich nicht genug von dir«, knurrte ich heiser.

»Dann nimm mich. Ich gehöre nur dir!«, flüsterte sie eindringlich.

Ja, sie gehörte mir – und ich gehörte ihr.

Ausnahmslos.

Zu meiner Überraschung drehte sie sich um und streckte mir ihren Hintern entgegen, und ich erstarrte. Sie hatte mir erzählt, warum sie damals fast zusammengebrochen war, als wir in dieser Position an der Wand im Zimmer gestanden hatten.

Dominik.

Doch anscheinend war sie bereit, diese Stellung auszuprobieren und schenkte mir damit alles, was ihr gehörte.

»Bist du dir sicher?«, fragte ich vorsichtshalber.

»Ja. Bitte«, wisperte sie mit dem Mund an den Fliesen.

Langsam streichelte ich ihren Hintern und hockte mich hin. Mit meinen Fingern zog ich ihre Backen auseinander und ließ meine Zunge das Vorspiel beginnen.

Damit ich ihren After auf meinen Schwanz vorbereiten konnte, musste ich sie zuerst etwas dehnen. Vorsichtig glitt ich mit einem Finger hinein und ließ ihn kreisen.

Leora schien fast durchzudrehen, denn sie stöhnte und versuchte sich auf den Beinen zu halten, so erregt war sie. Aber ich wollte ihr nicht wehtun, also fügte ich sachte einen zweiten hinzu, bis ich sicher sein konnte, es zu wagen. Ich erhob mich und führte ihr meine Erektion vorsichtig ein. Erneut ließ ich ihn wieder herausgleiten, um ihn dann wieder hineingleiten zu lassen. Dieses Vorgehensweise wiederholte ich mehrmals, bis ich mich vollends in ihr versenken konnte.

Kurz musste ich durchatmen, denn das Gefühl war unbeschreiblich. Sie bewegte sich langsam vor und zurück und ich schloss meine Augen. Sie war so sinnlich und verführerisch, dass es kaum zum Aushalten war.

Schließlich packte ich ihre Taille, beugte mich vor und stieß zu. Mein Mund auf ihrer Schulter und meine Hände auf ihrem Busen.

»Schneller. Oh Gott. Fester«, schrie sie und ich tat wie mir befohlen. Mein Kleine stand auf harten Sex, den ich ihr gerne gab. Ich griff zwischen ihre Schenkel und massierte ihre Klit.

Es dauerte nicht lange, bis sie sich um meinen Schwanz zusammenzog, sodass wir gleichzeitig explodierten.

Nachdem wir wieder Sauerstoff aufnehmen konnten, glitt ich aus ihr heraus und drehte sie zu mir um. Mit meinem Daumen und Zeigefinger umschloss ich ihr Kinn und hob ihren Kopf an, damit sie mir in die Augen blicken konnte.

»Geht es dir gut?«, fragte ich ruhig.

Sie nickte mir zu, schlang ihre Arme um mich und legte ihre Wange auf meine Brust. Lange verharrten wir in dieser Position, bis wir drohten, hoffnungslos aufzuweichen. Wir wuschen uns noch einmal gründlich und verließen sodann die Kabine.

In der Küche bereiteten wir uns Frühstück vor und nahmen auf der Terrasse Platz. Es war ein herrlicher Tag, sogar die Sonne schien. Auch wenn es noch etwas frisch war, aber mit der richtigen Kleidung war es auszuhalten.

»Was hast du heute vor?«, fragte ich sie.

»Ich bin mit Sophie verabredet«, antwortete sie knapp, sah mich dabei allerdings nicht an.

»Was habt ihr geplant?«, hakte ich nach.

»Ins Kino oder shoppen«, erklärte sie gelassen. »Sam wollte uns begleiten«, fügte sie hinzu. Bevor ich etwas sagen konnte, sprach sie auch schon weiter. »Ich habe in ein paar Tagen einen Termin bei der Frauenärztin. Möchtest du mich begleiten?«

»Auf jeden Fall«, stellte ich klar. »Sag mir, wann, und ich bin da. Ich würde gerne wissen, was es wird. Das wollen wir doch, oder?«

Sie lachte auf. »Wenn du es unbedingt möchtest, dann ja.«

»Du nicht?«, fragte ich verwirrt.

»Hauptsache gesund. Der Rest ist mir egal«, flüsterte sie.

»Da gebe ich dir recht«, schnaubte ich. »Aber trotzdem will ich es erfahren!«

Erneut lachte sie und sah mich dabei an. Ich packte ihr Handgelenk und zog sie zu mir, damit sie auf meinem Schoss Platz nehmen konnte.

»Sollen wir heute Abend essen gehen?«, fragte ich sie, denn ich hatte einen Plan, der mir schon lange durch den Kopf ging, der aber erst in den letzten Tagen gereift war.

»Warum nicht?«, antwortete sie und sah mich dabei traurig an.

Dieser Gesichtsausdruck gefiel mich überhaupt nicht, denn er besagte nie etwas Gutes, wenn es um dieses Mädchen ging.

»Ich liebe dich«, sagte sie plötzlich und mir lief ein Schauer über den Rücken. Es hörte sich irgendwie nach einem Abschied an.

Allem Anschein nach drehte ich langsam, aber sicher durch, schließlich war eine Menge in den letzten Monaten passiert.

»Ich dich auch, Baby«, erwiderte ich und küsste sie.

Wir saßen eine Weile zusammen und unterhielten uns über verschiedene Dinge. Als ich das Thema ›Namen für unser Würmchen‹ ansprach, brach sie es ab und meinte, dass wir noch genügend Zeit hätten. Immerhin wussten wir bislang nicht, was es werden würde.

Da gab ich ihr recht und versprach ihr, sie damit zu nerven, sobald wir schlauer wären. Natürlich hatte ich schon meine Ideen, würde diese aber noch nicht preisgeben.

Es wurde für Leora Zeit, sich fertigzumachen, also gab sie mir einen langen zärtlichen Kuss und verschwand.

Einen ausgiebigen Moment schaute ich ihr nach und versuchte mein ungutes Gefühl zu unterdrücken. Das war sicherlich die ständige Sorge um sie, wenn sie ausging und ich nicht dabei war. Dahingegen beruhigte es mich ungemein, dass Sam sie begleiten würde.

Einige Zeit später läutete mein Handy, und als ich draufsah, erkannte ich Bens Namen.

»Hey, hast du schon Sehnsucht?«, witzelte ich.

»Jay, wo ist Leora?«, fragte er und es hörte sich an, als säße er im Auto.

»Oben. Sie zieht sich um«, klärte ich ihn auf. »Warum?«

»Verdammt, sieh nach, ob sie wirklich da ist«, brüllte er ins Telefon.

Sofort rannte ich ins Haus und die Treppen hinauf. In ihrem Zimmer war sie nicht auffindbar. Auch in den Übrigen war keine Spur von ihr.

»Ich kann sie nicht finden«, sagte ich lauter. »Was ist los?«

»Scheiße. Er ist hier. Der Scheißkerl ist in New York. Bleib, wo du bist, wir sind in drei Minuten bei dir! Dann erkläre ich dir alles!«

Damit beendete er das Gespräch und ich stürzte ins Schlafzimmer, um mich umzuziehen.

Als ich meine Kleidung auf das Bett warf, lag dort ein Zettel. Die Schrift erkannte ich sofort. Leora:

Lieber Jay,

ich weiß nicht, wie ich anfangen soll - aber es tut mir leid. Unendlich leid!

Nicht Jenna hat mich gestern angerufen, sondern Dominik. Er hat sie und wird sie umbringen. Das kann ich nicht zulassen. Ich war nicht in der Lage, es Dir zu sagen, aus Angst, Dir würde etwas zustoßen.

Damit könnte ich nicht leben.

Ich liebe Dich schon so lange, dass ich gar nicht mehr weiß, wann genau es passiert ist. Vielleicht schon am ersten Tag?

Ich weiß es nicht.

Nur eines weiß ich, Du bist das Beste, was mir jemals passiert ist.

In Dich hineinzulaufen ... Ja, ich gebe es zu: Ich war schuld ..., war mehr, als ich mir jemals erträumt hatte. Auch wenn es mir nicht von Anfang an klar war, doch Du warst und bist meine Rettung.

Du hast mich heil gemacht. Und dafür werde ich Dir auf ewig dankbar sein. Bitte hasse mich nicht für meine Entscheidung. Doch ich muss einen Weg finden, es zu Ende zu bringen. Egal, was auch passieren wird, gib Dir bitte an nichts die Schuld. Die Wahl habe ich ganz alleine getroffen. Du bist mein Leben.

Ich liebe Dich über alles. Für immer Deine

Leora

Ich faltete das Schriftstück zusammen und legte es auf das Nachtschränkchen. Dann stand ich auf und kleidete mich an.

Vor unterdrückter Wut kochte mein Innerstes, nur zulassen konnte ich sie nicht, denn ich musste mich konzentrieren. Wenn ich sie in die Finger bekäme, würde ich sie einfach erschlagen!

Wieso handelte sie so unverantwortlich? Warum sorgte sie sich ausschließlich um andere, anstatt um sich selbst? Immerhin war sie nicht mehr alleine. Sie trug ein Kind in sich – mein Kind, unser Kind.

Um mich zu beruhigen und mich unter Kontrolle zu bringen, unterzog ich mich meinen Atemtechniken. Es funktionierte umgehend!

Im selben Augenblick schellte es an der Haustür.

Ich nahm meine Jacke, zog eine Schublade auf, um meine Waffe zu nehmen und erstarrte. Meine Knarre war weg.

Schnell rannte ich die Treppen hinunter und öffnete die Tür.

Davor befanden sich, bis auf John und Brian, alle meine Freunde und mein Bruder. Auch Sophie konnte ich sehen, die erstarrt neben ihm stand. »Bring sie zurück«, war alles, was sie sagte, dann ging sie, ohne auf eine Antwort zu warten, an mir vorbei in die Küche.

Ben stellte sich vor mich. »John ist der Verräter«, klärte er mich auf. »Ich habe John und Sam seit unserem Verdacht beschatten lassen. Er hat die Dokumente aus der Akte entwendet. Wir haben alles auf seinem privaten Computer entdeckt. Dieser Dominik hat auf Johns Namen mehrere Tickets gekauft. Dominik Maloy. Deswegen konnten wir ihn nicht finden.«

»Irgendeine Idee, wo sie sich aufhalten?«, fragte ich ruhig.
»Wir sollten uns etwas einfallen lassen, sie hat meine Waffe.«

Warum auch immer, aber ich hatte von Anfang an gewusst, dass es sich um John handeln musste, denn Sam konnte und wollte ich es nicht zutrauen. Er mochte Leora viel zu sehr.

Trotzdem versetzte es mir einen kleinen Stich, weil John in meinen Augen ebenfalls ein Bruder gewesen war.

Von nun an allerdings, war er mein Feind und diese schaltete ich in der Regel aus. Er hatte mir die Liebe meines Lebens genommen und uns alle hinters Licht geführt. Dafür würde er bezahlen.

Nun kam Sean auf mich zu. »Bro, wo ist Leoras Handy?«, knurrte er. »Wir haben es orten können. Es befindet sich hier im Haus.«

Wortlos lief ich die Treppen hinauf, direkt in mein Schlafzimmer. Auf der Kommode machte ich das Telefon aus und suchte in den Nachrichten nach einem Hinweis. Dort befand sich tatsächlich eine Mitteilung von diesem Hurensohn.

Erneut stürzte ich hinab. »Ich weiß, wo sie ist«, erklärte ich knapp.

»Wir müssen uns beeilen, Boss«, sagte Sam und ich nickte ihm zu.

Ab diesem Moment schwiegen wir, denn wir hatten anscheinend alle den gleichen Gedanken.

Leora wollte es zu Ende bringen – für alle, aber vor allem für sich. Nur eine Sache wusste sie nicht: Sie hatte es nicht mehr nur mit einem Sadisten zu tun, sondern auch mit einem Seal!

Kapitel 27

Leora

Das Lagerhaus war ein ganz schönes Stück weit weg, welches ich mit dem Taxi zurücklegen musste. Als ich mich von Jay innerlich verabschiedet hatte, hatte ich im ersten Augenblick geglaubt, er hätte etwas in meinem Gesicht vermutet. Allem Anschein nach hatte ich mich außerordentlich gut im Griff, denn auch wenn er mich misstrauisch ansah, sagte er nichts.

In seinem Schlafzimmer fand ich seine Waffe. Vor einigen Jahren hatte ich meinen Waffenschein gemacht, damit ich mich zur Wehr setzen konnte, wenn es zum Äußersten kommen würde. Nur eine Knarre hatte ich mir nie besorgt. Nunmehr befand sich eine Glock in meinem Besitz, und mit so einer hatte ich seinerzeit schießen gelernt.

Das Magazin war voll und ich schob sie gesichert in die Jeans am Rücken. Sollte ich die Gelegenheit dazu bekommen, würde ich ihn ohne zu zögern abknallen.

Doch ich musste vorsichtig sein. Jenna und meinem Baby, demnach auch mir, durfte nichts Schwerwiegendes passieren.

Als das Taxi vor dem Lagerhaus anhielt, zahlte ich und stieg aus. Langsam ging ich auf ein offenstehendes Gebäude zu und sah mich um. Das Gelände schien verlassen, da die Bauten heruntergekommen und verwaist aussahen. Überall Graffiti und zerbrochene Fenster.

Als ich durch die Tür ging, schaute ich mich um, konnte aber nichts entdecken. Plötzlich wurde das Tor zugezogen und hinter mir verschlossen. Zuerst musste ich mich an die Dunkelheit gewöhnen, bevor ich John erkannte. Von Anfang an hatte ich ein ungutes Gefühl bei diesem Wichser gehabt. Und es hatte mich auch diesmal nicht getäuscht. Was wiederum bedeutete, dass ich es hier mit einem Soldaten einer Spezialeinheit zu tun hatte.

»Warum?«, fragte ich ihn nur.

Er zuckte mit den Schultern und sah mich eindringlich an. »Er ist mein bester Freund!«

»Wie geht es weiter?«, erkundigte ich mich kühl. »Wo ist meine Freundin?« Mit dem Kinn wies er mir den Weg.

Meine Beine bewegten sich in die gezeigte Richtung und John folgte mir. Da ich eine Jeansjacke trug, hoffte ich, dass er die Waffe nicht erkennen würde. Nach einigen Metern betrat ich eine große Halle, die aussah, als wäre darin vor langer Zeit eine Werkstatt gewesen. Langsam ließ ich meinen Blick umherschweifen und blieb wie erstarrt stehen.

Da war er! Und er hatte sich kein bisschen verändert.

Noch immer strahlte er diese Kälte aus, die mir einen Schauer über den Rücken laufen ließ. Seine rotblonden Haare hatte er kurz geschoren und seine braunen Augen konnte ich deutlich erkennen. Dieser Mensch bestand nur aus Hass. Er war für mich ein Psychopath der Extraklasse.

»Da bist du endlich«, sagte er samtweich. »Sechs Jahre ist es her. Doch ich hatte dich andauernd im Blick. Wie gerne hätte ich dich berührt, aber ich habe es mir selber verweigert. Du bist schöner denn je. Komm zu mir!«

»Lass den Quatsch. Wo ist Jenna?«, rief ich und sein Gesicht verfinsterte sich.

»Du solltest tun, was ich dir sage«, knurrte er, »sonst wird deine Freundin nicht mehr lange leben!«

Mit langsamen Schritten ging ich auf ihn zu, ständig gefolgt von John. Das hieß, ich konnte nicht einfach die Pistole ziehen, zielen und schießen. Er würde mich wahrscheinlich schneller entwaffnen, als ich A sagen könnte. Es musste eine andere Möglichkeit geben.

Ein paar Meter vor ihm blieb ich stehen. Mein Körper fing an zu zittern und mir wurde speiübel. Seine Augen besaßen nach wie vor diesen irren Ausdruck, der mir damals schon furchtbare Angst gemacht hatte. Allerdings bemühte ich mich, meine Furcht mit Wut zu kompensieren, denn damit konnte ich umgehen.

»Wo ist sie, Dominik?«

Er lachte hämisch auf und sah mich an. Mit seinen Fingerknöcheln streichelte er über meine Wange, und ich versuchte, ihm nicht vor die Füße zu kotzen. Dieses miese Schwein würde seine gerechte Strafe bekommen, dafür würde ich sorgen!

»Hol sie, John!«, befahl er diesem Verräterschwein, und der tat wie befohlen. Kurze Zeit später hörte ich sie hinter mir.

»Oh Gott, es tut mir so leid, Leo. Ich habe nicht aufgepasst«, schrie sie weinend. Ihr Gesicht war übel zugerichtet geworden und an ihrem Hals erkannte ich zahlreiche Würgemale.

Bevor ich darüber nachdenken konnte, holte ich aus und ohrfeigte Dominik mit meiner ganzen Kraft. Okay, es war nicht besonders originell, aber es tat gut.

Nur leider hatte ich seine Kraft unterschätzt, denn er holte direkt aus und schlug mit der Faust in mein Gesicht, sodass ich zu Boden ging.

»DU KANNST ES NICHT LASSEN, ODER?«, brüllte er. »ICH HABE DIR DAMALS DIE SCHÖNSTEN ZWEI WOCHEN BESCHERT UND WAS HAST DU GEMACHT? DU HAST DICH GEGEN MICH GEWEHRT, MICH ANGEFLEHT, STERBEN ZU DÜRFEN, UND DANN BIST DU AUCH NOCH ABGEHAUEN. DANN DEINE LÜGEN BEI DEN BULLEN: WIE KONNTEST DU MIR DAS ANTUN? ICH HABE DICH IMMER GELIEBT UND DU ERZÄHLST SCHEISSE ÜBER MICH!«

Lebte er in einem Paralleluniversum?

»Du hast mich zerstört«, sagte ich laut. »Mir alles genommen, was ich je geliebt habe. Du hast dir meinen Körper genommen, ohne meine Zustimmung. Du hast mich kaputtgemacht, du mieses sadistisches Stück Scheiße. Ich hasse dich und wünschte, du würdest in der Hölle schmoren. Aber eines Tages wirst du deine gerechte Strafe erhalten. Das verspreche ich dir!«

Wieder lachte er auf, ging in die Hocke und streichelte über mein Haar.

»Du hast doch um mehr gebettelt, mein Juwel«, sagte er. »Erinnerst du dich noch?«

Langsam versuchte ich mich aufzurappeln. Meine Wange schmerzte und mein Auge sah bestimmt göttlich aus. Einfach toll!

»Ein kranker Bastard bist du, mehr nicht«, blaffte ich ihn an. »Du würdest nicht einmal eine Frau bekommen, wenn du Tausende von Euro hinblättern würdest. Ohne deine Pillen bekommst du gar keinen hoch. Du kannst Frauen nur mit Gewalt bekommen. Du bist ein Loser und dazu noch ein krankhafter. Du wirst mich nie besitzen. Ich werde dir nie gehören, nicht mal, wenn ich tot bin.«

Natürlich schlug er mich erneut, und ich versuchte bei jedem Sturz, unauffällig meinen Bauch zu schützen.

»HALT DEINE DÄMLICHE FRESSE. WAS WÄRST DU DENN OHNE MICH? NUR EIN ARMSELIGES MÄDCHEN, DAS NIEMAND SEHEN WÜRDE. DU BIST HEUTE ETWAS BESONDERES, WEIL ICH DICH DAZU GEMACHT HABE!«

Bevor ich etwas sagen konnte, riss er mich an den Haaren hoch und zog mich hinter sich her. Plötzlich blieb er stehen und band ein Seil um meine Hände. Ich wollte mich wehren und versuchte mich umzudrehen, doch er trat mir in den Rücken, und ich fiel wieder zu Boden. Oh Gott, mein armes Baby! ›Halte durch‹, flehte ich es an.

Jenna brüllte meinen Namen. John schlug sie ebenfalls nieder, sodass sie hinfiel. Danach zerrte er sie wieder auf, hielt sie fest und beobachtete das Tun seines Freundes. Erneut zog Dominik mich an den Haaren hoch, schlang das Seil um meine Gelenke so fest, dass ich vor Schmerzen in die Knie ging, stülpte meine Arme über den Kopf und hängte mich an einem Haken auf. Nur mit den Zehenspitzen konnte ich den Boden berühren. Die Waffe befand sich nach wie vor an meinem Rücken. Glücklicherweise hatte ich eine lange Bluse angezogen, die meine nackte Haut versteckte. Immer wieder tänzelte er lachend vor mir hin und her. Der war völlig irre. Mehr war dazu wohl nicht zu sagen. Was mich erstaunte, war, dass ich keinerlei Angst verspürte. Kein bisschen. Hatte ich abgeschlossen mit meinem Leben? Nein, das war es nicht. Irgendwie hatte ich das Gefühl, dass alles gut werden würde. Vielleicht wurde ich auch verrückt! Wundern würde es mich nicht.

»Leora, Leora – was soll ich bloß mit dir machen?«, singsangte er.

»Meine Freundin und mich freilassen, wäre eine Option«, höhnte ich. Keine Ahnung, woher ich meinen Mut nahm, aber ich hätte am liebsten laut aufgelacht. Allerdings war ich mir sicher, dass es Dominik nicht gefallen hätte. Schließlich musste ich Zeit schinden. Wofür auch immer!

»Was hast du mit Erik gemacht?«, fragte ich schließlich.

Er sah mich einen kurzen Moment an, legte seine Stirn in Falten, als würde er nachdenken und prustete nach einer Weile los.

»Du meinst den niedlichen Schwarzkopf mit den blauen Augen?«, fragte er lachend.

»Ja genau! Gut aussehend, schwarze Haare, wunderschöne blaue Augen. Ein toller Mann«, antwortete ich provozierend. Obwohl ich genau wusste, dass das auch nach hinten losgehen konnte.

»Sei vorsichtig mit deiner Ausdrucksweise, meine Liebe«, sagte er drohend. »Der Spinner, der dir ziemlich den Hof gemacht hat? Der ist tot. Sollte dich nicht wundern, immerhin hast du gegen die Regeln verstoßen.«

»Warum hast du Michael dann am Leben gelassen?«, fragte ich.

»Sterov war ein Hund! Er vögelte alles, was nicht bei drei auf den Bäumen saß. Er konnte mir nicht gefährlich werden. Doch als er Hand an dich gelegt hatte, musste ich mich um ihn kümmern. Dein Freund Jay hat sogar dabei zugesehen. Davor habe ich mich um die Geliebte deines Ex-Mannes gekümmert. Du kennst sie! Die Empfangstussi deiner High Society Wohnung.«

Diese Geschichte hatte Jay mir erzählt und mir auch das Band von dem Gespräch vorgespielt. Daher konnte mich diese Aussage überhaupt nicht schocken.

Ich sah zu John, der Jen noch immer fest im Griff hatte und trotzdem auf uns achtete.

»Und du, John?«, rief ich. »Was hast du für eine Entschuldigung? Du verrätst deine Seal Brüder? Was bist du für ein abgefucktes Arschloch! Jay hätte alles für dich getan.«

Umgehend boxte er Jenna heftig nieder und kam langsam auf mich zu. Sofort achtete ich auf meine Freundin, die sich aber bewegte. Erleichterung durchfuhr mich. Jetzt musste Jenna schlau sein und hoffentlich bemerken, was ich vorhatte. Einer musste rennen, um den anderen Bescheid geben zu können. Leider fiel ich diesbezüglich aus, denn ich hing an einem Haken. Anscheinend hatte sie verstanden, denn als sie aufschaute, trafen sich unsere Blicke, und sie nickte mir zu.

»Was weißt du denn schon, du Schlampe!«, schrie er und sah mich finster an. »Nur weil du mit einem Seal fickst, heißt es noch lange nicht, dass du Bescheid weißt. Ich kam nicht ganz in die Gemeinschaft, fühlte mich immer aussätzig.

Sie sagten immer Bruder zu mir, doch sie behandelten mich anders als die anderen. Schließlich sind sie von Anfang an zusammen gewesen. Ich kam erst später dazu. Und das alles, obwohl ich für Jay ebenfalls die Navy verlassen habe.«

»Du kennst Jay und die anderen doch schon so lange. Warum jetzt?«, flüsterte ich.

»Ich lernte Dominik vor einem Jahr in einer Bar kennen«, fing er an. »Meine sogenannten Seal Brüder hatten ja nie für mich Zeit. Jay war in Deutschland und meldete sich nie. Weißt du eigentlich, wie das ist, nicht dazuzugehören? Es ist beschissen! Dominik und ich freundeten uns an.

Obwohl er in Berlin lebte, reiste er regelmäßig nach NYC, nur um mich zu besuchen. Er war seither immer für mich da. Nach einer Weile erzählte er mir von dir. Da wusste ich aber noch nicht, dass du Jays kleine Schlampe bist. Von Beginn an habe ich dich gehasst. Du hast mit deinen ganzen Lügen das Leben meines Freundes zerstört. Ich weiß genau, was du der Polizei erzählt hast. Deine Akte kenne ich in und auswendig. Wer auch immer dir das angetan hat, es war nicht mein Freund. Ich erzählte Dom, dass ich nach Rumänien müsse, und klärte ihn über die Umstände auf. Weil er sich Sorgen machte, ist er mir dorthin gefolgt. Wer von meinen ach so tollen Brüdern hätte das für mich getan? Sie haben mich immer im Stich gelassen. Nur Dom nicht. Während des Einsatzes bekamen wir heraus, dass es dabei um dich ging, und Dominik ist fast zusammengebrochen. Was Sterov mit dir gemacht hat, hast du doch verdient. So wie du ihn behandelt hast. Du bist eine Hure und wegen dir mussten Menschen sterben. Weil du ein egoistisches Drecksstück bist. Dominik hat alles für dich getan. Wegen dir musste er sechs Jahre untertauchen. Seit ich ihn kenne, habe ich das Gefühl, wieder irgendwohin zu gehören. Er ist meine Familie – und die beschütze ich.«

Mein Blick wanderte zu Dominik und ich konnte nicht fassen, was ich hier zu hören bekam. Dieser schmunzelte hämisch vor sich hin. Dieses miese Schwein. Er hatte sich an das schwächste Mitglied der Truppe herangewagt. John war anscheinend labil und mit seinem Selbstmitleid beschäftigt, weil er das Gefühl hatte, nicht zugehörig zu sein. Das schien Dominik ausgenutzt zu haben. Er war ein manipulatives Arschloch und hatte das geeignete Opfer gefunden. Aber dass John ihm tatsächlich diese Geschichte abgekauft hatte, sagte viel über seinen Charakter aus.

Während wir uns so nett unterhielten, achtete keiner der Dreckskerle auf Jenna, die sich zwischenzeitlich aufgerappelt hatte und leise verschwunden war. Innerlich atmete ich durch.

Es würde nicht mehr lange dauern, dann würde Jay kommen, das wusste ich. Nur hoffte ich, dass ich auch noch so lange leben würde. Es war wichtig, so viel Zeit zu gewinnen, wie es mir möglich war. Je länger ich die beiden Scheißkerle ablenken würde, desto mehr Vorsprung hätte Jenna. Meine Angst hatte der Wut Platz gemacht und ich hieß sie willkommen. Wenn ich nicht gefesselt gewesen wäre, hätte ich diesem sogenannten Seal in die Fresse geschlagen. Natürlich war mir klar, dass ich direkt tot umgefallen wäre, hätte er sich gewehrt, aber ich hätte wenigstens meine Genugtuung erhalten. Diesem Wichser stand es nicht zu, sich ein Soldat zu nennen, erst recht nicht einer aus einer Spezialeinheit. Dieses Privileg galt nur den wahren Seals.

»Du bist solch ein Idiot«, herrschte ich ihn an. »Du hast all die Lügen, die Dominik dir aufgetischt hat, geglaubt. Du bist ein Ex-Seal verdammt noch mal! Ich dachte immer, ihr habt genügend Menschenkenntnis. Aber es ist nicht mehr wichtig, dir die Wahrheit zu offenbaren. Ich hoffe, dass Jay und die anderen dich finden und abknallen. Du bist ein Weichei. Eine Lusche. Du hast es nicht verdient, ein Mitglied dieser Gruppe zu sein.«

Er machte einen Schritt auf mich zu, wahrscheinlich um mich zu schlagen – ganz mutiger Seal –, doch Dominik ging dazwischen.

»Sie gehört nur mir«, knurrte er. »Ich regle das!«

Schließlich sah Dominik sich um und starrte zu der Stelle, wo vorher noch Jenna gelegen hatte.

»WO IST SIE?«, brüllte Dominik. »DU TROTTEL, SUCH SIE GEFÄLLIGST!«

Noch immer fixierte John mich hasserfüllt und ich konnte nicht verhindern loszulachen. Lauthals.

»Ja genau, John«, grinste ich ihn an. »Geh und such sie, du Hund. Ihr seid so armselige kleine Würstchen.«

Zuerst dachte ich, er würde mich vor Ort abknallen oder totschlagen, denn seine Hände zitterten wie Espenlaub. Aber anscheinend hatte er zu viel Respekt vor seinem scheiß Freund.

Wortlos wandte er sich ab und verfolgte Jennas Spur. Währenddessen kam mir Dominik gefährlich nah.

Prompt verging mir das Lachen, als sein Mund meinen berührte. Blitzschnell kniff ich die Lippen zusammen, sodass sie eine schmale Linie erzeugten.

»Endlich sind wir alleine«, flüsterte er. »Du denkst also, ich bin ein Würstchen. Anscheinend hast du unsere gemeinsamen Wochen vergessen, meine Perle. Mal sehen, ob du dich noch genauso gut anfühlst wie früher.«

Oh Gott, bitte. Wenn es dich gibt, dann lass Jay kommen und mich retten. Bitte gib mir diese eine Chance, glücklich zu werden, betete ich innerlich.

Meinen Blick starr auf die Tür gerichtet, wartete ich.

Doch sie bewegte sich nicht.

Kapitel 28

Jay

Umgehend machten wir uns auf den Weg zu dieser Adresse. Sie war mir durchaus bekannt, da es sich um ein altes Fabrikgelände handelte, das bereits seit etlichen Jahren leer stand. Dort trieben sich nur noch Obdachlose und partygeile Teens herum.

Mit drei Autos fuhren wir los. Bis zu den Ohren bewaffnet, würde uns keiner aufhalten können.

»Was machen wir mit John?«, fragte Ben neben mir.

»Keine Gnade«, antwortete ich knapp.

Der Hurensohn hatte uns verraten und mein Mädchen entführt. Die Mutter meines ungeborenen Kindes und hoffentlich zukünftige Mrs. Kingston. Bevor ich ihr diese Frage jedoch stellen würde, müsste ich sie erschlagen.

Dieses verrückte Weib!

Die Fahrt schien eine halbe Ewigkeit zu dauern. Sobald wir das Gelände entdeckten, drosselten wir das Tempo.

Auf einem abgelegenen Parkplatz stellten wir unsere Autos ab, jeder von uns hatte sein Headset im Ohr und wir machten uns kampfbereit.

Wir legten unsere schusssicheren Westen an, überprüften unsere Funkgeräte und verglichen die Uhrzeit.

Der Plan: Angriff von drei Seiten.

Diese Pisser würden nicht einmal mitbekommen, dass wir da waren. Na gut, vielleicht sollte ich John nicht unterschätzen. Er kannte im Grunde all unsere Taktiken.

Diesmal würden wir ihn allerdings überraschen. Wir mussten nur vorsichtig sein, denn er war ein guter Soldat gewesen. Und vor allem – ein gefährlicher. Auch wenn er die Strategien der Seals kannte, konnte er nicht an drei Seiten gleichzeitig sein.

Sean, Ben und ich machten uns gemeinsam auf den Weg. Als wir in Position waren, warteten wir auf das Zeichen der anderen.

Plötzlich nahmen wir eine Bewegung wahr. Als diese näherkam, erkannte ich sofort Jenna. Immer wieder fiel sie zu Boden. Ihre Hände waren gefesselt und sie schien verletzt zu sein. Ein Bein konnte sie nicht mehr normal bewegen. Immer wenn sie zu Boden gegangen war, rappelte sie sich wieder auf und rannte weiter.

Wir vernahmen kein Schreien – rein gar nichts. Sie gab keinen verdammten Laut von sich.

Am liebsten wäre ich ihr entgegengelaufen, nur würde ich das nicht riskieren. Wir mussten warten, bis sie uns erreichen würde.

Sie rannte fast an uns vorbei, bis Ben sie von hinten in die Ecke zog und sich mit ihr im Arm auf den Boden setzte.

Gerade als sie schreien wollte, kniete ich mich vor sie und streichelte ihre Wange. Ben tat das Gleiche mit ihrem Haar. Es schien zu wirken, denn sie kam langsam zu sich. Sie stand eindeutig unter Schock.

Ihr Gesicht war mit heftigen Blessuren übersät und am Hals konnte man ziemlich starke Würgemale erkennen.

Diese Arschlöcher!

»Süße, beruhige dich«, sagte ich sanft. »Ich bin es, Jay. Sieh mich an!«

Mit aufgerissenen Augen kam sie meiner Bitte nach. Ihre Tränen flossen in Strömen über ihre Wangen, aber sie gab kein Geräusch von sich.

»Wo ist Leora?«

»Dominik hat sie. John ist auch dabei. Sie hat ihn von mir abgelenkt, damit ich fliehen konnte. Er hat sie aber gefesselt und aufgehängt. Jay, bitte beeile dich. Der ist vollkommen irre!«

Mit meinem Messer schnitt ich ihre Fesseln durch.

»Auf dem Parkplatz stehen unsere Autos«, flüsterte ich. »Steig in das von Sean und lege dich auf die Rückbank. Verschließ von innen die Türen. Bleib dort, bis einer von uns kommt. Hast du das verstanden?«

Umgehend reichte mein Bruder ihr die Schlüssel, die sie wortlos entgegennahm. Sie nickte, stand auf und rannte sofort los.

Wieder wandte ich mich an Sean und Ben. Über Funk hörten wir das »Okay« der anderen, die sich in Stellung gebracht hatten.

Schließlich gab ich den Befehl zum Anpirschen.

Die Schiebetür war nicht verschlossen, sodass wir sie einen Spalt aufschieben konnten. In einem kleinen Spiegel, den ich hineinhielt, erkannte ich nichts Außergewöhnliches. Daher öffneten wir sie so weit, dass wir hindurchgehen konnten.

Die anderen waren ebenfalls im Gebäude angelangt, waren aber bislang auch noch nicht in der Lage, etwas auszumachen.

Langsam gingen wir weiter, bis wir Geräusche vernahmen. Sofort erkannte ich Leoras Stimme, die sich erhoben hatte. Sie schrie und beschimpfte ihn aufs Übelste. Innerlich fiel mir ein Stein vom Herzen, denn sie lebte.

Gott sei Dank!

Plötzlich hörte ich Sams Stimme im Ohr. »Jay, ich kann sie sehen. Sie hängt an einem Seil. Ihr scheint es gut zu gehen. Aber er hat eine Waffe in der Hand und fuchtelt damit vor ihrer Nase herum.«

Diese miese feige Dreckssau! Nicht mehr lange und es würde ihn nicht mehr geben.

»Kannst du ihn ausschalten, ohne Leora zu gefährden?«, fragte ich ihn.

»Negativ. Er steht unmittelbar vor ihr. Keine Chance.«

Verdammte Scheiße! »Langsam vorrücken«, befahl ich.

Niemand konnte John entdecken und das machte mir wiederum Sorgen.

Einige Sekunden später waren wir so nah an der Halle, das auch wir Leora sehen konnten.

Sie trat um sich und versuchte diesen kranken Bastard zu erwischen. Allerdings holte er aus und schlug ihr ins Gesicht.

Umgehend schloss ich die Augen und konzentrierte mich auf den Einsatz, anstatt zu ihm zu rennen, um ihn totzuschlagen. Damit hätte er die Möglichkeit besessen, die Waffe gegen Leora zu richten. Keine gute Idee.

»Ich lenke ihn ab«, wisperte Sam. »Nutze die Chance, Jay, und mach ihn fertig.«

»Nein«, flüsterte ich streng ins Mikro. »Das ist ein Befehl. Zurückbleiben.« Plötzlich stand Sam mitten in der Halle und ging auf den Psychopathen zu.

»Ey du, Arschloch!«, rief mein Freund. »Was hältst du von einem Kampf, Mann gegen Mann? Oder kannst du es nur mit wehrlosen Frauen aufnehmen? Lass das Mädchen gehen, dann schaffst du es vielleicht lebend hier heraus. Überlege es dir gut!«

Der Bastard drehte sich um und versteckte sich hinter meiner Kleinen, die nach wie vor mit Beleidigungen um sich warf.

Innerlich musste ich schmunzeln – das war mein Mädchen!

»Ich werde zur Rückseite gehen«, sagte ich leise an Ben und Sean gerichtet. »Wenn Sam ihn weiterhin ablenken kann, werde ich von hinten angreifen.«

Beide nickten mir zu und ich machte mich auf den Weg. Kurze Zeit später stand ich in Position und konnte den Rücken von dem Arschloch deutlich erkennen.

Geräuschlos schlich ich auf ihn zu. In diesem Augenblick richtete er schweigend die Waffe auf Sam und schoss.

Mein Freund fiel um und ich entwaffnete den Bastard blitzschnell. Leora schrie auf und versuchte sich zu befreien.

Der Scheißkerl sah auf und unsere Blicke trafen sich. »Damit habe ich nicht gerechnet, als ich heute Morgen aufgestanden bin«, sagte er grinsend und rappelte sich auf. »Es war anders geplant. Egal, was du mit mir anstellst, sie wird sich bis an ihr Lebensende an mich erinnern, Jay David Kingston. Sie wird für immer Narben haben und wissen, wer sie ihr zugefügt hat. Ich werde auf ewig ein Teil von ihr sein.«

»Das bezweifle ich, du Fehlfick.«

Ohne mit der Wimper zu zucken, krallte ich mir den Hurenbock und prügelte auf ihn ein. Unter meinen Schlägen vernahm ich mehrere Knackgeräusche, was mich allerdings nicht interessierte.

Wenn er auf dem Boden lag, riss ich ihn hoch und schlug weiter. So lange, bis ich hinter mir eine Stimme hörte.

Leora.

»Hör auf, Jay!«, sagte sie ruhig.

Widerwillig ließ ich den Bastard los und drehte mich zu ihr um. Sie stand leicht breitbeinig mit meiner Glock in der Hand und zielte auf das Drecksarschloch am Boden. Obwohl er einiges eingesteckt hatte, rappelte er sich tatsächlich wieder auf und lachte sie an.

»Was willst du tun? Mich erschießen?«, nuschelte er. »Das bringst du nicht. Du liebst mich. Und Sophie liebt mich auch. Hat sie dir schon von unserem kleinen Geheimnis erzählt? Willst du es wissen? Ich erzähle es dir gerne! Du darfst nur nicht eifersüchtig werden.«

Was hatte er gesagt? Mir war klar, dass Sophie etwas verschwieg, und das, was wir alle soeben vernommen hatten, gefiel mir ganz und gar nicht! Was hatte er Sophie angetan?

Mein Blick suchte den von Leora, die ihre Stirn in Falten gelegt hatte, sich dann aber schnell wieder in den Griff bekam. Sie hatte keine Ahnung, wovon dieses Schwein gesprochen hatte.

Verdammt!

»Da irrst du dich gewaltig, du kranker Wichser«, knurrte sie plötzlich. »Du bist den Dreck unter unseren Nägeln nicht wert. Weder Sophie noch ich lieben dich oder haben es jemals getan. Du hast es nicht verdient zu leben. Fahr zur Hölle!« Ohne mit der Wimper zu zucken, durchsiebte mein Mädchen ihn mit dem ganzen Magazin.

Nachdem sie fertig war, entsicherte sie gekonnt die Knarre und übergab sie mir. Sie schaffte es nicht, den Blick von dem Toten zu lassen, sodass ich sie in meinen Arm zog. Erst nach kurzem Zögern vergrub sie ihr Gesicht an meiner Brust.

Dort verweilte sie nicht lange, sondern löste sich ruckartig von mir, rannte auf Sam zu und kniete sich neben ihn. Die anderen waren bereits bei dem Verletzten, um die Erstversorgung zu übernehmen. Auch ich ging auf ihn zu, bis ich unmittelbar vor ihm stand.

»Sam?«, fragte Leora und streichelte ihm die Wange. »Sam, kannst du mich hören?«

Mit einem Grinsen öffnete er die Augen und funkelte sie spitzbübisch an. »Wenn ich das bejahe, hörst du dann auf, mich zu streicheln?« Sie schüttelte den Kopf und Tränen rannen über ihr Gesicht.

»Danke, Sam«, flüsterte sie heiser, ohne die sanfte Berührung zu unterbrechen.

»Hey, nicht weinen«, erwiderte er sanft und griff nach ihrer Hand. »Ist doch alles gut gegangen. Aber über deine Entscheidungen sollten wir mal ein erstes Wörtchen sprechen, kleine Lady.«

Langsam setzte er sich auf und Leora erhob sich.

»Wieso lässt du dich eigentlich anschießen? Wolltest du Eindruck bei meiner Freundin machen?«, sagte ich grinsend.

»Wärst du schneller gewesen, alter Mann«, konterte er, »hätte er mich niemals erwischt. Hast du zwischendurch noch ein Kaffeekränzchen gehalten? Und deine Frau brauche ich nicht beeindrucken, denn das ist sie bereits.«

Wir fingen alle an zu lachen, als wir Leoras Schrei wahrnahmen.

»Ihr Schweine«, rief John und hielt Leora eng an sich gepresst. Seine Waffe richtete er an ihre Schläfe und mit dem anderen Arm würgte er sie.

Langsam stand ich auf und stellte mich vor sie. Wie hatten wir John übersehen können, und wo war Ben? Innerlich betete ich, dass ihm nichts geschehen war.

»John, lass sie sofort los«, knurrte ich. »Sie hat dir absolut nichts getan.«

Darüber lachte er und drückte sie immer fester an sich. In ihrem Gesicht erkannte ich die Panik und dass sie schwerer Luft bekam. Mit ihren kleinen Händen zerrte sie an seinem Arm, allerdings schien er davon nichts mitzubekommen.

»Wegen dieser Schlampe ist mein bester Freund tot«, fauchte er. »Sie ist an allem schuld. Nur wegen ihr ist er so durchgedreht. Sie hat das aus ihm gemacht, was er geworden ist.«

»Sie ist nicht daran schuld«, erwiderte ich ruhig. »Dein Freund hat sich nur in die Falsche verliebt. Er konnte nicht akzeptieren, dass sie ihn nicht wollte. John, Mann, du bist unser Bruder. Wir haben einen Kodex. Was ist bloß los mit dir?«

Die verständnisvolle Schiene zu fahren, war in dieser Situation am sinnvollsten. Denn so langsam ging ihr die Luft aus. Anscheinend drangen meine Worte nicht ganz zu ihm durch, denn er drückte die Waffe immer heftiger an ihre Schläfe.

Hinter John nahm ich eine Bewegung wahr – Ben, der sich an ihn herangeschlichen hatte.

Gott sei Dank, er lebte!

»Euer Bruder?«, lachte er auf. »Ihr habt mich nie akzeptiert. Ich war nicht wirklich ein Teil eures Teams. Von Anfang an habt ihr mich wie einen Aussätzigen behandelt. Ich konnte mir noch so viel Mühe geben. Es war nie genug!«

Die Arme von meinem Mädchen fielen hinunter und auf den Beinen konnte sie sich auch nicht mehr halten. Plötzlich ging alles ganz schnell.

Ben überwältigte ihn und ich griff nach der Waffe. Leora ging zu Boden und rührte sich nicht mehr. Als mein Freund von dieser Missgeburt abließ, rappelte dieser sich auf und stellte sich provozierend vor mich.

»Was jetzt, Jay?«, schmunzelte er. »Willst du einen unbewaffneten Seal erschießen?«

»EX-SEAL, du Verräterschwein«, sagte ich, zielte und eine Kugel durchbohrte seine Stirn. Wie ein nasser Sack fiel er um.

Mit wenigen Schritten war ich bei Leora, kniete mich neben sie und drehte sie um. Noch immer hatte sie ihre Augen geschlossen. Auf der gegenüberliegenden Seite ging Ben in die Hocke und überprüfte ihren Puls.

»Sie lebt. Puls ist zwar schwach, aber sie lebt.«

»Baby, mach die Augen auf. Es ist vorbei. Bitte, sieh mich an!«

Eine Zeit lang geschah nichts. Irgendwann flatterten ihre Lider, bevor sie diese ganz aufschlug. Nur starrte sie mich mit einem völlig starren Blick an. Der meines Wissens nichts Gutes zu heißen hatte.

»Baby, hörst du mich?«, fragte ich sanft und streichelte ihr über die Wange. Allerdings reagierte sie nicht.

Ohne weiter darüber nachzudenken, hob ich sie hoch und verließ mit schnellen Schritten das Gebäude, gefolgt von meinen Männern.

Ich entschied, sie in das nächstgelegene Krankenhaus zu bringen. Im Gesicht hatte sie durch die Schläge einige Schwellungen und außerdem musste ich wissen, ob mit dem Baby alles in Ordnung war.

Sam hatte zwar nur einen Streifschuss am Arm, allerdings wollte ich, dass er sich ebenfalls untersuchen ließ.

Auf dem Weg zu den Autos spürte ich, wie sie sich bewegte, und blieb unvermittelt stehen.

»Jay?«, fragte sie leise.

»Ja, ich bin hier. Ich bringe dich jetzt ins Krankenhaus.«

»Du hast uns gefunden«, flüsterte sie heiser. »Ich wusste, dass du kommen würdest.«

Mit all ihrer Kraft schlang sie ihre Arme um meinen Hals und drückte mich so fest sie konnte. Wenige Augenblicke später löste sie sich von mir und starrte mich mit aufgerissenen Augen an.

»Jenna konnte fliehen! Wir müssen sie finden«, rief sie und versuchte sich aus meinem Klammergriff zu winden, was mich veranlasste, sie noch fester an mich zu drücken.

»Wir haben sie. Sie ist in einen von unseren Autos. Ich bringe dich sofort zu ihr.«

Und das tat ich unverzüglich.

Als wir bei dem Wagen meines Bruders ankamen, war er verschlossen. Sean klopfte an die Scheibe.

»Jenna, ich bin es Sean. Süße, mach auf!«

Sekunden später hörten wir ein ›Klick‹ und die hintere Tür wurde umgehend aufgeschmettert. Mit einem Satz war sie draußen und ließ sich schluchzend in Seans Arme fallen. Dieser fing sie auf und versuchte sie zu beruhigen.

Langsam ließ sie von ihm ab, sah zu Leora und humpelte auf ihre Freundin zu. Widerwillig gab ich Leo frei und schon warfen sie sich gegenseitig weinend um den Hals.

Während der Fahrt zum Krankenhaus sprach Leora nicht.

Nach den ersten Untersuchungen erfuhren wir, dass mit dem Baby alles in Ordnung war.

Einatmen, Ausatmen! Das Gesicht von meinem Mädchen wies einige Hämatome auf, wovon in ein bis zwei Wochen nichts mehr zu sehen sein würde. Das Gleiche galt auch für ihren Hals. Bei Jenna verhielt es sich ähnlich, nur dass ihr Hals ziemlich übel aussah. Ihr Bein war nicht gebrochen, sondern zum Glück nur geprellt.

»Ich wollte ihn gar nicht erschießen«, flüsterte Leora neben mir. »Aber als er diese Sachen über Sophie sagte, habe ich einfach nicht mehr nachgedacht. Der Tod ist viel zu gut für ihn.«

Sie sah zu mir auf und ihre Augen füllten sich mit Tränen. Sofort nahm ich sie in den Arm und versuchte sie zu beruhigen.

»Baby, du hast alles richtig gemacht«, sagte ich leise. »Du bist meine Heldin und ich liebe dich.«

Langsam schloss ich die Lider und dankte Gott, dass er sie mir gelassen hatte. Jetzt könnte unser Leben beginnen. Ohne Sterov, Dominik oder John!

Jetzt gab es nur noch uns beide!

Kapitel 29

Leora

Drei Tage benötigte ich nach den Geschehnissen, um mich vollends zu beruhigen. Nicht wegen Dominik, sondern weil ich einen Menschen erschossen hatte. Egal, wie böse er auch gewesen war, er war durch meine Hand gestorben. Auch wenn dieser Scheißkerl es mehr als verdient hatte!

Was mich wirklich glücklich stimmte, war, dass es meinem Baby gut ging. Als ich auf dem Bauch gefallen war, hatte ich das Schlimmste befürchtet.

Jenna war mittlerweile wieder in Deutschland bei ihrem Mann und ließ sich verwöhnen. Dahin gehend hatte James keinen Widerspruch geduldet, denn er war geschockt gewesen, als Jay mit ihm telefoniert hatte, um ihn über die Geschehnisse aufzuklären. Am Tag, an dem wir aus dem Krankenhaus entlassen wurden, buchte er ein Ticket für meine Freundin, First Class, damit sie zu ihrer Familie zurückkehren konnte.

Allerdings war Jay nach wie vor wütend auf mich. Er verhielt sich zwar zuvorkommend, aber ich konnte es an seinem Gesicht erkennen. Selten sah er mir in die Augen oder berührte mich.

Hatte ich es verdient? Wahrscheinlich.

Aber ich hatte es für meine Freundin getan und vor allem für eine gemeinsame Zukunft. Es wäre immer wieder auf das Gleiche hinausgelaufen – ich hätte Angst gehabt, zu leben.

Nur wusste ich nicht, wie ich ihm das begreiflich machen sollte. Schließlich wollte ich ihm die Zeit geben, die er benötigte, um ebenfalls alles verarbeiten zu können.

Wie immer saß ich auf der Terrasse – war sogar mittlerweile auf Tee umgestiegen – und starrte in den Himmel, als ich hinter mir die Tür hörte. Langsam konnte ich es nicht mehr ertragen, wie er mich behandelte. Mein Schuldbewusstsein fraß mich sowieso schon auf, da brauchte ich nicht noch einen Mann, der es mir unter die Nase rieb.

Neben mir machte ich eine Bewegung aus, ich betrachtete aber weiterhin die Wolken.

»Wie geht es dir?«, fragte er mich leise.

»Gut!«, antwortete ich knapp.

Und dann das altbewährte Schweigen. Hatte ich vorhin gesagt, ich würde ihm Zeit geben?

Scheiß drauf!

»Hast du vor, irgendwann auch mal wieder mit mir zu reden?«, zischte ich und sah ihn finster an. »Oder wollen wir uns noch länger anschweigen?«

»Ich rede doch mit dir!«, knurrte er.

»Sag einfach, was du auf dem Herzen hast!«, fauchte ich. »Dann haben wir es hinter uns. Du bist sauer auf mich und das kann ich sogar verstehen. Aber vielleicht solltest du mal über die Beweggründe meiner Entscheidung nachdenken. Mir hat schon die Scheiße mit Sophie gereicht.«

Die war vollkommen außer sich gewesen. Sie hatte mich eine gefühlte Stunde angeschrien, bevor sie mich in den Arm gezogen und bitterlich geweint hatte.

Verdient hatte ich es, nur der Gehörschaden, der bei mir zurückgeblieben war, würde wahrscheinlich nicht mehr verschwinden. Auch sie war noch immer etwas sauer auf mich, aber ich wusste, dass sie sich bald wieder beruhigen würde.

»Willst du wirklich darüber reden? Sofort?«, fragte er gefährlich leise und mir lief ein Schauer über den Rücken.

»Wieso nicht?«, erwiderte ich schulterzuckend. »Ob du es mir jetzt vor den Latz knallst oder in ein paar Tagen, macht keinen Unterschied.«

»Du hast dich und das Baby gefährdet«, sagte er und ich war mir sicher, gesehen zu haben, dass er die Zähne gefletscht hatte. »Wieder einmal hast du dich nicht an mich gewendet. Was bin ich für dich? Du vertraust mir anscheinend noch immer nicht. Deswegen weiß ich nicht, was das hier zwischen uns werden soll. Ohne gegenseitiges Vertrauen funktioniert es nicht.«

Das war nicht gut! Das war sogar ziemlich beschissen!

Mit solch einer Ansprache hatte ich, ehrlich gesagt, nicht gerechnet, aber er hatte recht. Erneut hatte ich ihn ausgeschlossen, anstatt auf ihn zu zählen. Meine Angst um andere Menschen machte mich blind, und ich verstand eindeutig zu spät, wie ich die, die ich liebte, verletzte.

»Es tut mir leid!«, sagte ich daher kleinlaut. »Vielleicht war meine Handlung nicht ganz überlegt. Doch ich tat es nicht, weil ich dir nicht traue, sondern weil ich dich beschützen wollte. Natürlich war es nicht richtig.

Dennoch möchte ich nicht so von dir behandelt werden.«

»Weißt du eigentlich, welchen Ängsten ich ausgesetzt war?«, flüsterte er. »Der Gedanke, dich und den Wurm zu verlieren, brachte mich fast um den Verstand.«

Ohne ein weiteres Wort erhob ich mich aus meinem Stuhl und setzte mich auf seinen Schoss. Meine Arme schlang ich um seinen Nacken und drückte mich fest an ihn.

»Bitte sei nicht mehr böse auf mich», wisperte ich an seinem Hals. »Ich verspreche dir, ich werde es nicht wieder machen. Keine waghalsigen Entscheidungen mehr, okay?«

Sofort umarmte er mich und legte sein Kinn auf mein Haar.

HA! ›Das nennt man umgekehrte Psychologie! Funktioniert immer ...‹

Schließlich hob ich den Kopf, sah ihn an und presste meine Lippen auf seine. Umgehend öffnete er seinen Mund und küsste mich, als würde es keinen Morgen geben.

Natürlich war mein Höschen direkt wieder nass und ich vor allem spitz. Anscheinend ging es ihm nicht anders, denn schon stand er auf – mit mir auf dem Arm – und brachte mich zum Ecksofa, welches sich in unmittelbarer Nähe befand.

Unter freiem Himmel hatte ich es noch nicht getan und über Spanner wollte ich mir keine Gedanken machen.

›Du bist frei!‹, schrie mein Innerstes.

Schon stellte er mich ab, ohne den Kuss zu unterbrechen, riss mir das Shirt über den Kopf und machte sich direkt an meinem Rock zu schaffen.

Als ich nackt vor ihm stand, trat er einen Schritt zurück und betrachtete mich. Das erste Mal, seit so langer Zeit, fühlte ich mich geliebt und begehrt – und es war wundervoll.

Langsam entkleidete er sich, allerdings ohne seine Augen von mir zu nehmen, die sich sekündlich mehr verdunkelten.

Mit fast beiläufigen Schritten kam er zu mir und nahm meinen Mund in Besitz. Immer wieder streichelte er meine Knospen, die sich umgehend aufstellten.

Schließlich packte er meine Hände und zog mich mit sich. Als er sich hinsetzte, hob er mich an und positionierte mich rittlings auf sich.

Sofort griff ich nach ihm und schob ihn sachte in mich hinein. Wir beiden stöhnten auf und ich krallte mich an seinen Schultern fest.

Sanft drückte er mich von sich, leckte meine Brüste und biss gelegentlich in meine Knospen. Die Empfindungen, die ich dabei hatte, waren unbeschreiblich.

Innerlich spürte ich die Spannung steigen und konnte die lauten Geräusche, die meiner Kehle entschlüpften, nicht aufhalten.

Er packte mich an den Hüften und dirigierte mich immer schneller vor und zurück. Mit meinen Händen umschloss ich sein Gesicht, unsere Blicke trafen sich und ich explodierte. Jay schluckte meinen Schrei und stieß noch einmal fest zu, bevor auch er zersprang. Keuchend brach ich auf ihm zusammen und zog ihn so eng, wie es mir möglich war, an mich heran.

Niemals wollte ich ihn mehr loslassen.

Ohne ein Wort fuhr er mit seinen Fingern meinen Rücken auf und ab und ich erschauerte unter seinen Berührungen.

Nach einer Weile löste ich mich von ihm.

»Ich liebe dich«, sagte ich mit fester Stimme. »Und ich werde dich immer lieben!«

Er beugte sich vor und küsste mich so zärtlich, dass ich fast schon wieder gekommen wäre, und ich war davon überzeugt, dass ich nie genug von diesem Mann haben würde.

Nach dem atemberaubenden Sex gingen wir duschen und machten uns fertig. Immerhin hatten wir einen Termin beim Gynäkologen. Leider wurde der Vater des Kindes enttäuscht, denn meine Ärztin konnte nichts erkennen. Der Wurm war wohl etwas schüchtern.

Wüsste ich es nicht besser, würde ich behaupten, dass Jay seine Unterlippe vorgestreckt hatte. Doch das würde ich ihm nicht sagen – immerhin war er ein knallharter Seal und die schmollten nicht, wie mir erklärt worden war.

Aha!

Mittlerweile waren weitere zwei Monate ins Land gezogen und ich musste mir langsam Gedanken über meine Zukunft machen.

In Deutschland war bislang mein Leben gewesen. Dort bewohnte ich ein schickes Appartement und hatte einen gut bezahlten Job, den ich liebte. Immer öfter vermisste ich Rose, obwohl ich regelmäßig mit ihr telefonierte.

Jay und ich hatten darüber bislang noch kein Wort verloren, sodass ich rein gar nichts planen konnte. Wollte er, dass ich hier bei ihm blieb, oder würde er mit mir nach Berlin zurückkehren? Eine Frage, die ich mir selber immer wieder stellte: Wollte ich überhaupt zurück nach Deutschland? In New York fühlte ich mich wohl. Die Jungs von Jay waren toll und vor allem Ben und Sam hatten einen Platz in meinem Herzen eingenommen. Auf der anderen Seite gab es noch Sophie! Welche Entscheidung würde sie treffen?

Wir waren innerhalb der letzten Jahre so eng zusammengewachsen, dass ich mir ein Leben ohne sie kaum vorstellen konnte. Aber diesen Entschluss musste sie für sich alleine fällen. Auch Dominiks Worte verfolgten mich Tag und Nacht. Was hatte ich übersehen? Normalerweise redeten Sophie und ich über alles. Allem Anschein nach hatte Sophie mir wichtige Dinge verschwiegen. Es musste so schwerwiegend sein, dass sie es unter Verschluss hielt. Dabei fiel mir der Abend meines Geständnisses ein. Während ich mich in Rage redete, sagte sie etwas, das sich in meinen Kopf fraß:

»Ich will einfach nur vergessen und diese schrecklichen Stunden mit ihm aus meinem scheiß Gedächtnis streichen. Ich bin nicht so stark wie du, sondern schwach, das ist mir schon immer bewusst gewesen. Aber ich habe das alles so verdammt satt!«

Niemals hatte ich mir Gedanken darüber gemacht, was dieses kranke Schwein ihr in den wenigen Stunden, die sie mit ihm alleine gewesen war, angetan hatte. Mir war immer nur bekannt gewesen, welche Schnittwunde er ihr zugefügt hatte, sowie der Tod ihrer Mama. Dass ich von einer bestimmten Sache Kenntnis hatte, wusste sie nicht. Seit Jahren wartete ich schon darauf, dass sie mich endlich zur Seite nehmen würde und mir alles erzählen würde. Doch bislang hatte sie sich nicht geöffnet. War es das, wovon sie gesprochen hatte?

Hin und her gerissen fragte ich mich, ob ich sie womöglich darauf ansprechen sollte. In Deutschland hatte ich mir vor einigen Monaten vorgenommen, eine bessere Freundin zu werden, was wiederum hieß, dass ich das Gespräch alsbald mit ihr suchen würde.

In den letzten Wochen war mir aufgefallen, wie sie Sean ansah. Seit langer Zeit wusste ich schon, dass sie etwas für ihn empfand, nur leugnete sie es vehement. Was ich einfach nicht verstand. Sie verhielt sich Männern gegenüber eher aufgeschlossen als in sich gekehrt. Nur bei Sean benahm sie sich vollkommen anders.

Im Gegenzug fielen mir aber auch Seans Blicke auf. Immer dann, wenn meine Freundin abgelenkt war. Vielleicht sollte ich diese Angelegenheit im Auge behalten.

Auch bei dem letzten Frauenarzttermin hatte man nicht erkennen können, welches Geschlecht unser Baby hatte, und Jay sah mittlerweile ziemlich verzweifelt aus. Ich musste über seine Frustration immer wieder lachen und er schimpfte: »Kommt ganz nach der Mutter. Genauso stur!«

Langsam konnte ich ein kleines Bäuchlein ausmachen, das Jay andauernd streichelte.

Diese Zuneigung genoss ich in vollen Zügen und der Sex war während der Schwangerschaft unverwechselbar.

Manchmal tat er mir leid, denn ich war unersättlich und spielte mit den Waffen einer Frau. Er konnte mir nun mal nicht widerstehen, was ich dementsprechend ausnutzte.

»Am Samstag kommen die Jungs zum Grillen«, hörte ich seine tiefe Stimme hinter mir und er riss mich damit aus meiner Gedankenwelt.

Jay umarmte mich und streichelte zärtlich über meinen Bauch.

»Okay«, antwortete ich knapp und genoss seine Berührungen.

»Wann sollen wir beim Arzt sein?«

»Um zwei. Wir müssen also gleich los«, seufzte ich, denn ich hätte viel lieber etwas anderes getan.

Verfluchte Hormone!

Im Wartezimmer mussten wir nicht lange warten, bevor mein Name aufgerufen wurde. Wieder schmierte die Ärztin mich mit diesem kalten Gel ein und fuhr mit dem Ultraschallkopf darüber. Plötzlich hörten wir deutlich den Herzschlag des Würmchens und ich musste schlucken. Jay drückte meine Hand und schaute gespannt auf den Monitor.

»Heute zeigt es sich! «, zwitscherte sie fröhlich. »Aha. Da ist sie.«

Sie?

»Ein Mädchen«, flüsterte Jay mit belegter Stimme. Anscheinend konnte ein Seal tatsächlich eine Art Schimmern in den Augen haben. Doch so schnell es kam war es auch wieder unter Kontrolle.

Mittlerweile war es Samstag und bald würden seine Freunde eintrudeln. Sophie und Sean waren noch nicht da, worüber ich mich tatsächlich wunderte, denn sie hatten mir zur Hand gehen wollen. Offenbar war ihnen etwas dazwischen gekommen.

Nachdem ich mit allem fertig war und mich umgezogen hatte, ging ich langsam auf die Terrasse und nahm auf dem großen Sessel Platz, als ich hinter mir Geräusche wahrnahm.

Ich erhob mich, wandte mich zur Tür und erstarrte.

Vor mir standen Sean und die Seal-Brüder, bis auf Brian. Alle waren mit Anzügen bekleidet und sahen wirklich lecker aus. ALLE!

Jeder von ihnen hatte eine rote Rose in der Hand. Dahinter konnte ich Sophie und die beiden anderen Frauen ausmachen und sie waren alle drei bildschön. Mehr als ein Schlucken brachte ich nicht zustande, denn ich ahnte, was folgen würde.

Nach und nach kamen die Männer zu mir und übergaben mir die jeweilige Blume und einen Kuss auf die Stirn. Die Frauen nahmen mich in den Arm und plötzlich standen dort Rose und Tim, Jenna und James sowie die Trainell Brüder.

Ohne dass ich es aufhalten konnte, löste sich eine Träne aus meinem Augenwinkel und rann über meine Wange.

Im fliegenden Wechsel begrüßten sie mich, und ich bemerkte, wie sie um mich herum einen Kreis bildeten. Keiner sprach ein Wort und alle sahen mich lächelnd an.

Sophie und Jenna traten zur Seite und ich konnte Jay erkennen, der gemächlich in einem dunkelblauen Anzug und mit weißem Hemd auf mich zuschlenderte.

Er war so wunderschön, dass ich fast an meinem Kloß im Hals erstickt wäre.

Dann betrat er den Kreis, der sich hinter ihm wieder schloss, kniete sich vor mich und nahm meine freie Hand in seine. Unsere Blicke trafen sich und ich hörte auf zu atmen.

»Mein lieber Schatz«, sagte er sanft, »vor mehr als einem Jahr bist du in mein Leben gestolpert und hast es auf den Kopf gestellt. Fortwährend hast du mich in den Wahnsinn getrieben. Schon nach kurzer Zeit wurde mir klar, dass du die Eine für mich bist. Wir hatten wundervolle, aber auch schreckliche Momente. Allerdings haben wir sie gemeinsam bewältigt. Ich liebe dich, Leora Restma, und möchte dich mit diesem Ring fragen: Willst du meine Frau werden?«

Er streckte mir ein wunderschönes Schmuckstück hin, das so grell leuchtete, dass ich fast erblindete.

Normalerweise wollte ich sofort Ja brüllen, doch da fiel mir mein Versprechen ein.

»Diese Entscheidung kann ich ohne meinen Mitbewohner nicht treffen«, sagte ich ernst. »Ich hatte ihm vor einigen Wochen versprochen, waghalsige Entschlüsse mit ihm zu besprechen.«

Noch immer vor mir kniend lachte er auf. »Dein Mitbewohner findet, du solltest auf jeden Fall zustimmen, wenn ein so großartiger, atemberaubender, liebevoller Mann um deine Hand anhält.«

Ein Schmunzeln konnte ich mir nicht verkneifen und streckte ihm meine Hand hin.

»Ja«, wisperte ich.

Er steckte mir dieses Prachtexemplar auf, und ich bemerkte, wie schwer er war. Ein wirklich großer roter Kristall mit silbernen Applikationen. Einfach wunderschön. Als ich allerdings genauestens in den Stein sah, erkannte ich einen kleinen Blitz darin und sah Jay erschrocken an.

»Als wir uns das erste Mal sahen, Baby, wurde ich von so einem getroffen«, flüsterte er mir zu.

Sofort erinnerte ich mich an die Kette mit dem gleichen Symbol, welche ich mir damals gekauft hatte. Jay zog mich in seine Arme und küsste mich – fast – um den Verstand.

Nach und nach gratulierten uns alle. Wir lachten und ich fühlte mich glücklich und schmiegte mich an ihn.

»Ich liebe dich«, flüsterte ich.

»Und ich liebe dich«, erwiderte er und küsste mich erneut.

Mein Dasein war innerhalb der letzten Jahre schrecklich und gefährlich gewesen. Bevor mein Verlobter in mein Leben getreten war, hatte ich nicht mehr gelebt und mir immerzu gewünscht, endlich zu sterben. Dass ich jemals so glücklich werden würde, hätte ich mir niemals vorstellen können.

Doch jetzt war meine Zeit gekommen – ich würde wieder zu träumen beginnen und darauf freute ich mich wahnsinnig.

Epilog

Sechs Monate später – Leora

»Jay«, rief ich meinen Verlobten, der sich irgendwo im Obergeschoss unseres Hauses aufhielt.

Wir hatten uns darauf geeinigt, mit der Hochzeit zu warten, bis das Würmchen das Licht der Welt erblickt haben würde. Diese Idee fand ich großartig, schließlich sollte mein kleines Mädchen solch ein Ereignis nicht verpassen.

Meine Freundin Sophie freute sich schon wahnsinnig auf ihr Patenkind und machte mich mit ihrer Fürsorge vollkommen krank.

Ständig verbot sie mir aufzustehen oder etwas alleine zu tragen und wenn es nur ein Bagel war. Damit hätte ich mich auch ganz bestimmt überhoben.

Diskussionen brachten nichts, denn anscheinend waren alle gegen mich. Bis auf Sam. Der hatte versucht mich zu verteidigen, war jedoch auf ganzer Linie gescheitert, wenn mein Verlobter ihm mit Kündigung drohte.

Ja, Jay spielte mit unfairen Mitteln, doch ich ließ es ihm durchgehen. Jetzt, wo ich hochschwanger war, trug er mich natürlich wieder überallhin, denn Laufen und Gehen war mir auch verboten worden. Ab diesem Zeitpunkt hatte ich mir bei eBay Thrombosestrümpfe kaufen wollen.

Um alleine auf die Toilette zu kommen, musste ich ihn teilweise austricksen oder es heimlich machen.

Er war wirklich der Knaller. Doch ich liebte ihn von ganzem Herzen.

Obwohl einige Monate vergangen waren und ich die Sache mit Dominik und John verarbeitet hatte, wusste ich nicht, wie ich mit dem Gefühl der Freiheit umgehen sollte.

Noch immer behielt ich alles im Blick und konzentrierte mich auf meine Mitmenschen. Auch gegenüber Fremden war ich nach wie vor extrem misstrauisch. Vielleicht war es auch gar nicht schlecht, eine gewisse Vorsicht an den Tag zu legen.

Allerdings konnte ich mir eingestehen, dass es mir seelisch schon deutlich besser ging. Um wen ich mir wirklich Sorgen machte, war Sophie.

Ein paar Tage nach dem Heiratsantrag hatte ich mich mit ihr verabredet, um das Gespräch zu suchen. Vorsichtig informierte ich sie über die Dinge, die Dominik mir erzählt hatte. Alleine an ihrem erschrockenen Gesicht konnte ich erkennen, dass er nicht gelogen hatte, auch wenn sie es abstritt. Je mehr ich nachhakte, desto wütender wurde sie.

Mir gegenüber wurde sie das eigentlich nie, bei diesem Thema lernte ich allerdings eine ganz andere Seite von ihr kennen.

Da ich selber mein Geheimnis sechs Jahre behütet hatte, konnte ich ihr das nicht verübeln.

Seit dieser Unterhaltung zog sie sich immer weiter von mir zurück. Sie war täglich anwesend und kümmerte sich um mich, aber sie konnte mir kaum noch in die Augen sehen. Als hätte sie Angst, dass ich das Thema wieder aufgreifen würde.

Diesbezüglich hätte sie mich besser kennen müssen.

Auch Sean teilte mir mit, dass Sophie sich verändert hatte. Sie sprach kaum noch mit irgendwem.

Ich nahm mir vor, ein ernstes Gespräch mit meiner Freundin zu führen, sobald mein Baby endlich herausgekommen sein würde und wir uns von der Geburt erholt hätten.

»Was ist los, Baby?«

»Wenn du runterkommst, bringst du meine gepackte Tasche bitte mit?«, krächzte ich zwischen meinen Atemübungen zurück.

»Wozu brauchst du sie denn?«, kam es zurück.

Das waren die Momente, in denen ich ihn gerne erschlagen hätte. Noch Fragen?

»Ähm ... weil ich sie brauche?«

»Wozu?«, schrie er weiter. »Du brauchst sie doch erst, wenn es so w...« Er unterbrach sich und ich hörte den Groschen förmlich fallen.

Blitzschnell kam er die Treppe – mit meiner Tasche in der Hand – heruntergelaufen, griff nach seinem Schlüssel, hob mich hoch und ging mit schnellen Schritten zum Wagen.

Manchmal war es von Vorteil, einen Seal zum Verlobten zu haben.

Wenn sie reagierten ... dann 1A!

Vier Stunden später hielt ich mein wunderschönes Mädchen in den Armen. Die Geburt war anstrengend gewesen und ich befürchtete, dass ich Jay die Hand gebrochen hatte. Nach einer gesunden sah sie nämlich nicht mehr aus, als ich mit ihr fertig war.

Wir entschieden uns für den Namen Emma Sophie, weil sie genauso aussah, und vor allem sollte sie den Namen ihrer überirdischen Patentante tragen.

Irgendwann musste ich eingeschlafen sein, denn als ich aufwachte, saß der stolze Daddy in dem Schaukelstuhl mit unserem süßen Mädchen im Arm und sprach leise zu ihr.

Was er sagte, konnte ich nicht verstehen, doch es war traumhaft, die beiden zu beobachten.

Nach drei Tagen wurden wir entlassen. Zu Hause holte ich mir Unterstützung durch eine Hebamme, die mir mit vielem half.

Nach einiger Zeit hatte ich alles voll im Griff und war rundherum glücklich.

Die Kleine wuchs täglich ein bisschen mehr, sodass ich sie überall mit hinnahm, aus Angst ich könnte etwas verpassen.

Wenn Emma schrie, lief ihr Vater sofort zu ihr und ich verdrehte die Augen.

Eines Nachmittags saßen Sophie und ich auf unserer Terrasse und beobachteten Jay und Sean, die mit der kleinen Emma auf der Wiese spielten.

Meine Freundin saß neben mir und ich ergriff die Initiative.

»Sophie, darf ich dich etwas fragen?«

Sie schnaubte, denn sie kannte mich einfach zu gut. »Wenn du schon so anfängst, kann es nicht gut ausgehen.«

»Du weißt, dass ich dich liebe, oder?«, fragte ich sie und bekam als Antwort ein misstrauisches Nicken. »Du weißt auch, dass ich immer für dich da bin, egal, worum es geht?«

»Hör zu, Süße«, erwiderte sie. »Es gibt nichts, was ich dir erzählen müsste. Mach dir keine Sorgen. Genieße dein neues Leben und vor allem deine neue Familie.

Bald wirst du heiraten und alles bekommen, was du verdienst.«

»Und was ist mit dir?«, fragte ich ruhig.

»Was soll mit mir sein?«

»Ich bin nicht blöd und lasse mich auch ungerne verarschen«, knurrte ich. »Vielleicht war ich tatsächlich eine dermaßen beschissene Freundin, doch wir haben nie Spielchen miteinander gespielt. Es mag sein, dass ich viele Jahre nicht über diese zwei Wochen gesprochen habe. Aber als ich es tat, fing ich wirklich an zu heilen. Also egal, was damals noch passiert ist, ich werde hier sein und darauf warten, dass du bereit bist.«

»Wenn ich bereit bin, werde ich dich finden«, erwiderte sie und sah mich an.

Über diesen Blick wollte ich mir keine großen Gedanken machen, denn wenn sie versuchen würde zu verschwinden, würde ich sie mit allen Mitteln aufhalten.

Es würde die Zeit kommen, in der ich die Gelegenheit bekäme, meine Schuld bei meiner Freundin zu begleichen.

Die Jahre, die sie für mich gekämpft hatte, waren nicht spurlos an mir vorbeigegangen. Niemals würde ich vergessen, was sie alles für mich getan hatte.

Mittlerweile war ich ein sehr geduldiger Mensch – und ich konnte warten, so lange, wie es dauern würde.

Wieder betrachteten wir die beiden Männer mit meiner süßen kleinen Prinzessin. Konnte Glück sich wahrhaftig so anfühlen? Auf jeden Fall.

Als Jay und ich uns kennenlernten, war ich vollkommen verloren gewesen. Aber er hatte von Anfang an um mich – um uns – gekämpft wie ein Tier.

Ich wusste nicht mehr genau, wann es passiert war, nur dass er mich eines Tages tatsächlich gefunden und nicht mehr losgelassen hatte.

Danksagung

In erster Linie möchte ich Anke danken, die mich immerzu beruhigt und aufbaut.

Du bist ein wichtiger Mensch für mich geworden und wirst es immer bleiben. Du erträgst mich und ich darf dich nerven, immer zu dir kommen, wenn ich nicht mehr weiter weiß. Und irgendwie fängst du mich wieder auf, wenn ich kurz vor der Verzweiflung oder einem Kreischanfall stehe. Du bist großartig!

Auch möchte ich Sabrina danken, die mich einfach versteht und genau weiß, was ich will, obwohl mir manchmal noch nicht einmal selbst ganz klar ist, was genau das ist. Das finde ich phänomenal!

Nicht zu vergessen meine Freunde. Allen voran Kirsten, Frank, Jessi und Rene ... ich liebe euch. Wen ich auf keinen Fall vergessen darf, ist meine Familie ... in vorderster Front, meine drei Schwager ... ihr seid bombastisch. Giu, Fab und Nico ... ich bin so verflucht stolz auf euch. Matsche, du bist was ganz Besonderes und ich danke dir. Ihr seid in meinem Herzen! Zu dem A.P.P. Verlag kann ich kaum etwas sagen außer ... DANKE ... einfach für alles. Unser Team ist meiner Meinung nach das durchgeknallteste, verrückteste und beste zugleich. Und ich liebe es!

Zu guter Letzt, möchte ich mich bei meinen Lesern bedanken. Das, was ihr die letzten Wochen alles geschrieben und gepostet habt, hat mich aus den Socken gehauen. Eure Unterstützung und das ganze Feedback, welche ich erhalte, treiben mich an und geben mir ungemein viel Kraft. Ihr seid so geil, dass ich es kaum in Worte fassen kann.

Eure Kimmy

Bereits von Kimmy Reeve erschienen:

Die junge Leora Restma steht kurz vor ihrer Scheidung mit ihrem Mann Michael Sterov. Seit fünf Jahren lässt sie niemanden an sich heran, bis auf ihre Freundin Sophie, mit der sie eine schreckliche Vergangenheit teilt. Man nahm ihr alles und ließ sie mit einem grausamen Versprechen zurück. Dann stolpert sie wortwörtlich in den attraktiven Unternehmer Jay David Kingston. Die beiden mögen sich nicht, einigen sich jedoch trotzdem darauf, aufgrund akuten Wohnungsmangels eine WG zu gründen. Mit der Zeit wird immer spürbarer, dass zwischen ihnen mehr schwelt, als die vermeintliche Abscheu, auch wenn beide das nicht wahrhaben wollen.
Zu allem Überfluss macht ihr auch noch ihr Ex-Mann das Leben zu Hölle. Schwere, chaotische Zeiten, die Leora in der gewohnten selbstbewussten Art zu meistern versucht. Wird es ihr gelingen?

ISBN: 978-3-945786-60-4

Neu im A.P.P.-Verlag – Juli 2015

Weil Mona Stefans Heiratsantrag nur einen Tag nach der Beerdigung seines Vaters ablehnt, verlässt er sie.
Nur zu bald bereut die junge Frau ihre Entscheidung und kämpft drei Jahre lang um ihre Liebe. Doch Stefan ist hartherzig, ergötzt sich an ihren verzweifelten Versuchen, alles wieder gut zu machen, und quält sie mit seinen neuen Betthäschen. Erst als Trever Sullivan, der steinreiche Geschäftsmann aus Übersee, Gefallen an Mona findet, erkennt Stefan was er im Begriff ist für immer zu verlieren und ergreift die Initiative.

ISBN **978-3-945786-87-1**

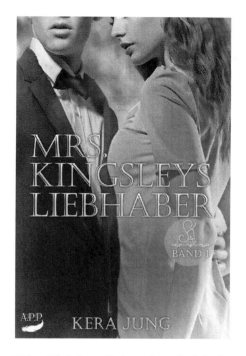

Widerwillig heiratet die junge Jenny Back in die prominente Familie Kingsley ein. Der jüngste Sohn schickt sich gerade an, die Präsentschaft an sich zu reißen, und benötigt dringend eine geeignete First Lady. Ehe sie sich versieht, ist Jenny Bestandteil einer Maschinerie, die aus den Mitgliedern der Familie erfolgreiche und vor allem mächtige Menschen macht. Der Einzelne ist hierbei nicht von Belang und Begriffe wie Liebe, Geborgenheit oder Moral fremd. Wird es Jenny gelingen, sich innerhalb all der Unmenschlichkeit selbst treu zu bleiben oder droht sie, bald zum vollwertigen Mitglied der Familie zu werden und das, was sie auszeichnet, ihre Natürlichkeit, ihre Spontanität, vor allem jedoch ihre Empathie einzubüßen?

ISBN: 978-3-945786-81-9

Printed in Poland
by Amazon Fulfillment
Poland Sp. z o.o., Wrocław